Ulrike Herwig

Drei Weihnachtswunder für Lena Engel

Lena Engel arbeitet in der IT-Branche und ist ein Workaholic. Freizeit, Freunde, Familie – keine Zeit. Und dann dieses lästige Weihnachtsfest! Muss das sein? Lieber durcharbeiten! Ihre Eltern und selbst ihr Freund haben längst resigniert. Da geschieht etwas Ungewöhnliches: Während eines Online-Meetings erscheint wie von Zauberhand ihre frühere beste Freundin und erinnert Lena an ihre Freundschaft und daran, dass sie sich längst mal melden wollte. Jetzt sei es leider zu spät. Lena erschrickt zutiefst und beginnt nachzudenken. – Kann die notorische Weihnachtsnörglerin in letzter Minute doch noch ein schönes Fest feiern? Kann sie ihr Herz öffnen?

*Ulrike Herwig,* Jahrgang 1968, wuchs in Jena auf. Sie studierte Englisch und Deutsch und lebte fast zehn Jahre in London, bevor sie mit ihrer Familie nach Seattle, USA, zog. Seit vielen Jahren schreibt sie unter verschiedenen Pseudonymen für Kinder und Erwachsene. Von Ulrike Herwig ist zuletzt ihr Roman ›Das Glück am Ende der Straße‹ (2021) erschienen.

Ulrike Herwig

Drei Weihnachtswunder für Lena Engel

Lena Engel arbeitet in der IT-Branche und ist ein Workaholic. Freizeit, Freunde, Familie – keine Zeit. Und dann dieses lästige Weihnachtsfest! Muss das sein? Lieber durcharbeiten! Ihre Eltern und selbst ihr Freund haben längst resigniert. Da geschieht etwas Ungewöhnliches: Während eines Online-Meetings erscheint wie von Zauberhand ihre frühere beste Freundin und erinnert Lena an ihre Freundschaft und daran, dass sie sich längst mal melden wollte. Jetzt sei es leider zu spät. Lena erschrickt zutiefst und beginnt nachzudenken. – Kann die notorische Weihnachtsnörglerin in letzter Minute doch noch ein schönes Fest feiern? Kann sie ihr Herz öffnen?

*Ulrike Herwig*, Jahrgang 1968, wuchs in Jena auf. Sie studierte Englisch und Deutsch und lebte fast zehn Jahre in London, bevor sie mit ihrer Familie nach Seattle, USA, zog. Seit vielen Jahren schreibt sie unter verschiedenen Pseudonymen für Kinder und Erwachsene. Von Ulrike Herwig ist zuletzt ihr Roman ›Das Glück am Ende der Straße‹ (2021) erschienen.

Ulrike Herwig

# Drei Weihnachtswunder für Lena Engel

Roman

dtv

Von Ulrike Herwig
sind bei dtv außerdem erschienen:
Oskar an Bord
Das Leben ist manchmal woanders
Schiefer die Socken nie hingen
Das Glück am Ende der Straße

MIX
Papier | Fördert gute Waldnutzung
FSC® C083411
FSC www.fsc.org

Originalausgabe 2022
dtv Verlagsgesellschaft mbH & Co. KG, München

Dieses Werk wurde durch die Agentur Kai Gathemann vermittelt.
Umschlaggestaltung: zero-media.net, München
Umschlagmotive: FinePic®, München
Satz: Fotosatz Amann, Memmingen
Gesetzt aus der Palatino
Druck und Bindung: CPI books GmbH, Leck
Printed in Germany · ISBN 978-3-423-29026-5

# 1

Ein bisschen sahen die Teilnehmer des Zoom-Meetings aus wie die Figuren der Sesamstraße, fand Lena. Und eigentlich benahmen sich auch alle so. Links oben hockte Krümelmonster Matthew aus Australien. Er lächelte permanent überrascht und mampfte wie immer etwas Süßes. Heute einen Schoko-Weihnachtsmann. Neben ihm der überdrehte Steve aus Edinburgh, den Lena heimlich Elmo getauft hatte. Er feuerte ununterbrochen neue Ideen ab und ließ dadurch niemanden zu Wort kommen. Das war das Schlimmste an diesen Onlinekonferenzen – man musste warten, bis auch der letzte Idiot seinen Senf zu den Verbesserungsvorschlägen ausformuliert hatte, und konnte ihm nicht ins Wort fallen. Denn wenn sich niemand an die »Etikette« hielt, bekam das unsichtbare Netz, das zwischen den zehn zugeschalteten Mikrofonen gespannt war, Schallwellenlöcher. Es knatterte und quäkte im Computer, eben ausgesprochene Worte segelten zeitverzögert wieder in die Konversation zurück und sorgten für allgemeine Verwirrung. Wenn Kyong, der Kollege aus Südkorea, den Mund aufmachte, schaltete Lena deshalb meistens ihre Kamera aus und ging sich einen Tee kochen.

Es konnte nämlich schon mal eine Viertelstunde vergehen, bis Kyong alle englischen Silben grammatikalisch richtig zusammengeklöppelt hatte. Wenn Lena dann wiederkam, war meist an den glasigen Augen der anderen Teilnehmer abzulesen, dass sie absolut nichts verpasst hatte.

So auch heute. »Sorry, schlechte Verbindung«, entschuldigte sie sich auf Englisch und hüstelte künstlich in ihre Tasse, um die kleine Lüge zu überspielen.

Uwe aus Berlin, heute mit klingelnder, bimmelnder Weihnachtsmannmütze auf dem Kopf, grinste durchtrieben. »Glühwein?«, formte sein Mund. Er hob seine Tasse und prostete ihr zu.

Aha, deshalb war er heute so friedfertig. Normalerweise stritt Uwe mit jedem herum, im Dezember hingegen nuckelte er ständig an einer Tasse, die er gelegentlich außerhalb der Reichweite der Kamera neu auffüllte. Er hatte eindeutig schon einen sitzen. Es war Montagnachmittag am zwanzigsten Dezember und förmliche Regeln begannen sich auch in den Onlinekonferenzen aufzulösen wie die Pixel auf Lenas Bildschirm.

»Nein, Early Grey«, antwortete sie halblaut.

»Spaßbremse«, nölte Uwe, woraufhin sich die Aufmerksamkeit aller auf ihn richtete.

»Was sagtest du, Uwi?«, erkundigte sich Aparna aus Indien höflich auf Englisch. Hinter ihr stand der scheußlichste Büro-Weihnachtsbaum, den Lena je in ihrem Leben gesehen hatte. Er war türkis und absurd fedrig und bis auf den letzten Zentimeter mit spastisch flimmernden Lichterketten geschmückt. Wie Aparna das nur aushielt? In den USA wäre die Firma längst wegen der Gefahr epileptischer Anfälle verklagt worden. Na ja, vielleicht auch nicht, wenn man sich das Büro von Diane, der Kollegin aus Boston, ansah. Oder war das etwa ihr Wohnzimmer? Diane trug jedenfalls ein Rentiergeweih mit kleinen Glühbirnen auf dem Kopf, die jedes Mal aufleuchteten, wenn sie nickte. Die Wand hinter ihr war komplett mit Weihnachtskarten zugetackert. Es wimmelte nur so von Zwergen und rotbäckigen Santas und niedlichen Kinderlein im Schnee. Überall klebte Glitter, überall herrschte Friede, Freude, Eierkuchen, überall leuchteten Kinderaugen vor Tannengrün.

Dieser weltumspannende Weihnachtskram! Absolut nervtötend! Lena sehnte den ersten Januar herbei, wenn dieses ganze Weihnachtsgedöns endlich vorbei war und man sich mit den Leuten wieder wie mit normalen Erwachsenen unterhalten konnte. Ihrer Meinung nach war Weihnachten nur etwas für Kinder und sentimentale Weicheier. Sie schielte auf die Uhr. Zehn weitere endlose Minuten waren vergangen.

»Ich habe mir eine schöne Maßnahme zur Stärkung unseres internationalen Teams überlegt«, machte sich jetzt Sigrid aus Schweden bemerkbar. »Wie wäre es, wenn wir in den nächsten Tagen am Ende des Meetings immer zusammen ein Weihnachtslied singen? Ich denke, wir kennen alle *Jingle Bells*, damit könnten wir doch heute anfangen?«

Geräusche der Zustimmung waren zu hören, nur Kyong blinzelte konfus und verschreckt. »Was mache?«, hörte Lena ihn fragen. »Was? Singe?«

Mit einem energischen Klick verließ Lena das Meeting. Als Projektmanagerin konnte sie sich diese Freiheit herausnehmen. Für gewisse Privilegien hatte sie schließlich seit Jahren nonstop geschuftet. Und zusammen Weihnachtslieder singen – also Sigrid hatte ja wohl nicht mehr alle Kerzen auf dem Kranz, oder was immer die da in Schweden auf dem

Kopf trugen. Schlimm genug, dass das Gedudel vom Weihnachtsmarkt draußen so laut war, dass man nicht mal mehr das Fenster öffnen konnte.

Lena begab sich in die Küche, um ihren Kühlschrank zu inspizieren. Misstrauisch beäugte sie ein Glas mit sauren Gurken, die in verdächtig trüber Brühe schwammen. Eher unappetitlich. Der Käse sah auch nicht mehr richtig taufrisch aus. Sie würde einkaufen gehen müssen, und zwar bald. Ihr Handy klingelte. Natürlich, ihre Eltern. Seit über zwei Wochen bedrängten sie Lena, dass sie die Weihnachtstage bei ihnen verbringen sollte. Und seit über zwei Wochen wich Lena dieser Frage aus.

»Hallo«, meldete sie sich ohne jeden Enthusiasmus. »Was gibt's?« Als ob sie das nicht schon im Vorfeld wusste.

»Lena, Mama hier. Endlich erreichen wir dich mal. Irgendwie haben wir dich immer verpasst. Kommst du denn nun am Heiligabend zu uns? Wir würden uns wirklich freuen. Und bring ruhig deinen Freund mit, den Borat …«

»Berat heißt er«, war leise die Stimme von Lenas Vater im Hintergrund zu hören.

»Den Berat. Wir würden ihn so gern kennenlernen. Unter Umständen möchte er ja auch ein richtig deutsches Weihnachtsfest erleben? Wo er doch aus …« Ein kurzes Stocken. »… aus einem anderen Kulturkreis kommt?«

»Berat ist Türke, Mama. Es ist überhaupt nicht schlimm, das auszusprechen.« Typisch ihre Mutter, dieses Herumgeeiere. Und dann die Vorstellung, wie Berat auf der viel zu schmalen Couch von Lenas Eltern hockte, seinen langen Körper irgendwie mehrmals zusammengefaltet, vor ihm möglicherweise noch der mittlerweile einäugige Nussknacker, der von Uroma Gertie stammte. Lena sah den peinlichen Weihnachtsschmuck ihrer Eltern vor sich – ein wildes Sammelsurium aus zerknickten Strohsternen, sich hektisch drehenden Pyramiden und dem einbeinigen Engel, der erschöpft oben an der Baumspitze hing wie ein verstorbener Bergsteiger. Nicht zu vergessen, die zahllosen von ihrer Mutter selbst genähten Teddys in selbst gestrickten Weihnachtspullovern!

»Wie wird das eigentlich, wenn ihr mal Kinder habt?«, drang die Stimme ihrer Mutter wieder zu ihr vor. »Was verdrehst du denn die Augen, Heiner, ich frag mich nur, wie sie das machen. Feiern sie dann überhaupt Weihnachten?«

»Das kann dir doch jetzt egal sein«, muckte Lenas Vater im Hintergrund auf.

»Na ja, ich mache mir einfach nur Gedanken. Ich will schließlich nicht, dass meine Tochter so ein spätes Mädchen wird, immerhin ist sie schon vierunddreißig.«

»Mama, ich …«

»Späte Mädchen sind alte Jungfern«, erklärte Lenas Vater. »Und ich glaube nicht, dass unsere Lena noch eine Jungfer ist, denn …«

»Hallo?«, machte Lena sich bemerkbar. »Ich kann euch hören! Und ich bin weder ein frühes noch ein spätes Mädchen, ich bin eine erwachsene Frau, und zwar eine beruflich eingespannte erwachsene Frau, eine Projektmanagerin.«

»Was für ein Projekt hast du denn gerade am Laufen?« Lenas Vater hatte den Hörer übernommen.

»Es geht darum, unsere Onlinepräsenz zu verbessern«, antwortete Lena, erleichtert darüber, dass sie sich von kinderlosen vertrockneten alten Jungfern, die bedauernswert und einsam unter dem Weihnachtsbaum saßen, abwandten und sich wieder einem neutralen Thema widmeten.

»Wie Präsenz?«, hakte ihr Vater vorsichtig nach.

»Na ja, es geht um unseren Onlineauftritt. Und zwar in allen Ländern.«

»Wo tritt sie auf?«, erkundigte sich Lenas Mutter im Hintergrund. »Im Fernsehen? Das hat sie uns gar nicht erzählt.«

»Nein, online. Auf irgendeiner Website«, gab ihr Vater weiter.

»Du weißt doch, wir interessieren uns nicht so fürs Internet.« Lenas Mutter hatte den Hörer wieder ergattert.

»So wie ein Onlineshop«, erklärte Lena mit letzter Kraft.

»Warum sagst du das nicht gleich. Aber was verkauft ihr da eigentlich? Ich verstehe das immer nicht.«

»Nichts. Also doch, natürlich verkauft meine Firma etwas, aber nicht an Endkunden.«

»Endkunden?«

»Ist doch egal, frag sie, ob sie zu Weihnachten kommt«, befahl Lenas Vater jetzt. »Wir machen es uns alle gemütlich und ich koche was Gutes.«

»Kommst du nun zu Weihnachten?«, gab Lenas Mutter die Anfrage folgsam weiter.

Warum stellten ihre Eltern das Telefon eigentlich nicht auf laut? Und überhaupt – Weihnachten mit ihren Eltern und Berat … Lena sah ihn vor sich, wie er matschigen Kartoffelsalat aß, und wand sich bei der Vorstellung, wie er höflich versuchte, die Hälfte der riesigen Portion unter einer Serviette zu verstecken. Sie sah vor sich, wie er gezwungenermaßen »Stille Nacht« sang, während ihn die Räuchermännchen mit ihrem Ausstoß an Rauch umnebelten, und wie er ergeben an Eierlikör oder viel zu süßem Glühwein nippte und dabei diskret auf sein Handy schielte. Und dann noch die ständigen Witze ihres Vaters. Sie konnte ihn schon förmlich hören:

»Hey, Berat, ich hab heute beim Arzt angerufen. Aber ich wurde nicht verbunden. Hahaha!«

Niemals.

»Vielleicht macht sie ja was mit ihren Freunden«, ließ sich Lenas Vater vernehmen, bevor Lena antworten konnte.

»Mit welchen Freunden denn?« Die Stimme von Lenas Mutter klang gedämpft, offenbar hielt sie die Hand über den Hörer. »Hat sie dir was von Freunden erzählt? Sie hat doch gar keine.«

»Auf Instagram hat sie über dreihundert, du hast sie doch neulich selbst gezählt, Biggi. Als du bei Lena reingeguckt hast und …«

»Mal sehen«, unterbrach Lena, denn jetzt reichte es ihr. »Ich habe unheimlich viel zu tun.«

»Papa und ich würden uns jedenfalls sehr freuen und der Bento ist uns immer willkommen. Deine Firma macht bestimmt in den nächsten Tagen Betriebsurlaub, oder? Ich meine – die Computer, die können doch mal einen Tag Pause machen. Entschuldige, Borat meinte ich. Warum kann ich mir nur den Namen nicht merken?« Ihre Mutter lachte haltlos.

Lena seufzte demonstrativ. Gleich darauf schämte sie sich ein bisschen. Aber die Idee, dass Lenas Firma, ein internationales Technologieunternehmen namens *Bubble*, eine Woche lang mit gesamter Belegschaft in die »Weihnachtsferien« ging wie die Schuhfabrik aus Leschenberg im Jahre 1978, war einfach absurd. Na ja, ihre Eltern hatten eben einfach keine Ahnung mehr. Die waren Anfang siebzig, und sie hatte es genervt aufgegeben, ihnen zu erklären, was sie eigentlich beruflich bei *Bubble* machte. Zu Beginn ihrer Karriere hatte sie es noch versucht, aber immer gespürt, dass ihre Eltern spätestens bei Wörtern wie »Betriebssystem« und »Applikationen« in eine Art hypnotische Trance fielen, aus der sie am Ende von Lenas detaillierten Ausführungen mit einem verwirrten Röcheln wieder aufschreckten.

Ehrlich, sie hatte keine Lust auf Weihnachten in Familie, schon gar nicht mit Berat im Schlepptau. Weihnachten interessierte sie ungefähr so wenig wie die Urlaubsfotos anderer Leute, und deshalb würde sie ihre Eltern so lange hinhalten wie nur möglich und dann kurzfristig einen Haufen unerwarteter Arbeit vortäuschen, der es ihr leider unmöglich machte, auch nur einen Tag freizunehmen. Und das Geschenk würde sie online bestellen, und fertig.

»Mama, ich gebe noch Bescheid, ja? Es tut mir leid, aber ich muss jetzt wieder. Die Arbeit, ihr wisst schon.« Lena wartete gerade noch das überraschte »Ach so, na dann!« ihrer Mutter ab, murmelte einen Abschiedsgruß und steckte ihr Handy weg. Endlich. Ihr Magen knurrte. Bis zum nächsten Meeting hatte sie eine knappe Stunde. Zeit genug, um den guten alten Lieferdienst zu nutzen. Dort war es nicht mal nötig, ihren Namen zu nennen, der Typ am anderen Ende erkannte sie schon an ihrer Nummer.

»Lena Engel? Dasselbe wie immer?«, brummte er stets. »Pizza Vier Jahreszeiten von *Firenzis*, keine Zwiebel, extra Anchovis?«

»Yep«, antwortete sie wiederum jedes Mal, als wäre dieser Dialog irgendwann in Stein gemeißelt worden und auf alle Zeiten so festgelegt.

»Macht zwölf fünfzig. Auf die Karte?«

»Auf die Karte.«

»Kommt in vierzig Minuten. Tschüss dann.«

»Danke. Tschüss.«

Sie hatte den Mann noch nie im Leben gesehen, aber er wusste mehr über sie als ihre Eltern.

Heute allerdings war zu Lenas Verblüffung eine energische Frauenstimme am Apparat.

»Lieferino, was kann ich für Sie tun?«

»Ähm … Hier ist Lena. Wo ist denn der …« Mist, sie kannte ja nicht mal den Namen von dem Typen. »Bei dem ich sonst immer bestelle?«, schob sie lahm hinterher.

»Ich weiß nicht, wen Sie meinen, ich bin neu hier. Was kann ich für Sie bestellen?«

Lena ächzte genervt angesichts dieser unerwarteten Zumutung, sich erklären zu müssen. »Pizza. Von *Firenzis*.«

»*Firenzis* hat heute geschlossen. Wegen einer Weihnachtsfeier. Möchten Sie einen anderen Italiener auswählen?«

Was? Das konnte doch nicht wahr sein!

»Hallo? Sind Sie noch dran?«

Lena legte wortlos auf. Wie kam man bei *Firenzis* dazu, einfach zu schließen? Wegen einer blöden Weihnachtsfeier? Und wieso arbeitete der Typ – wie immer er auch hieß – plötzlich und ohne sie zu benachrichtigen nicht mehr bei Lieferino? Hatten diese Leute eigentlich eine Vorstellung davon, welche Unannehmlichkeiten sie Lena damit bereiteten? Jetzt musste sie raus aus ihrem Kokon, raus in die Matschkälte da draußen und sich zu dem kleinen Supermarkt an der Ecke begeben. Wahrscheinlich gab es eine Schlange und sie konnte warten, bis die Oma vor ihr elf Euro siebenundzwanzig in Münzen zusammengeklaubt hatte. Dann würde sie im Nieselregen zurücklaufen, den Lärm vom Weihnachtsmarkt als Soundtrack im Ohr, und als Krönung womöglich irgendeinen Bekannten treffen, der wissen wollte, wie es ihr ging und wie sie Weihnachten verbrachte und was sie verschenkte und aß, und der ihr zum Abschied ein »Rutsch gut rein!« zublökte.

Eine Weile lang starrte Lena bockig auf den Kalender an der Wand, ein Kundengeschenk von Lieferino. Darauf war noch März und das Bild mit den Tulpen wellte sich. Dann rappelte sie sich auf. Es half nichts, sie musste sowieso einkaufen. Ergeben schlüpfte sie in ihre Winterjacke und stülpte sich die weiße Wollmütze über. Als sie aus ihrer Wohnungstür ins Treppenhaus trat, knirschte etwas unter ihrem Schuh.

»Mann, pass auf«, rief eine Kinderstimme. »Du trittst auf Zombie-Girl.«

»Auf wen?« Lena sah nach unten. Da hockte wieder die Kleine von nebenan. Sie war irgendwas zwischen zwei und sieben Jahre alt, soweit Lena das einschätzen konnte, und saß dauernd im Treppenhaus herum. Diesmal hatte sie lauter kleine Plastikfiguren und Plüschtiere um sich herum aufgebaut.

»Das hier ist Zombie-Girl.« Das Mädchen hielt die kleine Puppe hoch, auf die Lena getreten war. »Die ist untot, aber trotzdem ganz lieb, und sie wird die anderen Kinder aus der Schule retten, wenn die Zombie-Invasion kommt.«

»Super.« Lena stieg über das Kind hinweg.

»Und das hier ist Wermaus. Also kein Werwolf, sondern eine Wermaus, verstehst du? Die ist auch total lieb.«

»Ja. Niedlich.« Lena warf einen flüchtigen Blick auf ein undefinierbares graues Plüschtier. Dann fiel ihr etwas auf. Das waren doch ihre schlammigen Wanderschuhe, in denen diese ganzen Püppchen steckten, oder? Sie standen normalerweise vor der Wohnungstür.

»Ähm, du?« Sie tippte das Mädchen an. Wie hieß die gleich? Egal. »Das sind meine Schuhe.«

»Ich weiß. Ich habe sie nur geborgt. Das sind Höhlen, darin leben die Zombies. Die können ja nicht ans Licht, weißt du. Weil sie nur nachts rauskommen und …«

»Super. Na, dann.« Bloß nicht darauf eingehen, dieses Mädchen nagelte sie sonst hier fest. Die hatte irgendwie keinerlei Hemmschwelle und plapperte sie noch zu. Die mürben Treter waren den Stress nicht wert. Beim Anblick der Wanderschuhe kam ihr jedoch eine Idee. Sie holte ihr Handy heraus, kippte die Püppchen auf den Fußabtreter und schoss ein Foto von den schlammverkrusteten Schuhen.

»Mann, die dürfen nicht ans Licht«, beschwerte sich das Kind.

»Ist ja gut.« Lena stopfte die Puppen wieder in die alten Latschen.

»Warum hast du eben ein Foto von deinen Schuhen gemacht?«

»Für Instagram.« Lena lud das Foto auf ihrer Seite hoch. Überschrift: *Herrlich lange Wanderung heute #naturelove #glücklicherschöpft*

»Warum?«

Lena zog es vor, nicht darauf zu antworten. Sie wusste selbst nicht, warum sie sich auf Instagram tummelte. Irgendwie hatte es sich in den letzten Jahren so entwickelt. Sie führte ihr echtes Leben und parallel dazu ein anderes auf Social Media. Dort teilte eine unerhört aktive Lena ihr Entzücken über Waldspaziergänge, gute Bücher und schöne Dekos mit hunderten von Unbekannten.

»Soll ich dir mal zeigen, was die Zombies alles können?«

»Du, vielleicht später.« Lena wäre beinahe auch noch auf ein Plüschtier getreten und wich in letzter Sekunde mit einem Schlenker aus. Hoffentlich war das Mädchen nachher weg, wenn sie zurückkam. Die Familienverhältnisse in der Nachbarwohnung waren echt grenzwertig. Der Vater war nie da. Er betrieb irgendein Restaurant oder Café, Lena kannte den Namen nicht. Sie konnte sich sowieso nicht daran erinnern, den Mann jemals gesehen zu haben, sämtliche Informationen über ihn stammten von der redseligen Frau, inzwischen Ex-Frau, die angeblich eine Band managte und vor über einem Jahr auf Tournee davongerockt war. Lena hatte nie wieder etwas von ihr oder der Band gehört, sofern es Letztere überhaupt gab. Jedenfalls waren die zwei Gören den ganzen Tag alleine, falls nicht gerade die pink gesträhnte und krass gepiercte Freundin des Vaters auf sie aufpasste. Obwohl *aufpassen* ein sehr schmeichelhaftes Wort für das permanente Anschnauzen war. Wie auf Kommando erklang jetzt die alles durchdringende Quiekstimme der Freundin hinter der Wohnungstür des Nachbarn. »Mann, ey, jetzt hör doch mal auf, ey! Du kriegst auch gleich ein Time-out, ich sag's dir, ey!«

Ein Kind plärrte los, etwas ging krachend zu Boden. Das laute Lachen einer Cartoonfigur erklang, wurde schriller und hysterischer. Das Kind gewann trotzdem in puncto Lautstärke.

»Marina hat mal wieder miese Laune.« Das Mädchen seufzte.

»Man hört's.« Lena sprintete die Treppen hinunter. Was sollte man dazu auch sagen? Sie zog die schwere Haustür auf und begab sich hinaus auf die vorweihnachtliche Hauptstraße. Hinein in die Schlacht.

# 2

Beinahe wäre sie mit einem Typen zusammengeprallt, der als Ratte verkleidet mit einer Sammelbüchse genau vor ihrer Haustür herumlief.

»Eine Spende fürs Tierheim, gute Leute«, rief er in der Manier eines mittelalterlichen Marktschreiers und breitete die Arme aus. »Unsere Tiere wollen auch ein frohes Fest erleben!« Weil er in seinem lächerlichen Kostüm offenbar nicht sah, wo er hinlief, rannte er blind auf Lena zu. Die wich in letzter Sekunde aus und trat prompt in einen Hundehaufen.

»Mann«, fluchte sie. »Pass doch auf.«

Der Typ drehte sich zu ihr um, sein übergroßer Plüschkopf mit den Nagezähnen wackelte. »Hey, du! Magst du Tiere?«

»Eher weniger.« Lena schob sich an ihm vorbei.

»Hey, trotzdem, wie wär's mit einer Spende?«

Also, der Kerl war irgendwie ganz besonders penetrant. »Tiere sind nicht so mein Ding«, gab sie zurück. »Und speziell Ratten hasse ich total.«

»Ich bin ein Hamster«, kam es beleidigt aus dem Kostüm. »Blöde Kuh.«

»Miez, miez!«, lallte in diesem Moment ein Mann, der mit einem Becher Glühwein in der Hand vom Weihnachtsmarkt herübergetorkelt kam. Er steuerte auf den Hamster zu. »Wills'n Schluck?«

Es fing an, stärker zu regnen. Ein Radfahrer schlängelte sich ohne Rücksicht auf Verluste auf dem Gehweg zwischen den Leuten hindurch, ein Auto fuhr durch eine große Pfütze am Straßenrand und Wasser spritzte gegen Lenas Beine. Sie sehnte sich bereits jetzt nach der Stille ihrer Dachwohnung zurück. Irgendwann sollte sie sich aufraffen und aufs Land ziehen, weit weg von allen Menschen. Ein Haus auf dem Land mit exzellentem High-Speed-Internet, das war alles, was sie im Leben brauchte. Ab und zu konnte ja eine Drohne von Amazon auf dem Dach landen und ihr Lebensmittel vorbeibringen. Und die nächsten Nachbarn durften gern in drei Kilometer Entfernung wohnen. Eine herrliche Vorstellung. Andererseits bestand dann natürlich die Gefahr, dass augenblicklich ihre Eltern anrücken würden. Bislang waren alle Versuche ihrer Eltern, sie zu besuchen, fehlgeschlagen, denn Lena schmetterte jeglichen zarten Vorstoß in diese Richtung umgehend ab. Die Wohnung war zu klein, die Gegend zu unsicher, so behauptete sie stets. Ob ihr Vater unbedingt von Taschendieben beklaut, ihre Mutter von rücksichtslosen Radfahrern auf dem Fußweg umgenietet, von Betrunkenen obszön beschimpft und von respektlosen Teenagern mit klebrigen Kaugummis beworfen werden wolle? Ihre Eltern würden mit dem rauen Umgangston in Lenas Viertel nicht klarkommen, so erklärte sie ihnen, denn die beiden wollten ja täglich spazieren gehen und mit den Nachbarn reden und fremde Hunde streicheln und mit der Bäckersfrau darüber schwatzen, wer in letzter Zeit alles gestorben war und was die künstliche Hüfte von Frau Bichel machte und was eigentlich links am Marktplatz gebaut wurde. In Lenas Viertel ging man nur vor die Tür, um Drogen zu besorgen oder seinen Pitbull auszuführen. An diesem Punkt knickten ihre Eltern dann immer ein, Gott sei Dank. Die Vorstellung, die beiden mehr als ein paar Stunden an der Backe zu haben, war für Lena vollkommen unerträglich. Und in einem Landhaus würden ihre Eltern sich unter Umständen den ganzen Sommer lang einnisten!

Außerdem gab es auf dem Land Tiere, fiel ihr ein. Sie hatte eben nicht gelogen, ihre Begeisterung für Tiere hielt sich schwer in Grenzen. Auf dem Land hatte jeder einen Hund oder gar Hühner, diese hinterlistigen Minisaurier mit den spitzen Schnäbeln und dem verschlagenen Blick. Außerdem rannten einem da nachts Wildschweine durch den Garten oder Füchse oder Marder. Oder Wölfe! Nein, in ihrer gemütlichen Wohnung war sie am besten aufgehoben. Lena blieb stehen, um die Straße zu überqueren. Direkt neben ihr erklang ein kleines Läuten, als ob jemand genau vor ihrem Ohr mit einem Glöckchen bimmelte. Also die Leute wurden doch immer dreister! Genervt fuhr sie herum. Aber da war niemand. Lena stand hier ganz allein. Sie blinzelte verwirrt.

Fröstelnd betrat sie den kleinen Supermarkt. Dunstige Wärme schlug ihr entgegen, Weihnachtsmelodien jaulten durch die Obstabteilung.

»Freude schenken!«, brüllte eine Stimme durch den Ladenlautsprecher. »Nur noch vier Tage bis zum Fest! Bei uns finden Sie alles, was Sie dafür brauchen! Leckeren Rotkohl im Glas jetzt nur eins neunundneunzig! Einen Weihnachtsbraten dazu? Küchenfertige Enten aus dem Tiefkühlregal für nur …«

»Verzeihung.« Jemand hatte Lena den Einkaufswagen in die Hacken gerammt, aber bevor sie reagieren konnte, war die Person schon abgedreht und steuerte zu den Teigwaren.

Lena rieb sich die schmerzende Wade, packte sich ein paar Tiefkühlpizzen in den Korb, fügte wahllos Kekse hinzu, außerdem Wein, Müsli, Tee und Kaffee. Und schließlich noch Äpfel und einen abgepackten Salat, der zwar ernährungstechnisch ihr schlechtes Gewissen für den Moment beruhigen, allerdings, wie alle Salate vor ihm, im Kühlschrank früher oder später den Schimmeltod sterben würde. Die Schlange beim Bezahlen war erwartungsgemäß endlos, die Leute in Eile und gestresst.

»Können Sie nicht noch eine zweite Kasse aufmachen?«, beschwerte sich jemand, woraufhin die Verkäuferin patzig zurückgab: »Hab ich vier Arme?«

»Frohes Fest, ihr guten Leute!«, rief eine Stimme, die Lena bekannt vorkam, und in der Tat, vor dem Eingang stand wieder dieser Hamster mit seiner blöden Sammelbüchse. Sie musste also noch einmal an ihm vorbei. In schätzungsweise sieben Jahren, wenn sie hier endlich bezahlt hatte.

Sie hätte doch zum Döner an der Ecke gehen sollen. Aber dann würde Yussuf dort sofort wissen wollen, warum sie nichts für Berat mitnahm und wo der überhaupt in letzter Zeit blieb. Und auf dieses Gespräch hatte Lena heute weniger als keine Lust, denn zwischen ihr und Berat herrschte seit zwei Tagen eisige Funkstille.

Kaum hatte sie den Supermarkt verlassen, huschte sie schnell an dem Hamster vorbei über die Straße, bevor er sie noch einmal anquatschte. Dort allerdings begann gleich der Weihnachtsmarkt und sie fand sich sofort inmitten einer zähen

Menschenmenge wieder. Zahllose Menschen, vereinigt in ihrer Gier nach Bespaßung und Verköstigung, schoben sich schmatzend und futternd im Schneckentempo voran.

»Günti, weißer oder roter Glühwein?«, brüllte jemand direkt neben Lenas Ohr.

Sie versuchte zu überholen, wurde aber vom entgegenkommenden Pulk Weihnachtsmarktbesucher förmlich absorbiert, der sie wie eine Riesenkrake umschlang, sodass sie gegen ihren Willen vor einen Lebkuchenstand gedrängt wurde.

»Kleine Kostprobe?« Eine Verkäuferin mit dicker Pudelmütze hielt ihr ein Tablett entgegen. »Lebkuchen aus Leschenberg, die werden dort schon seit über hundert Jahren in der kleinen Traditionsbäckerei Hellmann hergestellt. Links die sind mit Pflaumenmus gefüllt, rechts mit Marzipan. Ganz lecker.«

»Kenn ich«, rutschte es Lena heraus. Besagte Bäckerei Hellmann in Leschenberg hatte schließlich auf ihrem Schulweg gelegen und war der erste Sehnsuchtsort ihres Lebens gewesen. Sofort bereute sie ihre Bemerkung, denn die Augen der Verkäuferin leuchteten auf.

»Ach, Sie kennen Leschenberg? Dann wissen Sie ja, was gut ist. Greifen Sie zu.«

Lena raffte wahllos zwei der kleinen Stückchen vom Tablett und stopfte sie in ihre Jackentasche. »Danke«, murmelte sie, ohne auf die Frage einzugehen. Bestimmt wollte sich diese Frau mit ihr unterhalten. Sie würde nachhaken, wie lange Lena in Leschenberg gewohnt hatte und ob sie die Familie Rundmichel kannte und ob Lena etwa mit den Engels vom Blumengeschäft am Markt verwandt war? Die Geduld, sich auf andere Menschen einzulassen, war Lena irgendwann in den letzten Jahren abhandengekommen. Und sie gab nicht gern zu viel aus ihrem Leben preis, das ging nie gut.

»Möchten Sie eine Packung mitnehmen?«, lockte die Verkäuferin.

»Vielleicht später.« Lena spürte, wie sich ihre Batterie immer schneller leerte, dieser ganze Vorweihnachtstrubel entzog ihr geradezu die Kraft. Der Geruch hier vernebelte einem das Gehirn, die Luft war von Glühwein geschwängert, alles war fett gebacken, süß und klebrig und es gab viel zu viele lärmende Menschen, es klingelte, bimmelte, brutzelte, funkelte und christkindelte an jeder Ecke. Und weder konnte man den Ton leiser drehen noch sich wegklicken.

»Aber nicht zu lange warten. Wir sind nur bis zum Dreiundzwanzigsten hier.«

Lena nickte kraftlos, dann schlüpfte sie durch eine Lücke im Gewühl, sprintete zur nächsten Ampel und atmete auf. Da drüben war der Dönerverkauf von Jussuf, wahrscheinlich der einzige Laden in der Gegend, in dem niemand sang, dass er froh und munter war und sich von Herzen freute. Allerdings hatte Jussuf als kleines Zugeständnis einen winzigen Tannenbaum in sein Schaufenster gestellt. Den erspähte Lena, als sie schnell checkte, ob sich Berat zufällig im Laden aufhielt. Nein, er war nicht zu sehen.

Ihre Hand glitt in die Jackentasche, dann hielt sie inne. Nein, sie würde Berat nicht anrufen. Sollte er doch den ersten Schritt machen, sie hatte schließlich allen Grund, auf ihn sauer zu sein. Hatte er ihr allen Ernstes vor zwei Tagen vorgeschlagen, mit ihm über Weihnachten in die Türkei zu fliegen. Und nicht mal ans Meer oder in ein romantisches Hotel – nein, zu seiner Familie. Zu seiner Großfamilie!

»Du machst dir eh nichts aus Weihnachten. Da können wir doch genauso gut wegfahren. Raus aus dem drögen deutschen Winter und ab in die Sonne Anatoliens. Meine Familie würde sich riesig freuen, dich kennenzulernen.«

Im ersten Moment hatte es ihr die Sprache verschlagen. »Ernsthaft?«, hatte sie endlich unter Hinzunahme aller Höflichkeitsreserven gefragt. »Was soll ich denn da?«

Ein verletzter Zug erschien um seinen Mund. »Na, meine Großeltern kennenlernen. Meine Onkel und Tanten, meine Nichten und Neffen. Da deine Eltern offenbar kein Interesse an mir haben, könnten wir ja wenigstens meine Familie treffen.«

Natürlich wollten Lenas Eltern nichts lieber, als Berat kennenzulernen, aber dies war nicht der richtige Zeitpunkt, damit herauszurücken. Außerdem hatte sie einfach keinen Bock auf diese anstrengende Aktion. »Ach, ich weiß nicht«, wich sie aus.

»Sie sind wirklich alle sehr nett.« Berat blieb hartnäckig.

Das mochte ja sein, aber es kam überhaupt nicht infrage. Allein die Idee! Mit tausend türkischen Verwandten ununterbrochen reden, die ausufernden Familienverhältnisse im Überblick behalten, noch mehr reden, Tee trinken, bis ihr die Blase platzte, wieder reden, sich an Baklava überfressen und – schrecklichste aller Vorstellungen – mit Berats Großfamilie stundenlang zu Leierkastenmusik im Kreis tanzen und sich dabei an den Händen halten zu müssen. Sie würde bestimmt stolpern, aus dem Takt geraten, nach links hüpfen, wenn alle anderen nach rechts hüpften. Sich blamieren, und das alles ohne eine Fluchtmöglichkeit, ohne einen Rückzugsort, ohne *allein* sein zu können. Das würde sie nicht aushalten, schon bei der Vorstellung brach Lena der Schweiß aus.

Da verbrachte sie die Feiertage noch lieber als Aushilfe im Tierheim. Bei den Hamstern!

»Nein.«

»Aber in der Türkei ist es jetzt warm und mild und …«

»Es geht sowieso nicht«, schnitt sie Berat das Wort ab. »Ich muss arbeiten.«

»Du musst über Weihnachten arbeiten?« Er schüttelte den Kopf und machte eine Geste in Richtung Wand, als wolle er diese aufrufen, stumme Zeugin im hoffnungslosen Fall Lena zu sein.

»Ich habe zu tun.«

»Du hast immer zu tun, Lena. Das ist es ja. Du flüchtest dich in Arbeit.«

»Flüchten? Wovor soll ich denn flüchten?«

»Keine Ahnung. Vor der Türkei? Vor meinen Verwandten? Vor mir?« Mit diesen Worten hatte Berat seine Jacke und sein Handy geschnappt und war gegangen.

Lena verstand nicht, was mit ihm los war. Wieso ging er einfach? Normalerweise war sein Verhalten von höflichem Entgegenkommen geprägt. Und dass sie nur für ihre Arbeit lebte, hatte ihn doch ursprünglich so beeindruckt. *Du weißt, was du erreichen willst, Lena, das ist toll.* Genau dieser Satz klang ihr noch im Ohr. Sie hatten sich sogar im Job kennengelernt, bei einem dieser ausufernden Team-Events vor einem Jahr. Da sollten alle Mitarbeiter jonglieren lernen, und eine besonders unkoordinierte Kollegin hatte Berat unter hysterischem Gelächter vier Holzkugeln ins Gesicht geschleudert. Während alle anderen entweder in begeistertes Klatschen oder mitleidiges Quieken ausgebrochen waren, hatte Lena sich zum Erste-Hilfe-Kasten begeben und Eispäckchen und Pflaster besorgt. Sie hatte Berat verarztet und nebenbei ihre

E-Mails gecheckt, weil ihr dieser überflüssige Spaßtag kostbare Arbeitszeit raubte. Sein erster Eindruck von ihr war also der einer kompetenten, ehrgeizigen Frau gewesen. Das Bild einer Frau, die schöne Blusen trug oder guten Kaffee kochte oder unter albernem Gelächter blind mit Bällen um sich warf, hatte sie nicht abgegeben. Aber offenbar gefiel ihm das mittlerweile nicht mehr.

»Na, schon alles fürs Fest vorbereitet?«

Lena schreckte aus ihren Gedanken auf. Vor ihr stand die alte Frau Schulz aus dem Parterre. Besser gesagt, sie saß, in ihrem Rollstuhl. Sie trug Handschuhe, an denen kleine Glöckchen bimmelten, und ihre Wangen waren von der frischen Luft rosig verfärbt. Frau Schulz hatte irgendeine Behinderung oder eine Krankheit, so genau wusste Lena das nicht. Und wenn sie ehrlich war, wollte sie gar nicht so genau Bescheid wissen, denn sonst hätte sie ja ständig darauf eingehen müssen. Es war schon schwer genug, Frau Schulz, die ständig auf Lena zu lauern schien, aus dem Weg zu gehen.

»Wie schön, dass wir dieses Jahr den Weihnachtsmarkt genau vor der Tür haben. Da komm ich endlich wieder hin.« Frau Schulz pochte auf die Tasche in ihrem Schoß. »Hab ein paar Lebkuchen besorgt. Die gebrannten Mandeln gehen ja bei mir nicht mehr, da hebelt es mir die Prothese heraus.« Sie kicherte.

»Tag, Frau Schulz.« Warum nur hatte Lena nicht aufgepasst? Normalerweise gelang es ihr immer, ein Treffen mit Frau Schulz in letzter Minute zu verhindern, indem sie entweder rannte und die Straßenseite wechselte, um im Zickzack zu überholen, oder trödelte, um fünf Minuten später einzutreffen, oder gleich ganz stehen blieb und wartete. Sie war mittlerweile richtig stolz auf all die Strategien, die sie entwickelt hatte, um ein Zusammentreffen zu vermeiden. »Ich muss leider zurück an die Arbeit«, kam sie dem Redefluss der alten Frau zuvor. »Hab gleich ein Zoom-Meeting.«

»Ein was?«

»Eine Onlinekonferenz.« Ein ungeduldiger Ton schlich sich in Lenas Antwort. »Am Computer«, fügte sie hinzu, als sie den verständnislosen Blick der alten Frau bemerkte. »Für meinen Job.« Herrgott, es war zwecklos.

»Ach, das hat mir die von der Seniorenpflege nahegelegt, damit ich meine Enkel in Neuseeland mal sehen kann, aber ich verstehe das immer nicht, wissen Sie, es erklärt mir ja keiner.«

»Das können Sie alles online finden.« Lena sah absichtlich auf die Uhr.

Frau Schulz schien es nicht zu bemerken. »Nach Neuseeland fliegen kann ich in meinem Leben auch nicht mehr, ich kann überhaupt nirgendwohin mehr fliegen, dabei würde ich doch so gerne noch mal richtig schön verreisen. Manchmal schau ich mir die Fotos im Reisebüro in der Herderstraße an und dann träume ich ein bisschen davon, wie ich unter so einer Palme sitze. Zwar in meinem Rollstuhl, aber das würde ich in Kauf nehmen, weil …«

»Tut mir leid, ich muss. Bis später, Frau Schulz.«

Das Licht im Treppenhaus ging mal wieder nicht, weshalb Lena fast zu Tode erschrak, als jemand im zweiten Stock wie eine Fata Morgana auf der Treppe saß.

»Hallo, du.« Es war das Mädchen von nebenan, die jetzt ganz offensichtlich einige Etagen weiter nach unten gerutscht war. Wieder hielt sie etwas in der Hand, allerdings dieses Mal ein zappelndes Etwas. Lena wich instinktiv zurück.

»Das ist Harry, der Hamster. Ist der nicht süß?« Das Mädchen strich zärtlich mit dem Zeigefinger über das kleine Tier. »Ich habe mir dieses Jahr wieder einen Hund zu Weihnachten gewünscht, aber ich glaube nicht, dass ich einen bekomme. Ich kriege meistens nicht das, was ich mir wünsche. Mein Bruder auch nicht. Der wünscht sich schon ganz lange einen Gecko. Und ein Aquarium dazu.«

»Terrarium«, verbesserte Lena mechanisch.

»Mein Bruder heißt Johannes. Und ich heiße Isabel. Mein Hund könnte vielleicht Bella heißen. Oder Bello.«

Ein Hund. Vielleicht noch so ein durchgeknallter kleiner Dauerkläffer. Und ausgerechnet einen Gecko. Da hatte Lena ja verdammtes Glück gehabt, dass die albernen Wünsche dieser Kinder nie erfüllt wurden, sonst hätte es auf ihrer Etage schon längst wie im Zoo gerochen.

»Harry gehört Herrn Hüttich, der hier wohnt. Ich darf ihn halten, während er den Käfig sauber macht.« Das Mädchen namens Isabel versuchte, den Hamster zu küssen.

Igitt. Hamster, Ratte, Maus, alles dasselbe Viehzeug. Lange Nagezähne, die sich durch Berge von Fressbarem frästen, und wuselnde Schwänze. Und dann noch Geckos, diese stumpfsinnigen Reptilien mit Glotzaugen. Mini-Krokodile, die einem, ohne mit den wimpernlosen Augen zu zucken, die Hand abbeißen würden, wenn sie nur etwas größer wären.

Lena schüttelte sich unwillkürlich. Der alte Hüttich war auch so ein Kandidat. Der betrieb heimlich eine Art Tierheim in seiner Bude, auch wenn er glaubte, niemand würde es merken. Dauernd bellte, miaute und quiekte es in der Wohnung im zweiten Stock. Wahrscheinlich roch es darin auch wie im Löwenkäfig. Und wieso saß dieses Kind eigentlich jetzt hier unten?

»Oben ist voll«, erklärte Isabel, als ob sie Gedanken lesen könnte. »Da sitzt schon mein Bruder.«

»Was?«, flatterte es gegen ihren Willen aus Lenas Mund.

»Weil immer nur *einer* ein Time-out auf der Treppe oben haben darf. Und wenn da zwei sitzen, dann machen sie Quatsch oder reden miteinander. Das ist nicht Sinn der Sache.«

»Sagt wer?«, fragte Lena verblüfft, schon einen Fuß auf der Treppenstufe.

»Na, Marina. Die Freundin von Papa. Deswegen muss ich hier unten sitzen. Oben sitzt Johannes, aber hier ist es besser, denn hier gibt es Hamster.«

Diese Marina hat mehr als ein Rad ab, lag es Lena auf der Zunge zu sagen, aber sie beherrschte sich. Das hier ging sie nichts an. Leute mit Kindern hatten gefälligst selbst mit ihrem Nachwuchs klarzukommen. Obwohl sie zugeben musste, dass es sich hier um seltsame Methoden handelte. Aber besser, das Kind saß hier unten mit dem Hamster als oben vor Lenas Wohnung. Nur für den Fall, dass das Vieh entwischte und in einem unbeobachteten Moment in Lenas Wohnung floh und sich dort nagend und müffelnd unter ihrer Couch einnistete.

Sie nahm zwei Stufen auf einmal die Treppe hinauf, wobei sie leider feststellen musste, dass es um ihre Kondition nicht gut bestellt war. Bereits im nächsten Stockwerk schnappte sie nach Luft wie eine herzkranke Flunder. Wahrscheinlich saß sie zu viel herum. Natürlich saß sie zu viel herum. Aber für einen regelmäßigen Besuch im Fitnessklub fehlte ihr nun mal die Zeit.

Als Lena fast oben angelangt war, erblickte sie einen kleinen Jungen, der mit missmutigem Gesicht auf der ersten Treppenstufe saß.

»Hallo«, murmelte er, als er Lena entdeckte.

»Hallo.«

In dem Moment ging die Tür des Nachbarn auf.

»Und? Kannst du dich jetzt wie ein Erwachsener benehmen?«, erklang die Stimme dieser Marina, so lieblich wie eine Bergziege.

»Nein«, antwortete ein Junge trotzig. »Ich bin ja noch ein Kind.«

»Ich warne dich, werd ja nicht frech. Dann sitzt du den ganzen Tag hier. Ich habe echt den Kanal voll mit euch, ihr seid so was von nervend, ich …« Die Frau namens Marina verstummte, denn jetzt hatte sie Lena entdeckt, die schnaufend die Treppe heraufgestapft kam. Schlagartig ersetzte ein schiefes Lächeln Marinas wütende Miene. »Ach, die Nachbarin, guten Tag.«

»Tag«, murmelte Lena. Wieso war die so scheißfreundlich zu ihr? Sie richtete ihren Blick auf die Hand der Frau, die sich in den Pulli des Jungen gekrallt hatte.

Augenblicklich ließ Marina das Kind los. »Du kannst reingehen, Joschi«, flötete sie. »Und räum schön dein Zimmer auf, bevor der Papa kommt, ja?«

Lena ignorierte die beiden und schloss ihre Tür auf.

Ein Hüsteln erklang hinter ihr. »Ähm«, machte Marina sich bemerkbar. »Frau … ähm, ich wollte Sie etwas fragen.«

»Engel.« Lena deutete auf ihr Türschild. War diese pink gesträhnte Kinderschänderin zu blöd zum Lesen? Wie lange hing das Schild da schon?

»Ja, genau.« Marina klimperte mit ihren langen Wimpern. »Nachher kommt irgendwann ein Paket von DHL für mich. Nehmen Sie das bitte für mich entgegen?«

Irgendetwas an dieser Frage triggerte Lena. Wahrscheinlich war es die Tatsache, dass es eher wie eine Anweisung als eine Bitte klang. Ein Befehl von einer Frau, die es gewohnt war, dass alle nach ihrer Pfeife tanzten.

»Geht nicht.« Lena wandte sich ab.

»Was?«, stammelte Marina entrüstet. »Wieso denn nicht?«

»Weil ich nicht weiß, ob ich später zu Hause bin. Deshalb kann ich das nicht versprechen.« Außerdem war Lena von dieser Frau echt genervt. Nur konnte sie das nicht so deutlich sagen.

»Aber Sie sind doch immer zu Hause. Tagein, tagaus.« Ein überhebliches kleines Schnauben.

Das stimmte erstens nicht, denn an zwei Tagen in der Woche musste Lena leider ins Büro, und zweitens ging es diese Tussi überhaupt nichts an, wo Lena sich aufhielt oder nicht aufhielt.

»Wie gesagt, es geht nicht.« Lena begab sich in ihre Wohnung, ohne sich noch einmal umzudrehen.

»Also echt«, hörte sie es hinter ihrem Rücken leise schimpfen. »So was Unhöfliches. Hockt den ganzen Tag lang in ihrer Hütte wie ein Einsiedlerkrebs, geht so gut wie nie aus dem Haus und weigert sich dann, ihren Nachbarn einen Gefallen zu tun. Und das zu Weihnachten!«

Lena ließ die Tür hinter sich ins Schloss fallen. Endlich war sie wieder in ihren eigenen vier Wänden. Sie setzte die Tüte mit den Einkäufen auf dem Küchentisch ab. Am besten ließ sie sich das alles von jetzt an liefern, dann musste sie überhaupt nicht mehr hinaus. Von irgendwoher aus der Wohnung erklang ein Geräusch. Lena hielt halb in der Bewegung inne. Was war das denn? Es klang wie ein Glöckchen. Sie lauschte. Da! Ganz leise, kaum wahrnehmbar. Kam das von draußen? Oder hatte sie den Fernseher angelassen? Mit einem Mal verstummte es. Wahrscheinlich kam es von den blöden Nachbarn. Obwohl so ein zartes Geräusch eigentlich gar nicht zu denen passte. Dann stutzte sie. Das war heute schon das zweite Mal, dass sie irgendwelche Glöckchen hörte. War irgendwas mit ihren Ohren? Ach, egal.

Als sie ihre Jacke aufhängte, kullerte etwas aus der Tasche. Ach ja, die Lebkuchenstückchen. Plötzlich überfiel Lena ein regelrechter Heißhunger und sie stopfte sich die Teilchen in den Mund. Einen Moment lang stand sie reglos da und kaute. Köstlich. Sie hatte völlig vergessen, wie wunderbar Lebkuchen aus Leschenberg schmeckte. Aus dem Nichts schoss eine Erinnerung durch ihren Kopf. Schneetreiben auf dem Heimweg nach der Schule. Kinderlachen. Ein Schneeball, der haarscharf an ihrer Mütze vorbeizischte. Geworfen von Mike Kerber aus der 4b, der in Lena verliebt war und dieser Liebe, ganz einem Zehnjährigen gemäß, Ausdruck verlieh, indem er mit Schneebällen nach ihr warf. Sie selbst, Lena, wie sie in den Bäckerladen floh, dann aber unbeholfen vor dem Verkaufstresen herumstand, weil sie gar kein Geld hatte. Die freundliche Bäckersfrau Hellmann, die ihr mit einem Augenzwinkern einen Lebkuchen schenkte. Mit Pflaumenmus gefüllt, genau wie der, den Lena eben gegessen hatte. Die Wärme der Backstube, der Heißhunger nach der Schule, der köstliche Duft des Weihnachtsgebäcks. Das Tannengrün überall, ein wohlig warmes und heimeliges Gefühl. Die unbändige Vorfreude auf Weihnachten. Wie hatte Frau Hellmann ausgesehen? Lena wusste es nicht mehr.

# 3

Noch zehn Minuten bis zum nächsten Meeting. Lena loggte sich schnell in ihre sozialen Medien ein, um wildfremden Leuten ein Update aus ihrem Paralleluniversum zu geben. Sie lud sich aus dem Internet das Bild eines romantischen Weihnachtsmarktes in den Bergen herunter und versah es mit dem Titel *Dreaming of a White Christmas*. Anschließend fotografierte sie noch eine leere Kaffeetasse mit verschwommenem Hintergrund und irgendein Buch, das seit Monaten ungelesen bei ihr herumlag, und schrieb *Gemütliche Vorweihnachtszeit* dazu. Ab ins Internet mit beiden Fotos, und fertig. Nahezu sofort gaben ihr zehn Leute ein Like.

Fünf Minuten. Lenas Blick fiel auf den Stapel Weihnachtspost, der seit Tagen ungeöffnet auf ihrem Schreibtisch lag. Warum die Leute sich nur die Mühe machten? Sie überflog die Kartengrüße. Bunte Weihnachtskarten von aktuellen und ehemaligen Kollegen, die ihr alle ein besinnliches Weihnachtsfest und den unvermeidlichen und endlos strapazierten guten Rutsch wünschten. Jemand schrieb: »Was machst du zu Weihnachten?«, und Lena gab ein belustigtes kleines Schnaufen von sich. Was sie zu Weihnachten machen würde? Gar nichts. Darauf warten, dass es vorbei war, und schlafen.

Wie jedes Jahr war eine steife Karte von Onkel Heinrich und Tante Rosa eingetroffen. Lena erinnerte sich nur schwach an die beiden. Die Karte zeigte die Heiligen Drei Könige, die paradoxerweise durch einen verschneiten Tannenwald stapften.

»Wusste gar nicht, dass Jesus im Thüringer Wald geboren wurde.« Lena verzog spöttisch den Mund und warf einen raschen Blick auf die Rückseite. Tante Rosa drückte dort die Hoffnung aus, Lena bald mal wieder im Kreise der Familie zu sehen. »Aber sicher doch. Zu meinem Begräbnis.« Kopfschüttelnd ließ Lena den gesamten Kartenstapel in den Papierkorb gleiten. Dann las sie noch den Anfang des alljährlichen Weihnachtsbriefes, den ihr eine ehemalige Kommilitonin seit Jahren unverdrossen schickte, obwohl Lena nie in irgendeiner Weise darauf reagiert hatte. Er listete penibel alle Entwicklungsmeilensteine, Sporttrophäen und Kunstprojekte ihrer drei Kinder auf und Lena verlor schon beim vierten Satz den Überblick. Was für eine Papierverschwendung. E-Mails konnte man wenigstens löschen und irgendwann würden die Leute die albernen Weihnachtskarten sowieso aufgeben. So wie Maxi, Lenas ehemalige Schulfreundin, von der in diesem Jahr keine Post mehr gekommen war. Umso besser, da musste Lena wenigstens kein schlechtes Gewissen haben, dass sie seit Jahren nicht mehr darauf reagiert hatte. Sie sah auf die Uhr. Es war siebzehn Uhr, Zeit für das Meeting mit dem Team aus Schottland.

Fast augenblicklich bereute Lena, sich zu dem Meeting dazugeschaltet zu haben, aber jetzt war es zu spät. Im Büro in Edinburgh herrschte eine Stimmung wie auf einem Narrenschiff. Die meisten Zoom-Fenster waren leer, weil alle aus dem Büro im Gang herumstanden und unter baumelnden Papiergirlanden auf etwas warteten. Der Einzige, der vor seinem Computer saß wie ein Felsblock, war Gordon Barrington, ein Mann mit ungesunder Hautfarbe und dem Humor eines Schraubenziehers.

»Hi«, nuschelte er, als er Lena erblickte.

»Tag, Gordon«, begrüßte Lena ihn auf Englisch. »Was ist bei euch los?«

»Weihnachten«, informierte Gordon sie, offenbar in der Annahme, dass diese Tatsache noch nicht bis zu ihr vorgedrungen war. Wie auf Befehl erschallte *Let it snow, let it snow, let it snow* aus einem Lautsprecher, mehrere Leute sangen begeistert mit. »Büroparty geht gleich los.«

»Aha. Ich dachte, wir besprechen jetzt das neue Projekt?«

»Sekunde.« Gordon schraubte sich aus seinem Sitz und einen Moment lang konnte Lena den Übergang von seinem hellgrauen Hemd zu seiner dunkelgrauen Hose im Bild sehen. Zwei Knöpfe spannten so sehr, dass sein Bauch, zum Glück noch vom Unterhemd bedeckt, herausquoll. Ächzend begab Gordon sich zu Steve und tippte ihm von hinten auf die Schulter. Dieser drehte sich um, entdeckte Lenas Gesicht auf dem Bildschirm und schlenderte grinsend herüber. Ganz sicher wirkten seine Schritte nicht mehr.

»*Merry Christmas!*«, rief er überlaut.

»Ich kann dich gut genug hören, Steve«, versicherte Lena. »Ich bin gestern die Vorschläge für die Projektverteilung durchgegangen, die du mir geschickt hast, und ich würde gern einige Sachen diskutieren, die …«

»*Easy, easy!*« Steve wedelte beschwichtigend mit den Händen, als ob er ein durchgegangenes Pferd beruhigen wollte.

»Immer schön langsam. Das hat Zeit. Erst mal ist Weihnachten.«

Lena räusperte sich. »In vier Tagen.«

»Umso länger ist die Vorfreude.« Steve sah sich kurz suchend um. »Gordon, wo ist mein Drink?«, erkundigte er sich bei seinem Kollegen.

Gordon starrte in sein Handy und antwortete dann, ohne aufzublicken. »Wo immer du ihn abgestellt hast.«

»Jedenfalls können wir das alles nach den Feiertagen besprechen.« Steve winkte jemandem zu, der offenbar hinter dem Computer stand.

»Ich dachte, dass wir das heute tun. Um siebzehn Uhr deutscher Zeit, so habe ich es jedenfalls in meinem Kalender notiert.« Langsam verlor Lena die Geduld.

»Nein, das hast du falsch verstanden. Heute um siebzehn Uhr steigt hier die Büroparty, siehst du ja. Ihr sollt euch alle dazuschalten und mitfeiern. Hol dir was zu trinken und stoß mit uns an!«

»Wohl kaum«, rutschte es ihr heraus.

»Jetzt sei nicht so ein Scrooge.« Steve stupste Gordon an. »Und du auch nicht.«

»Ein was?« Es ärgerte Lena immer, wenn sie ein englisches Wort nicht kannte. Einen Moment lang fühlte sie Mitleid mit Kyong aus Südkorea, der so oft einsam und verloren auf dem Minenfeld der englischen Grammatik herumstolperte.

»Scrooge. Ebenezer Scrooge. Von Charles Dickens. Die Weihnachtsgeschichte?« Steve kam mit seinem Gesicht näher an den Bildschirm heran. Was sollte das? »Pah! Humbug!«, machte er plötzlich laut und Lena zuckte unwillkürlich zurück. Idiot. Und überhaupt, was erzählte der da? Scrooge … Aus den hinteren Regionen ihres Gehirns schwappte dunkel die Erinnerung an einen alten Kerl mit Nachtmütze und Morgenmantel, der unendlich geizig war und irgendwie von Geistern aufgesucht wurde. Ja, der hatte ständig »Pah, Humbug!« gerufen, jetzt fiel es ihr wieder ein. Weil alle Leute ihm mit Weihnachten auf die Nerven gegangen waren. Seltsame Wortwahl, aber ansonsten, ehrlich gesagt, total nachvollziehbar. Im Übrigen war Lena nicht geizig, ganz im Gegenteil, sie spendete oft an das Rote Kreuz. Also gelegentlich. Sie *hatte* jedenfalls schon mal was gespendet. Außerdem war dieser Scrooge reich, wenn sie sich recht erinnerte, und als reich konnte man Lena weiß Gott nicht bezeichnen. Obwohl sie seit über zwölf Jahren mehr oder weniger nonstop arbeitete. Hoffentlich bekam sie bald die Beförderung zum Senior Manager, es war längst überfällig. Das Ding hatte sie schon so gut wie in der Tasche, es gab keinen anderen adäquaten Kandidaten unter den Kollegen. Dann würde der Rubel rollen.

»Na, komm schon, feiere mit.« Steve versuchte, Gordon von seinem Stuhl zu ziehen, doch der blieb störrisch sitzen.

»Hier ist unsere Statistik«, wandte Gordon sich an Lena. Er ignorierte Steve, genau wie eine Mutter ihr quengelndes Kind. »Ich schick sie dir gleich rüber.«

Steve winkte ab. »Ihr zwei seid echt hoffnungslose Fälle.«

Hinter Gordon knallte ein Sektkorken, aber er verzog keine Miene. Bewundernswert, fand Lena. Gordon Barrington, der miesepetrige Weihnachtsverweigerer in Grau, war ihr neuer Held.

»Danke, Gordon. Das ist super«, lobte sie ihn.

Als Weihnachtshasser mussten sie schließlich zusammenhalten.

Am nächsten Tag musste Lena leider ins Büro, denn aus unerfindlichen Gründen bestand die Firmenleitung darauf, dass Lena zwei Tage in der Woche dort anwesend war und bestimmte Meetings persönlich abhielt. Es waren die schlimmsten Tage für sie, denn nach der herrlichen Stille und inselhaften Einöde ihres Homeoffice kam ihr der Aufenthalt im Büro jedes Mal so vor, als säße sie bei der Überfahrt auf der *Titanic* in der Holzklasse. Es war stickig und eng, es müffelte nach den perversen Mikrowellengerichten, die sich Veronika am Nachbartisch immer aufwärmte, es klingelte, schallte, rumste, lärmte, lachte nonstop und irgendjemand hatte immer was zu feiern und ging einem mit Geburtstags-Selfies oder Selbstgebackenem auf die Nerven.

Und heute war Lena ganz besonders angespannt, denn sie würde auf Berat treffen. Zwar nicht im selben Großraumbüro, aber im selben Gebäude. Sie hatten seit dem Streit nicht wieder miteinander geredet.

Als sie das Büro betrat, traf sie fast der Schlag. Irgendjemand – sie tippte auf die sentimentale Veronika – hatte sich in den letzten Tagen in puncto Weihnachten schwer ins Zeug gelegt.

»Ach, du lieber Himmel«, entfuhr es Lena. Durch den Raum zogen sich Girlanden aus Tannengrün mit Papiersternen, überall standen Engelchen und Zwerge und Adventsgestecke herum. Selbst auf Lenas Schreibtisch hockte ein Räuchermännchen und paffte seinen erzgebirgischen Qualm vor sich hin. An der Wand unmittelbar hinter ihrem Schreibtisch hing ein rot kariertes Band, an dem kleine Geschenkpäckchen baumelten, und davor hatten sich die Kollegen versammelt.

»Hallo, Lena«, grüßte Veronika überdreht. »Robin darf ein Wichtelpäckchen öffnen. Und du auch gleich, aber nur, wenn du schön artig warst.« Ein paar Leute lachten.

Wichteln. Das allernervigste Prozedere unter den nervigen Weihnachtsbräuchen. Weil alle sie erwartungsvoll anstarrten, blieb Lena nichts anderes übrig, als eins der Päckchen von der Leine zu pflücken. Sie riss das Geschenkpapier auf. Zum Vorschein kam ein Fensteraufkleber in Form eines Santa-Schlittens mit Rentieren. Die Geweihe der Rentiere glitzerten wie der Nagellack einer Vierjährigen, eins der Tiere hatte eine rote Nase. Santa sah aus wie ein fröhlicher Zwei-Zentner-Alkoholiker.

»Reizend«, kommentierte Lena. »Hier.« Sie reichte das Ding an Robin weiter. »Du hast doch Kinder. Und kann mal jemand das Fenster öffnen?« Sie schnappte sich das Räuchermännchen von ihrem Schreibtisch, drehte ihm den Kopf ab und hielt den Rumpf mit der glühenden Räucherkerze unter den Wasserhahn. Das Ding zischte beleidigt, als es sich mit Wasser füllte. »Hier drin stinkt's nach Weihrauch. Im Übrigen sind Kerzen und offenes Feuer im gesamten Gebäude verboten, das wisst ihr doch.«

»Jetzt sei nicht so. Es ist Weihnachten!« Veronika klang eingeschnappt, gab aber noch nicht auf. »Hast du Plätzchen mitgebracht?«

»Hab ich was?«

»Plätzchen. Heute ist Plätzchentausch, es gab doch eine Rundmail. Alle bringen zwanzig selbstgebackene Plätzchen mit und wir verteilen sie auf Teller.« Veronikas Wangen röten sich vor Aufregung. »Dann gehen wir im Kreis um die Kekse herum und jeder packt sich ein Plätzchen von den anderen in seine Dose. Auf diese Weise haben wir dann alle eine bunte

Sammlung von Weihnachtsgebäck, die wir mit nach Hause nehmen können. War Robins Idee.«

»Nein.« Lena spürte, wie es hinter ihrer Stirn zu pochen begann. Nein, es hatte ihr niemand mitgeteilt, dass sie heute von Plätzchen zu Plätzchen wandern mussten. Sie war zum Arbeiten hergekommen, und zwar gezwungenermaßen. »Sorry. Ich kann was beim Bäcker holen. Wenn es sein muss.«

»Gekauftes zählt nicht«, rief Robin, der endlich sein Wichtelpäckchen ausgepackt hatte. Ein kleines Kissen kam zum Vorschein, auf das ein Rentier mit roter Nase und übergroßen Augen gedruckt war. »Ach, wie süß«, freute er sich. »Das wird meiner Familie gefallen.«

»Ist okay, Lena, wir haben mehr als genug«, griff Veronika das leidige Plätzchenthema wieder auf. »Du kannst dir trotzdem welche mitnehmen.« Gönnerhaft tätschelte sie Lenas Arm. »Wir haben ja alle so viel um die Ohren in der Vorweihnachtszeit, da hat nicht jeder Zeit zum Backen.«

»In der Tat.« Lena rang sich ein Lächeln ab. »Und Zeit ist überhaupt das Stichwort. In fünfzehn Minuten beginnt unser erstes Meeting. Raum drei.« Sie reichte Veronika das geköpfte Räuchermännchen, setzte sich aufrecht an ihren Schreibtisch und fuhr ihren Rechner hoch.

Um fünfzehn Uhr sollte das wichtigste Meeting des Tages stattfinden, aber Lena fand sich alleine mit Veronika und Robin im Konferenzraum sieben wieder. Robins Handy klingelte ununterbrochen, und zwar mit dem Klingelton von *Last Christmas*, und Veronika futterte bereits von den Plätzchen, die sie bei der großen Tauschrunde einkassiert hatte. Je länger Lena auf die anderen Kollegen wartete, umso mehr gingen ihr Veronikas knuspernde Kaugeräusche auf die Nerven.

Und sie zuckte jedes Mal wieder zusammen, wenn Robins Handy klingelte. Eine Art Weihnachtsfolter, dachte sie und räusperte sich. »Wo bleiben die denn alle?«

»Edgar musste zum Flughafen, seine Schwiegis abholen. Hat er dir das nicht gesagt?« Veronika wühlte in ihrer Plätzchendose herum. »Ui, ein Linzer, mein liebstes.«

»Nein.« Lena blendete Veronikas Schmatzen aus, so gut sie konnte.

»Und Vicky ist kurz nach Hause, weil sie ihre Plätzchen vergessen hatte. Sie war traurig, weil sie doch gestern drei Stunden lang gebacken hat. Bestimmt kommt sie gleich zurück.«

»Nee, so schnell garantiert nicht«, mischte sich Robin ein. »Vicky wohnt auf halbem Weg zum Flughafen.«

»Da hätte sie ja gleich Edgars Schwiegereltern abholen können«, wandte Lena ein.

Die beiden sahen sie erstaunt an. Veronika hörte auf zu kauen. »Die kennen sich doch gar nicht.«

Das war ein Witz, du Keksbacke, lag es Lena auf der Zunge, zu sagen. Sie schluckte ihren Unmut hinunter und konzentrierte sich eisern auf das Geschäftliche. »Dann werden wir zu dritt zu einer Entscheidung kommen müssen. Wie ihr wisst, erwartet das Team aus London unseren Vorschlag zu …«

»*Last Christmas!*«, plärrte es aus Robins Handy. »Entschuldigung, das ist Frieders Kita.« Edgar ging ran.

Lena schoss ihm einen Kannst-du-nicht-wenigstens-rausgehen-Blick zu, aber er merkte es nicht mal.

»Was hat er?« Robin lauschte konzentriert. »Ach, du meine Güte, das haben wir total vergessen. Sagen Sie ihm, er muss nicht weinen, der Papa kommt gleich.«

»Ähm, hallo?«, versuchte Lena sich bemerkbar zu machen. Was erzählte der da?

»Okay«, verabschiedete Robin sich. »Ich bin sofort da. Und Ihnen auch fröhliche Weihnachten.« Er schob sein Handy in die Hosentasche. »Es tut mir leid. Ich muss sofort weg, wir haben Frieders Kostüm vergessen. Er ist doch heute ein Waschbär beim Krippenspiel.«

»Beim Krippenspiel sind Waschbären dabei?«, fragte Veronika erstaunt.

Lenas Finger krallten sich in ihren Stuhl. Ganz ruhig bleiben, befahl sie sich. »Robin, du kannst jetzt nicht einfach gehen. Wir müssen endlich zu einem Ergebnis kommen, London liegt mir in den Ohren und die Hälfte von unserem Team ist nicht da.«

»Ach was, das hat doch Zeit.« Robin winkte ab. »In drei Tagen ist Weihnachten, da stellen die sich in London auch nicht mehr groß auf den Kopf. Die Rolle als Waschbär ist unheimlich wichtig für Frieder. Es ist sein erster Auftritt vor Publikum.«

»Robin, es ist ein Krippenspiel, nicht die Uraufführung von *Hamlet*. Und Frieder ist vier Jahre alt und wird einen Waschbären spielen. Er kann sich ja eine Felljacke anziehen. Ist dieses Kostüm wirklich wichtiger als unser Projekt?«

»Natürlich ist es das. Es ist Weihnachten, Lena, und im Moment ist nichts wichtiger als leuchtende Kinderaugen.«

»Du hast es eben selbst gesagt, in drei Tagen ist erst Weihnachten«, trumpfte Lena auf, aber Robin packte bereits seine Sachen zusammen.

»Tschüssi«, rief Veronika ihm nach. »Vergiss nicht, alles für uns zu filmen.«

»Wie könnte ich!« Die Glastür fiel hinter Robin ins Schloss.

Lena atmete geräuschvoll ein.

»Vanillekipferl?« Veronika hielt ihr die Dose hin.

Lena atmete ebenso geräuschvoll wieder aus. »Nein, danke.« War sie eigentlich die Einzige hier, der etwas an der Firma lag? Es war echt an der Zeit, dass sie befördert wurde und sich nicht mehr mit einem lächerlichen Weihnachtsfirlefanz auseinandersetzen musste. Das konnte dann jemand anderes übernehmen. Vielleicht sogar Robin, dann würde er mal sehen, wie es war, wenn alle das Meeting schwänzten.

Weil es komplett sinnlos war, mit nur einer Person aus dem Team diese wichtige Entscheidung zu fällen, blieb Lena nichts anderes übrig, als das Meeting zu vertagen. Zähneknirschend stand sie auf. Sie überlegte, ob sie unter einem Vorwand einfach nach Hause verschwinden und sich dort endlich wieder in ihre kleine dunkle Höhle verkriechen oder wenigstens noch ein paar Stunden arbeiten sollte. In diesem Moment bemerkte sie, dass jemand draußen vor der Tür stand und ihr ein Zeichen gab.

Es war Berat.

»Du, es tut mir leid«, fing er an, kaum, dass er das Zimmer betreten hatte.

»Es war eine Schnapsidee«, erwiderte Lena, immerhin in versöhnlichem Ton. Er hatte nachgegeben und den ersten Schritt getan, nun war es an ihr, sich großzügig zu zeigen. Außerdem verspürte sie nach dem verkorksten Meeting den Wunsch nach Harmonie.

»Nein, war es nicht, aber ich hätte wissen müssen, dass so eine Reise nichts für dich ist.«

Aha, er wollte also ein bisschen weiterstänkern, nicht völlig klein beigeben. Aber egal, sie hatte keine Lust, sich schon wieder mit ihm zu streiten, außerdem starrten die anderen Kollegen jetzt neugierig zu ihnen rüber, offenbar in der Hoffnung, ein paar pikante Einzelheiten des Beziehungsstreits zu erhaschen. Sie zog ihn zur Seite und senkte die Stimme. Berat hatte ihr gefehlt. In ihre Festung ließ Lena so gut wie niemanden herein, aber wenn jemand einmal Zutritt hatte, so wie Berat, dann schmerzte dessen Abwesenheit umso mehr. »Nächstes Weihnachten?«, bot sie ihm an. Komplett lächerlich, die Reise würde auch nächstes Jahr oder übernächstes Jahr nicht stattfinden.

Berat gab ein unbestimmtes Geräusch von sich, es klang resigniert.

»Komm doch heute rüber«, bat sie. »Ich war einkaufen, wir können was auf Netflix gucken, einen Wein trinken, ein bisschen quatschen und so.«

»Heute ist Bowling.«

»Ach, stimmt ja.« Einmal im Monat tauschte Berat seine teuren Turnschuhe gegen platte Bowlinglatschen aus, um mit seinen Kollegen aus der Marketingabteilung von *Bubble* schwere Kugeln auf einer Bahn entlangrollen zu lassen, damit sie neun Holzfiguren umschmissen. Traf die Kugel den Rand, jaulten alle gequält auf, erreichte sie ihr Ziel und wuchtete die Männlein um, brach pubertärer Jubel aus. »Dann viel Spaß.«

»Du kannst gern mitkommen«, bot er an. Wahrscheinlich meinte er das sogar ernst. Berat wollte *immer*, dass sie irgendwohin mitkam, dass sie was unternahmen, auf Partys gingen. Er liebte es, dauernd unter Leute zu gehen, und konnte einfach nicht verstehen, dass Lena es bevorzugte, allein zu sein. Eigentlich waren sie beide wie Feuer und Eis und sie hatte manchmal den Verdacht, dass Berat es sich zur heimlichen Aufgabe gemacht hatte, sie umzuerziehen.

Sie entschied sich für einen Witz. »Ich glaube nicht, dass ich unbedingt eine Bereicherung für euer Team wäre. Meine Kugel landet dann in der Bahn der Nachbarn und dann prügeln sich am Ende noch alle. Du weißt ja, wie gewalttätig Bowlingfans sein können.«

Berat verzog den Mund zu einem müden Lächeln. »Na, dann eben nicht. Aber weißt du, wo wir schon mal dabei sind: am dreiundzwanzigsten ist die Weihnachtsfeier meiner Abteilung.«

»Aha.« Lena blieb vorsichtig.

»Und ich möchte, dass du mitkommst.«

»Zu deiner Büroparty? Mit Saskia, die immer mit ihren Topfpflanzen redet, wenn sie sie gießt? Das hast du mir selbst erzählt. Und mit Igor, der nach drei Bier immer Armdrücken mit allen machen will? Und mit deiner stressigen Chefin Anna, die zweihundert Paar Schuhe besitzt und dich mit ihren knappen Deadlines immer zur Weißglut bringt?« Lena lachte etwas zu laut. »Das wird bestimmt eine rauschende Ballnacht.«

»Nein, das wird gut, glaub es mir. Dieses Jahr haben sie sich unheimlich Mühe gegeben und das Budget war auch viel höher. Leckeres Büfett, leckere Drinks. Angeblich spielt eine Band. Und es kommen auch ein paar Leute aus deiner Abteilung, weil ihr dieses Jahr keine Weihnachtsfeier geplant habt.«

Natürlich nicht, denn das hätte alles über Lenas Tisch gehen müssen, und sie hatte wirklich keine Lust auf so eine erzwungene Zusammenkunft gehabt. Und zu einer Weihnachtsfeier einer *anderen* Abteilung würde sie schon gleich gar nicht gehen. Allerdings tat Berat ihr jetzt fast ein bisschen leid. Aber dieser Vorschlag war fast genauso absurd wie die

Idee der Türkei-Reise. »Na, dann viel Spaß. Sag mir nur, warum ich da mitkommen soll.«

»Weil du meine Freundin bist. Oder?«

»Natürlich.« Etwas an seiner Bemerkung traf sie mehr, als sie erwartet hätte. Und deshalb gab sie sich einen Ruck. »Okay, am dreiundzwanzigsten habe ich abends bis spät Meetings. Mit Amerika, du weißt ja, die Zeitverschiebung. Aber vielleicht ...« Sie legte eine dramatische Pause ein, wie der große Zampano vor dem Finale seiner Zaubershow. »Vielleicht komme ich ja noch zu deiner Party. Später.«

Einen Moment lang herrschte Stille. Sie wussten beide, dass Lena nach einem langen Arbeitstag vor dem Computer eher zum Nacktbaden in die eisige Spree hüpfen, als zu dieser Weihnachtsparty gehen würde.

»Später«, wiederholte Berat leise. »Aber sicher doch.«

»Leute, wer von euch hat nach der Arbeit Lust auf einen Glühwein auf dem Weihnachtsmarkt?«, rief Veronika quer durch den Raum. Sie steuerte auf Lena und Berat zu und Lena war einen Moment lang froh über die Ablenkung, denn so musste sie nicht auf Berats Bemerkung eingehen. Sie wollte Veronika gerade erklären, dass man mit ihr nicht zu rechnen brauchte, da lief Veronika schon kommentarlos an ihnen vorbei. »Hi, Berat«, sagte sie nur.

Sie hatte Lena gar nicht gefragt. *Welche Freunde denn,* hallte die Stimme ihrer Mutter in Lenas Ohr. Lena würgte sie rasch mit einem aufgesetzten Hüsteln ab.

»Also, ich versuche auf jeden Fall zu der Weihnachtsfeier zu kommen.« Sie lächelte Berat entschuldigend an. Die Lüge ging ihr wie immer glatt über die Lippen.

# 4

Endlich wieder zu Hause. Vor einer Stunde hatte es angefangen zu schneien. Erst waren nur zarte Flöckchen vom Himmel geschwebt, dann hatten sie an Gewicht zugelegt und sausten mittlerweile wie korpulente Fallschirmspringer auf die Erde. Die Dächer ringsum waren bereits schneebedeckt und schimmerten geheimnisvoll in der Abenddämmerung, und der große inzwischen verschneite Tannenbaum unten auf dem Weihnachtsmarkt gebärdete sich im Licht der vielen Lichterketten strahlend und festlich. Allerdings etwas zu spät, denn heute war der dreiundzwanzigste Dezember und der Markt wurde bereits abgebaut. Wahrscheinlich wollten die Budenbesitzer alle so schnell wie möglich nach Hause. Lena konnte es ihnen nicht verdenken. Ein wenig bedauerte sie, dass sie nicht doch eine Packung dieser leckeren Lebkuchen besorgt hatte. Jetzt war es zu spät. Aber die Lebkuchen gab es garantiert auch online. Nach Weihnachten bekam man sie zum halben Preis und flott von einem Paketboten ins Haus gebracht. Da bestand keine Gefahr eines ausufernden Gesprächs wie auf dem Markt.

Etwas auf der Straße erregte jetzt Lenas Aufmerksamkeit.

In einer Seitengasse auf der anderen Seite des Weihnachtsmarkts hüpfte etwas auf einem Bein, das wie ein großer Fellklumpen aussah. Jetzt fiel das Wesen um, hielt sich erst in letzter Sekunde an einem Bauzaun fest. War das nicht …? Ja, das war er. Der Hamster. Was, um alles in der Welt, machte der denn da? Lena presste ihr Gesicht gegen die Scheibe und widerstand der Versuchung, ihr altes Fernglas hervorzukramen. Dann verstand sie. Der Hamster versuchte, sich von seinem Kostüm zu befreien. Er strampelte und hopste, um das Ding abzustreifen. Lena schüttelte unwillkürlich den Kopf. Wer dachte sich ein so dermaßen unpraktisches Kostüm aus? Was, wenn man mal aufs Klo musste? Und wer zog sich freiwillig so etwas an? Nun, die letzte Frage konnte sie sich gleich selbst beantworten – ein total aufdringlicher Typ, der bei kaltem Winterwetter den Leuten auf die Nerven ging, um irgendwelche Vierbeiner zu retten. Der Hamster vollführte einige akrobatische Verrenkungen, und schließlich gelang es ihm tatsächlich, aus dem idiotischen Kostüm zu steigen. Zum Vorschein kam ein schlanker Mann in Lenas Alter. Er hatte kurze dunkle Haare, trug eine schwarze Kapuzenjacke und eine modische Hornbrille und wirkte ziemlich fit. Einen Moment lang stand er nachdenklich da, dann streckte und dehnte er sich nach allen Seiten. Wollte der jetzt Yoga machen oder was? Lena hatte eigentlich erwartet, dass jemand viel Jüngeres in diesem lächerlichen Kostüm steckte. Wer hatte denn in seinem Alter noch einen Job, bei dem man sich auf offener Straße umziehen musste? Was für ein Loser.

Plötzlich hatte sie wieder dieses leise Läuten im Ohr, wie von einem sanften Glöckchen. Kam das von draußen, oder bildete sie sich das nur ein? Es war schwer zu sagen. Existierte es unter Umständen nur in ihrem Ohr, wie eine Art

Weihnachts-Tinnitus? Gab es so was? Unwillkürlich schüttelte sie den Kopf, um dieses nervige kleine Klingeln loszuwerden. Wahrscheinlich musste sie nur mal richtig ausschlafen.

»Du kommst also definitiv nicht mit?« Berats Stimme riss sie aus ihren Gedanken. Vor fünf Minuten war er tatsächlich hier erschienen, um sie doch noch zu dieser lächerlichen Party zu überreden. Komplett sinnloses Unterfangen, fand Lena.

Sie drehte sich um. »Nein, geht leider nicht.«

Berat stand in der Mitte des Zimmers. Er trug sein bestes Hemd und hielt ein kleines Geschenk in der Hand.

Sein Anblick rührte sie fast. »Aber wie gesagt.« Sie lächelte aufmunternd. »Eventuell komme ich nach. Um sieben ist die letzte Besprechung. Mit England, die Amerikaner haben ihr Meeting danach abgesagt.«

»Na, dann bis später.«

Hörte sie da eine Spur Ironie heraus? »Dann viel Spaß. Welche deiner lieben Kolleginnen willst du denn mit einem Geschenk beglücken?« Sarkasmus konnte Lena ebenfalls.

Sie schwiegen sich einen Moment lang an.

»Sorry«, rang Lena sich schließlich eine Entschuldigung ab. »Ich wundere mich nur, warum du ein Geschenk mitnimmst. Du hast doch mit Weihnachten gar nichts am Hut.«

»Das hat doch damit nichts zu tun. Ich feiere kein Weihnachten, aber ich mag die Stimmung. Alle sind gut drauf, alle machen Party und wir tauschen kleine Geschenke aus, nichts Wertvolles, nur aus Jux.«

»Pah! Humbug!«, rutschte es Lena heraus. Verwirrt lauschte sie ihren eigenen Worten. Wo kamen die auf einmal her?

Berat musterte sie erstaunt. »Warum bist du so? Es würde dir guttun, mal unter Leute zu kommen.«

»Wie bin ich denn? Weihnachten ist für mich ein völlig überbewertetes, künstliches Gebilde, was ist daran so schwer zu verstehen? Und ich brauche keine Leute um mich herum.«

»Ich weiß. Du hast dein Handy, deinen Computer und das Menü von Lieferino. Mehr brauchst du nicht. Wahrscheinlich brauchst du nicht mal mich.«

»Nein, das stimmt nicht«, versicherte sie ihm hastig, denn jetzt überkam sie wirklich der Wunsch, Berat möge bleiben und den Abend mit ihr verbringen.

»Frohe Weihnachten, Lena.« Berat nahm seine Jacke und machte sich davon.

Lena blieb wie gelähmt am Fenster stehen. Ein Teil von ihr, ein einsamer und unsicherer Teil, wollte ihm hinterherlaufen, aber ein anderer Teil, der stolze und unabhängige, siegte. Sollte Berat doch zu seiner Party gehen. Sie beobachtete, wie er unten aus der Haustür trat und nach rechts ging. Mittlerweile war es richtig dunkel geworden und hinter vielen Fenstern leuchteten bereits geschmückte Weihnachtsbäume. Plötzlich fiel Lena ein, dass sie gar nicht ausgemacht hatten, wann sie sich das nächste Mal sehen würden. Sie riss das Fenster auf. Eisige Nachtluft schwappte herein und brachte den Duft nach Winter und gebrannten Mandeln mit sich.

»Berat!«, rief sie. Natürlich hörte er sie nicht, er war schon längst um die nächste Ecke gebogen. Außerdem tummelten sich jede Menge Menschen unten auf der Straße, ein Auto hupte und von irgendwoher erschallte Gelächter.

»Lena!«, rief plötzlich eine helle Kinderstimme unten auf der Straße.

Lena zuckte zusammen. Selbstverständlich war nicht sie gemeint. Aber die Stimme erinnerte sie an irgendjemanden, an ein Erlebnis in ihrer Kindheit, vor langer, langer Zeit. Aber an wen nur? Und an was? Sie kam nicht drauf. Irgendwie war sie heute total neben der Spur. Immerhin fiel ihr dabei ein, dass sie ihren Eltern endlich absagen musste. Sie schickte ihnen eine kurze Nachricht, in der sie über ihr riesiges Arbeitspensum klagte, wünschte beiden Frohe Weihnachten und kündigte ein Geschenk an, das leider erst nach Weihnachten eintreffen werde. Die Lieferzeiten vor Weihnachten, was wollte man da machen, das verstanden sie sicher und so weiter. Dann bestellte sie rasch Gebäck und Wein bei einem Onlineshop und setzte sich an ihren Schreibtisch. Zeit für die Videokonferenz mit London. Wahrscheinlich die letzte, bevor in den nächsten Tagen die lähmende Weihnachtsstille über die Welt hereinbrach und man niemanden mehr erreichte.

Aus der Nachbarwohnung erklangen schon wieder Getöse und Streit und die Nörgelstimme dieser schrecklichen Marina. Lena suchte nach ihren Kopfhörern, um das Geplärre auszublenden, aber sie fand sie auf die Schnelle nicht. Egal. Sie loggte sich ein.

David Alvers aus dem Londoner Büro war mindestens zehn Jahre jünger als Lena, hatte mehr Haargel auf dem Kopf als Verstand darin und war auf unbegreifliche Weise auf der Karriereleiter bei *Bubble* bereits so weit aufgestiegen, dass er sich schon fast außerhalb der Erdanziehungskraft befand.

»*Evening*, Lena«, grüßte er zackig. Als Hintergrundbild hatte er heute den weißen Strand einer tropischen Insel gewählt. Komplett mit Hängematte und Palmen.

Lena stellte fest, dass auf seinem Kinn seit Neuestem ein dünner Flaum spross, der eher an frisch ausgesäte Kresse erinnerte als an einen Bart.

»Hallo.« Sie nickte ihm zu.

»Ich komme gleich zum Punkt.« David hustete wichtigtuerisch in die hohle Hand. »Ich hatte eigentlich erwartet, dass ihr in eurer letzten Teamsitzung zu ein paar vernünftigen Ergebnissen kommt. Erhalten habe ich bislang nichts. Du bist Projektmanagerin, du hast die Verantwortung dafür. Also – woran liegt's?« Er sah auf die Uhr, wahrscheinlich, um zu demonstrieren, wie viel unglaublich kostbare Zeit ihn Lenas Unfähigkeit kostete.

Oh, Mann, was war der mal wieder schlecht gelaunt. Wahrscheinlich sollte er seine strapazierten Nerven und bleichen Glieder schleunigst auf die Insel hinter ihm befördern.

»Also.« Lena wühlte sinnlos in ihren Unterlagen herum, um Zeit zu schinden. »Wir sind vorgestern zu keinem Ergebnis gekommen, weil nicht alle beim Meeting anwesend waren.«

»Und warum?«, schnappte David.

»Robin musste zum Krippenspiel in die Kita seines Sohnes, Edgar musste jemanden vom Flughafen abholen, Vicky musste …«

»Das interessiert mich nicht!« David funkelte sie an.

Wieso fragte er dann? »Ich kann die Leute ja nicht an den Haaren zum Meeting ziehen«, wehrte sich Lena.

»Du bist die Managerin!« David stach mit dem Finger in Richtung Bildschirm. »Du trägst die Verantwortung!« Eine weitere Fingerattacke. »Du hast für Resultate zu sorgen, egal wie!« Und noch eine. Diesmal wackelte sein Bild ein wenig.

Lena nahm vorsichtshalber etwas Abstand. Grundgütiger.

So wie David drauf war, hackte er gleich ein Loch in seinen Rechner.

»Wir arbeiten im Team«, gab sie zurück. »Ich treffe die Entscheidungen nicht allein.«

David erwiderte etwas, aber der Ton war auf einmal verzerrt. Es klang viel langsamer als sonst, als ob jede Silbe auf ihre doppelte Länge auseinandergezogen wurde.

»Proooooohhjeeeeeeekt«, jaulte es aus dem Computer.

»David?« Lena blinzelte. »Ich kann dich ganz schlecht hören.«

»Resuuuultaaaaahhhte!« Davids Gesicht zog sich wie ein Kaugummi auseinander, dann gefror das Bild.

»David?« Lena betrachtete seinen geöffneten Mund. Hinten an den Backenzähnen hatte er eine Zahnlücke. »David, was genau meinst du?«

Ein Geräusch erklang aus dem Computer, eine Art Klingeln. Alarmiert richtete Lena sich auf. Scheiße, was war denn da los? Hatte sich ihr Rechner einen Virus eingefangen?

Das Gesicht von David schwebte in einem eingefrorenen, besserwisserischen Schrei auf dem Bildschirm. Aus der Nachbarwohnung drang lautes Geschrei, eine Tür knallte. Das Klingeln in Lenas Computer wurde lauter und lauter und übertönte alle Geräusche von nebenan. Es klang nicht wie ein elektronisches Warnsignal, sondern wieder wie … ein Glöckchen. Verdammt noch mal, wieso wurde sie dauernd von einem Glöckchen gestalkt?

»Ähm, David?«, fragte Lena ein drittes Mal. Was immer da los war, sie sollte sich ausloggen, den Computer runterfahren und neu starten. Die Verbindung war im Eimer oder David hatte irgendein Problem auf seiner Seite. Ein Virus bei *Bubble*, das wäre natürlich der Gipfel der Ironie. »Hallo?«

»Du musst dein Team eben besser motivieren.« David war so überraschend wieder da, dass Lena unwillkürlich nach Luft schnappte.

»Sorry. Kannst du das noch mal wiederholen? Du warst einen Moment lang weg.«

»Leadership! Führungsqualitäten! Teamgeist!« David ignorierte ihre Bitte und schleuderte wahllos Phrasen auf sie ab. Dem fehlte echt eine Auszeit auf seiner Ins... Lena stutzte. Das Inselbild hinter David war verschwunden. Stattdessen war dort jetzt ein Bauernhaus im Schnee zu sehen. War das der Grund für die seltsamen technischen Probleme? Lena beugte sich irritiert vor. Das Bauernhaus ... Dieser Blick hinunter ins Tal und dieser Tannenbaum vor dem Haus, beides kam ihr irgendwie bekannt vor. Ebenso der schneebedeckte Berg im Hintergrund.

»Sag mal, hörst du mir überhaupt zu?« David explodierte jetzt fast. »Was ist eigentlich los mit dir?«

»Hast du eben dein Hintergrundbild ausgetauscht?« Lena konnte ihren Blick nicht von dem Bauernhaus lösen. Ein eigentümliches Gefühl breitete sich in ihr aus.

»Was? Wovon redest du? Ich habe überhaupt kein Hintergrundbild. Können wir jetzt endlich eure Strategie besprechen? Wann gedenkt dein Team eine Entscheidung zu treffen?«

Das Glöckchen klingelte wieder. Ein zarter, reiner Klang. Jetzt wusste sie endlich, woran sie das erinnerte. An einen Pferdeschlitten.

»Hörst du das?« Lena rückte näher an den Bildschirm. Jetzt sah David wahrscheinlich ihre Augenringe und ihre wuchernden Augenbrauen, aber das war ihr egal. Dieser Glockenton zog sie magisch an. Das Bauernhaus im Schnee zog sie magisch an. »Hörst du den Pferdeschlitten?«

»Sag mal Lena, nimmst du Drogen?«, gab David zurück.

Im Fenster des Bauernhauses hing ein beleuchteter Herrnhuter Stern. Die Haustür war mit Tannengrün geschmückt, der Baum im Garten mit kleinen bunten Lichtern. So wie jedes Jahr. Mit einem Mal hatte Lena das Haus erkannt und die Erkenntnis nahm ihr fast den Atem.

»David«, sagte sie, ohne auf sein Genörgel einzugehen. »Wie zum Geier kommst du an ein Foto vom Haus meiner Großeltern?«

»Was?« David blinzelte verwirrt. »Ich kann dir nicht folgen.«

»Kann man das Hintergrundbild im Internet kaufen?« Lena versuchte, das Bild näher heranzuziehen. Das konnte doch nicht sein … Da, vor der Haustür saß Kitty, die Katze von Lenas Großeltern! Mit einer kleinen roten Weihnachtsschleife um den Hals. Okay, das war jetzt echt *creepy*.

David drehte sich um, als ob er erwartete, dieses ominöse Bild hinter sich zu entdecken. Dann wurde ihm offenbar bewusst, wie absurd das war, denn seine Ohren liefen rot an. »Könntest du dich bitte noch einmal neu einloggen? Ganz offensichtlich gibt es bei dir ein technisches Problem.«

»Nein, ganz und gar nicht«, entgegnete Lena. »Ehrlich gesagt ist das Bild gestochen scharf.« Das stimmte nicht ganz. David wirkte verschwommen, nur das Hintergrundbild war überdeutlich zu sehen und in allen Einzelheiten, wie Lena bemerkte, als sie ein weiteres Mysterium entdeckte. Im Küchenfenster des Bauernhauses hing ein aus Buntpapier gefalteter Weihnachtsstern. Ziemlich stümperhaft und alles andere als akkurat. Lena hatte ihn unter großer Mühe im Kunstunterricht gebastelt und das leicht zerknautschte Endprodukt stolz ihrer Oma geschenkt. Diese hatte sich für das

Geschenk mit einem Kuss bedankt und den Stern sofort ans Fenster gehängt. Dorthin, wo die ganze Straße ihn sehen konnte. Lena erinnerte sich allerdings nicht, dass jemals ein Mensch ein Foto davon geschossen hatte, aber offensichtlich war das der Fall gewesen. Sonst hätte David ja jetzt kein Bild davon. Woher wiederum wusste ihr Londoner Kollege etwas von ihren Großeltern?

»Versteckte Kamera!«, platzte es aus ihr heraus. »Stimmt's? Ihr nehmt mich heimlich auf. Soll das ein Witz sein? Sag schon, woher hast du das Foto?«

»Lena, ich schlage vor, dass wir das Meeting zu einem anderen Zeitpunkt fortsetzen. Du hast ganz offensichtlich ein Problem. Ich weiß, wir stehen alle unter Druck, und morgen ist Weihnachten, aber ich erwarte trotzdem, dass meine Mitarbeiter sich nüchtern zuschalten. Auch und besonders die aus Europa und …«

»David, was faselst du da für einen Unsinn?«, fiel ihm Lena ins Wort. Nie zuvor hatte sie es gewagt, so mit ihm zu reden, aber diese ganze Sache war wirklich in höchstem Maße irritierend. »Du kannst nicht einfach ein privates Foto meiner Familie für deine Zwecke nutzen. Ich dachte eigentlich, gerade du würdest das am besten wissen. Copyright und Datenschutz und so weiter?«

David reagierte nicht und das brachte Lena noch mehr auf.

»Hallo? Hörst du mich?« Sie blinzelte. David war nicht mehr da. Er hatte sich kommentarlos entfernt. In Luft aufgelöst? Sein Stuhl stand noch da, im Hintergrund war nach wie vor das Bauernhaus ihrer Großeltern zu sehen. Auf dem Bild schneite es jetzt und das Glöckchen erklang wieder.

Wow, was für ein überaus realistischer Effekt! Hier hatte ein Programmierer wirklich ganze Arbeit geleistet, das musste Lena zugeben. Aber was zum Teufel war das? Das Bild flimmerte kurz. Dann saß plötzlich eine Frau auf Davids Stuhl. Hatte dieser feige David also den unangenehmen Job, mit Lena zu diskutieren, auf eine Kollegin abgewälzt?

Die Frau war ungefähr Mitte dreißig und kam Lena ebenfalls irgendwie bekannt vor. Die Sommersprossen, der Pixie-Haarschnitt … War das möglich? Waren jetzt alle verrückt geworden?

»Ma … Maxi?«, stammelte Lena. »Bist du das?«

Die Frau lachte vergnügt. »Hallo, Leni! Überraschung! Schön, dich zu sehen.«

Sie war es tatsächlich. Maxi – mit der Lena seit dem Kindergarten befreundet gewesen war, über zwanzig Jahre lang. Niemand sonst hatte Lena jemals *Leni* genannt.

»Ey, das gibt es doch nicht.« Lena schluckte und rieb sich die Augen. So was Verrücktes. Aber langsam kam Licht ins Dunkel. Maxi und der Londoner Kollege steckten unter einer Decke! Gemeinsam hatten sie irgendetwas ausgetüftelt, um Lena zu überraschen. Der Sinn des Ganzen erschloss sich Lena allerdings nicht, und woher kannte Maxi überhaupt so ein Ekel wie David?

»Wohnst du jetzt in London?«, fragte Lena. Es war die erste Frage, die ihr in den Kopf schoss.

»Nein. Schön wär's.«

Siedend heiß fiel Lena ein, dass sie seit Jahren nicht mehr auf Maxis Kartengrüße oder Nachrichten reagiert hatte. Das war ihr ein wenig peinlich, jetzt, wo sie sich so gegenübersaßen und Maxi ganz offenbar irgendein verworrenes Überraschungsevent für Lena organisiert hatte.

»Übrigens danke für deine Weihnachtskarte«, murmelte Lena. Erst dann wurde ihr bewusst, dass Maxi in diesem Jahr gar keine Karte mehr geschickt hatte. »Die vom letzten Jahr, meine ich.« Herrgott, das klang ja noch blöder. »Sorry. Ich schaffe es nicht so richtig, Kontakte zu pflegen. Ich hab immer so viel zu arbeiten, mein Job ist echt eine Herausforderung und …«

»Kein Problem.« Maxi lächelte aufmunternd. »Wer liest schon die ganzen Weihnachtskarten, was?«

»Genau.« Lena lächelte erleichtert zurück. Aber um das Maß an Peinlichkeit voll zu machen, kam ihr jetzt in den Sinn, dass Maxi ihr ja zu *jeder* Jahreszeit Nachrichten geschickt hatte, nicht nur zu Weihnachten. Lena hatte ab einem gewissen Zeitpunkt nicht mehr oder nur einsilbig reagiert. Mist. Nur ließ sie das jetzt wohl besser unerwähnt, denn irgendwie freute Lena sich auch darüber, dass Maxi auf einmal wieder den Kontakt zu ihr suchte.

»Du, ich bin völlig perplex«, gab sie zu. »Ich weiß gar nicht, was ich von alldem hier halten soll. Erst sitzt David da und keift mich an, und auf einmal ist er weg und du tauchst auf. Woher kennt ihr euch? Ist das irgendein Spaß, den ihr euch ausgedacht habt?«

»Ich kenne keinen David.« Maxi sah sich kurz suchend um. »Ich sehe auch nirgends einen David. Ich bin aus einem anderen Grund hier.«

»Und aus welchem?« Lena verstand allmählich überhaupt nichts mehr.

»Mensch, Leni. Ich bin der Geist deiner vergangenen Weihnachten!«

# 5

»Haha«, machte Lena. Es klang künstlich wie das Konservengelächter einer flachen Comedy, aber es fiel ihr schwer, dieser Angelegenheit hier zu folgen. Was sollte das schon wieder bedeuten? »Geist«, wiederholte sie. »Okay. Kein Problem. Geist, der was?«

»Deiner vergangenen Weihnachten.« Maxi schüttelte amüsiert den Kopf. »Hörst du etwa schwer? Du bist gerade mal vierunddreißig.«

»Haha«, quäkte Lena erneut. Sie konnte selbst nicht glauben, wie absolut dämlich sie reagierte, aber dieser Gag überforderte sie. Oh, verdammt, hoffentlich filmte das hier niemand. War das live? Sah etwa die gesamte Belegschaft von *Bubble* gerade dabei zu, wie Lena sich zum Affen machte? Die ganze *Welt* auf YouTube?

»Nimmst du das hier auf?«, erkundigte sie sich hastig, einen Hauch von Panik in der Stimme.

»Um Gottes willen. Du weißt doch, dass ich keine Ahnung von Technik habe.«

Ja, das stimmte. Maxi hatte schon immer zwei linke Hände gehabt. In der ersten Klasse war sie im Werkunterricht außerstande gewesen, eine simple Papiertüte zu falten, und hatte dafür eine Fünf eingefangen.

»Lerne lieber stricken, Mädchen«, hatte Herr Walter, der Werklehrer, laut kommentiert und dafür Gelächter von den Jungen eingeheimst. Maxi war in Tränen ausgebrochen und Lena hatte sie getröstet, indem sie den alten Werklehrer heimlich nachäffte.

Lena schluckte ihren Argwohn hinunter. Das hier war doch nur Maxi. »Also noch mal von vorn zum Mitschreiben«, bat sie. »Was genau findet jetzt statt? Ich blicke nicht ganz durch. Wir waren bei Geist.«

»Genau, deiner vergangenen Weihnachten.« Maxi nickte. »Du weißt doch – wie in der Weihnachtsgeschichte von Charles Dickens.«

Schon wieder diese Weihnachtsgeschichte. Wer hatte neulich erst davon geredet? Es fiel Lena nicht mehr ein. Was hatten nur plötzlich alle damit?

»Ach so, ja«, stimmte sie Maxi zu, um des lieben Friedens willens. »Scrooge«, schoss sie triumphierend hinterher. Der Name war ihr soeben wieder eingefallen. »Der Typ im Morgenmantel.«

»Hey, super, Leni! Hat das Abitur ja doch was gebracht.«

Sie kicherten beide und Lena entspannte sich. Was immer das hier war, sie würde einfach mitspielen. Irgendwann würde es sich schon aufklären.

»Dann weißt du ja Bescheid.« Maxi hielt den Daumen hoch. »Ich hatte mich schon darauf eingestellt, dir die ganze Geschichte vorlesen zu müssen.«

»Bloß nicht.« Lena schielte auf ihre Uhr.

»Na, na!« Maxi drohte ihr im Spaß mit dem Finger. »Ganz so schnell kommst du hier trotzdem nicht weg. Also, Scrooge.

Wie du weißt, wird er in der Weihnachtsnacht von drei Geistern besucht.«

»Hab ich nicht mehr so auf dem Schirm.«

»Also, um korrekt zu sein, sind es vier. Zuerst kommt der Geist seines ehemaligen Geschäftspartners Marley. Der mit den Ketten am Bein, erinnerst du dich?«

»Nein.« Fußkettchen für Männer? Wovon redete Maxi?

»Dann der Geist seiner vergangenen Weihnachten. Und danach noch zwei andere. Und bei dir wird es ähnlich sein, Becky. Marley sparen wir uns einfach. Den mochte ich sowieso nie, der war mir immer zu gruslig. Ich bin der Anfang. Also der erste Geist.«

»Meiner vergangenen Weihnachten.« Lena hielt sich an dem einzigen Puzzlestückchen fest, das sie bislang verstanden hatte. Vielleicht war es ein virtuelles Theaterstück. Das gab es doch jetzt. Impromptu Dingsbums, wo echte Schauspieler mit ahnungslosen Statisten zusammen irgendwas spielten. Hatte Maxi nicht früher manchmal davon geträumt, Schauspielerin zu werden? Lena überlegte panisch, ob sie auch würde singen müssen. Oh, verdammt. Sie hatte schon seit Jahren, ach, seit Jahrzehnten nicht mehr gesungen. Ihre Stimme klang garantiert wie eine rostige Fahrradklingel. Warum nur hatte sie vor einigen Tagen nicht wenigstens das bescheuerte Weihnachtslied mitgesungen? Dann wäre sie besser vorbereitet.

»Ich sehe, du denkst mit.« Maxi wirkte zufrieden. »Du hast bestimmt jede Menge Fragen, aber du wirst sehen, sie werden alle beantwortet. Hab nur etwas Geduld. Okay?«

»Okay.« Lena schwirrte der Kopf. Eine Frage hatte sie dennoch, die nicht warten konnte. »Aber warum ich?« Warum hatten die – wer immer *die* waren – Lena ausgesucht? Warum nicht David Alvers, der gierte doch nach Aufmerksamkeit? Oder der überdrehte Steve aus Edinburgh oder Robin mit seinem Waschbärsohn oder Veronika mit ihrem Plätzchenfimmel? Die hätten sich alle miteinander mehr über diese zweifelhafte Ehre gefreut.

»Reich mir deine Hand«, bat Maxi, statt zu antworten.

»Und wie soll ich das bitte schön machen?«, erwiderte Lena in einer Mischung aus Amüsement und Hysterie.

»Komm, Leni. Sträub dich nicht so.« Maxi legte von ihrer Seite aus die Hand an den Bildschirm und nickte ermunternd.

Lena schickte ein Stoßgebet zum Himmel. Auf dass dieser Schwachsinn hier bald vorbei war. Sie legte ihre Hand auf den Bildschirm, genau an die Stelle, an der sie auf Maxis traf. Das würde schöne Fettflecken auf dem Screen geben, dachte sie noch, bevor alles um sie herum gleißend hell wurde.

Dann schlug sie instinktiv die Hände vors Gesicht. Jetzt war es passiert, der Computer war explodiert. Oder implodiert, was auch immer. Allerdings ohne ein Geräusch, das war seltsam. Sie öffnete vorsichtig die Augen und lugte zwischen ihren Fingern hindurch. Nein, der Computer stand an seinem Platz. Alles wie gehabt, auch der Lärm der Nachbarn war immer noch zu hören. Nur war auf dem riesigen Screen jetzt nicht mehr das Londoner Büro zu sehen, sondern es lief ein Film. Eine kleine gepflasterte Gasse in der Winterzeit. Es war Spätnachmittag, wie es schien, und es schneite. Im Schaufenster einer Buchhandlung stand ein kleiner geschmückter Weihnachtsbaum. Aha, also ein Weihnachtsfilm.

»Maxi?« Lena blinzelte angestrengt. »Bist du noch da?«

»Logisch«, erklang Maxis Stimme aus dem Off. »Ich streame den Film für dich.«

Erleichterung durchflutete Lena. Sie musste sich nur einen Weihnachtsfilm ansehen, Gott sei Dank. Der Kelch der bescheuerten Büroscherze war noch mal an ihr vorübergegangen. »Und wieso sehe ich dich nicht mehr?«

»Oh, du siehst mich gleich. Moment.« Die kleine Gasse wurde breiter und traf auf eine belebte Straße. Aus der Ferne erschallte Musik, es klang wie ein Kinderchor. Menschen schlenderten mit Tüten und Paketen beladen eine Einkaufsstraße entlang. Große beleuchtete Weihnachtskränze schmückten die Laternen, der Lärm schwoll an. Lena beugte sich vor. Die Straße kam ihr bekannt vor. Die Leute waren alle ein bisschen altmodisch gekleidet, auch die Frisuren waren ziemlich out. Wer lief denn als Mann heutzutage noch mit so einer Wischmoppfrisur herum? Und kein einziger Männerdutt weit und breit, kein geschniegelter Bart. Der Film musste mindestens fünfundzwanzig Jahre alt sein. Zwei kleine Mädchen hielten sich an den Händen und hopsten fröhlich die Straße entlang. Genau so eine hellbraune Cordjacke mit Fell hatte Lena als Kind auch gehabt. Moment mal. Sie stutzte.

»Da«, erklang Maxis Stimme. »Da bin ich, siehst du mich? Und daneben bist du, in deiner neuen Cordjacke.«

»Das gibt's doch nicht«, entfuhr es Lena. Fasziniert rollte sie auf ihrem Stuhl näher an den Screen. In der Tat. Das war Maxi, die kleine Maxi, und daneben das Mädchen … Lena schluckte. »Das bin ja wirklich ich«, flüsterte sie. »Ja, so sah ich mal aus. Ich fasse es nicht. Woher habt ihr das?«

Was war das für ein Film? Und wer sollte das damals überhaupt aufgenommen haben. Sie hätten doch bemerken müssen, wenn ihnen jemand mit der Kamera so nahe auf den Pelz gerückt wäre. Damals gab es noch keine Handys, die gestochen scharfe Aufnahmen machten. Nur diese klobigen Videokameras, schwarz wie Krähen. Aber wenn es keine Filmaufnahme war, was war es dann? Ein kaltes Prickeln setzte auf Lenas Kopfhaut ein.

»Maxi?«, fragte sie gedehnt. »Was genau sehen wir uns hier an?«

»Die Jacke hattest du kurz vorher bekommen, erinnerst du dich?« Maxi ging nicht auf ihre Frage ein. »Du hast dich wie verrückt gefreut, weil sie innen so kuschelig war. Auch wenn Hellbraun nicht deine Lieblingsfarbe war, sondern …«

»Lila.« Lena starrte wie gebannt auf die beiden kleinen Mädchen im Film. »Meine Lieblingsfarbe war Lila. Mensch, dass du das noch weißt.«

»Ich erinnere mich an alles. Auch daran, wo wir da beide hingehen.«

»Ich glaube, ich weiß es.« Lena zappelte aufgeregt auf ihrem Stuhl hin und her. »Wir gehen zum Weihnachtsmarkt, oder? Das ist die Straße, die zum Marktplatz führt.«

»Hören wir doch mal rein«, meinte Maxi. »Komm näher.«

Lena rutschte ein Stück vor.

»Noch näher. Und setz die Brille auf.«

Lena fummelte nach ihrer Lesebrille, damit sie das Geschehen auf dem Bildschirm besser sehen konnte, aber stattdessen lag da eine alberne 3-D-Brille, wie man sie manchmal im Kino bekam. »Die hier etwa?«

»Genau.«

Dieses Ding hatte definitiv heute Nachmittag noch nicht hier gelegen. Was unweigerlich die Frage aufkommen ließ, wer, verdammt noch mal, eine hässliche Pappbrille in Lenas heiligen Gemächern deponiert hatte. Und vor allem – wann? Als sie auf dem Klo war? Zögernd setzte Lena das Ding auf, als ob sie halb erwartete, dass eine Stichflamme daraus hervorschießen würde. Ihre Nase berührte jetzt fast den Bildschirm und mit einem Mal verschwammen ihre Umgebung, ihr Schreibtisch und Stuhl, die Wand gegenüber und die Bilder daran. Nun hatte Lena den Eindruck, genau hinter den beiden Mädchen auf der Straße zu stehen, und zwar so nah, dass sie die Benjamin-Blümchen-Haarspange im Haar ihres früheren Ich erkennen konnte. Die hatte sie zu ihrem achten Geburtstag im Oktober bekommen. Die Erinnerung daran wirbelte ganz plötzlich an die Oberfläche ihres Gedächtnisses, als hätte sie jahrelang mit einem Stein beschwert auf dem Boden eines Sees gelegen. Wie lang Lenas Haare damals waren.

»Ich habe zwölf Mark sechzig und du?«, fragte die kleine Maxi gerade die kleine Lena.

»Fünfzehn Mark. Meine Omi hat mir noch was dazugegeben. Wir sollen sie nachher beim großen Adventskalender treffen.«

»Wir sind ja richtig reich«, jubelte die kleine Maxi. »Da können wir ein paarmal Karussell fahren und Schaumtiere kaufen und kandierte Äpfel.«

»Ja, und Brezeln. Und ich will meiner Mama ein Geschenk kaufen.« Die kleine Lena blieb stehen. »Maxi, guck mal, das Christkind, da vorn am Eingang!«

Die beiden Mädchen sahen voller Ehrfurcht zu einer kleinen Holzbude, die den Eingang des Weihnachtsmarktes darstellte. Davor stand eine hübsche junge Frau im Christkindkostüm und mit silberweißer Perücke. Sie verteilte lächelnd etwas an alle Kinder.

»Das Christkind! Da kriegen wir was. Komm!« Maxi rannte los.

»Warte auf mich! Maxi, das ist nicht das echte Christkind, das weiß ich. Meine Mama sagt, das echte kommt nur am

Heiligabend und …« Der Rest ging im Straßenlärm unter, denn genau jetzt bog quietschend eine Straßenbahn um die Ecke. Als die Bahn vorüberfuhr, setzte wirbelnder Schneefall ein und mit einem Mal war der Weihnachtsmarkt verschwunden. Stattdessen erblickte Lena nun das Haus ihrer Großeltern. Sie befand sich genau davor und hatte sofort den Duft frisch gebackener Plätzchen in der Nase. Ein heimeliges warmes Licht schien an diesem kalten Winternachmittag aus dem Küchenfenster. Lena sah durch die verschneiten Scheiben. Die beiden kleinen Mädchen saßen drinnen in einer altmodischen Küche an einem großen Tisch. Dort war Teig ausgerollt und handtellergroße Ausstechformen von Lebkuchenfiguren und Engeln lagen herum. Das waren die leicht verbogenen Blechformen ihrer Oma! Vor ihnen standen Tassen, die mit kleinen Zwergen bedruckt waren. Die kleine Maxi trank gerade einen Schluck daraus.

»Ich liebe Kakao«, sagte sie.

»Bei meiner Oma schmeckt er am besten.« Die kleine Lena rührte mit einem Löffel in dem Getränk. Wie auf Kommando kam jetzt eine mollige alte Frau in die Küche. Sie hatte weiße Löckchen und trug eine Art Schürzenkleid mit kleinen Blümchen darauf. »Na, meine Guten«, sagte sie. »Schmeckt's?«

»Lecker«, ließ sich die kleine Maxi vernehmen.

»Das hab ich mir gedacht, dass ihr was Heißes trinken wollt nach dem Rodeln. Es ist so kalt draußen, da friert einem ja der Po ans Klo.«

Die beiden Mädchen kicherten.

»Oma, haha!«, rief die kleine Lena. »Das geht doch gar nicht.«

»Du hast ja recht, mein Schatz. Mein Po ist dafür viel zu groß«, erwiderte die Oma und jetzt quietschten die beiden

Freundinnen noch lauter. Die alte Frau ging zum Ofen und zog ein Blech voller Lebkuchenmänner heraus. »Oh, seht nur. Zwei sind leider zerbrochen. Die werden wir wegschmeißen müssen.«

»Nein!«, protestierten die Mädchen unter Lachen. »Die essen wir.«

»Ach was, die kann man doch nicht mehr essen.« Die Oma tat, als wollte sie die zerbrochenen Lebkuchenmänner in den Müll werfen, nur um sie in letzter Minute mit elegantem Schwung auf dem Tisch landen zu lassen. »Na, wenn es sein muss. Dann opfert euch. Aber passt auf, verbrennt euch nicht.«

Die beiden Kinder nahmen sich jeder einen Lebkuchen, pusteten darauf, bissen ein winziges heißes Stück ab und kauten genüsslich.

»Ich liebe Backen«, verkündete die kleine Lena. »Ich werde mal Bäckerin.«

»Dann arbeitest du beim Bäcker Hellmann und ich komme jeden Tag und dann essen wir zusammen alles auf.« Maxi stopfte sich noch mehr Lebkuchen in den Mund.

»Nein, ich denke eher, Lena eröffnet eines Tages ihre eigene Bäckerei und wird dann mit ihren Kuchen berühmt. Und ich komme jeden Tag mit Maxi zu Besuch und wir essen den Kunden alles weg.« Oma wuschelte ihrer Enkelin durch die Haare.

»Oh, Mann, wir wollten doch den Schneemann fertig bauen.« Maxi sprang so urplötzlich von ihrem Stuhl hoch und riss die Haustür auf, dass die erwachsene Lena automatisch zurückwich. Ihr früheres Ich folgte der Freundin und band sich im Laufen einen Schal um. Voller Elan fingen die beiden Mädchen an, drei Kugeln im Schnee zu rollen.

»Oma, hast du einen Hut für unseren Schneemann?«, rief die kleine Lena.

»Na klar.« Die alte Frau trat aus dem Haus, in der Hand hielt sie einen Strohhut mit Kirschen. Kitty, ihre schwarze Katze, folgte mit vorsichtigen Schritten.

»Das ist doch ein Frauenhut«, protestierte die kleine Maxi.

»Ach was, der passt perfekt.« Oma stülpte dem Schneemann den Hut über. »Und wenn er ihm nicht gefällt, dann muss er sich halt vom Christkind einen anderen wünschen. Was habt ihr euch denn gewünscht?«

»Ein Kätzchen«, kam es wie aus der Pistole geschossen von Maxi. »Nur das, mehr will ich nicht. Oh, ich hoffe so sehr, dass mir das Christkind eins bringt. So ein schwarzes, vielleicht, wie Kitty.« Sie hüpfte aufgeregt im Schnee herum und versuchte, Omas Katze zu streicheln, die sofort zurück ins Haus huschte. Sie konnte Schnee nicht leiden.

»Ich hab mir ein Polly-Pocket-Haus gewünscht.« Die kleine Lena steckte dem Schneemann einen Zweig in den Arm. »Und ein neues Fahrrad. Und ganz viele Bücher und neue Filzstifte.«

»Das Fahrrad ist vielleicht zu teuer für das Christkind.« Oma rückte den Hut des Schneemanns gerade.

»Das Christkind braucht doch kein Geld«, klärte die kleine Lena ihre Oma auf. »Außerdem bringt es mir immer, was ich mir wünsche.«

»Dann hat es dich offenbar sehr lieb.« Die alte Frau drückte Lena an sich.

»Und mich auch.« Maxi hüpfte von einem Bein auf das andere und schlang die Arme um sich selbst. »Und deshalb bekomme ich ganz bestimmt ein Kätzchen.«

»Natürlich.« Oma drückte auch Maxi an sich. »Das Christkind liebt alle Kinder. Das ist ja das Schöne an Weihnachten.«

»Oma, was hast du dir gewünscht?«, erkundigte sich die kleine Lena.

»Ach, nichts weiter.« Die Oma schniefte kurz. Eine Träne glitzerte in ihrem Auge. »Das ist aber kalt hier draußen, da tränen einem richtig die Augen. Ich geh wieder rein.«

# 6

»Oma.« Die erwachsene Lena sah der alten Frau hinterher, die sich mit vorsichtigen Schritten durch den Schnee zurück ins Haus begab. Im Fenster hing der Papierstern und der Tannenbaum davor war mit roten Schleifchen geschmückt. »Oma«, wiederholte sie leise. Seit Jahren hatte sie nicht mehr an ihre Oma gedacht. Ein Kloß bildete sich in Lenas Hals. Ihre Oma war an Krebs gestorben. In welchem Jahr? Auf jeden Fall etliche Zeit nach ihrem Mann, den Lena nicht mehr kennengelernt hatte. Aber wann genau? Hatte ihre Oma an diesem Nachmittag schon gewusst, dass sie nicht mehr lange leben würde? Herrgott, wieso wusste Lena das nicht mehr? Wie hatte sie so etwas Wichtiges vergessen können?

Die beiden Freundinnen hatten den Schneemann jetzt fertig gebaut. »Leni, komm«, rief die kleine Maxi und streckte ihre Hand aus.

Die erwachsene Lena wollte instinktiv die Hand der Freundin ergreifen, aber da fiel der Schneemann um, Schnee stäubte auf und die Kinder verschwanden dahinter. Als die Luft wieder klar wurde, war Omas Haus nicht mehr zu sehen. Stattdessen liefen die beiden Mädchen eine Straße in Leschenberg entlang. Jetzt blieben sie stehen, weil an der Straßenecke ein Streit zwischen Nachbarn ausgebrochen war.

»Guck mal, da vorn.« Maxi stupste ihre Freundin an und kicherte. »Die Hammerschmidt, der Schrecken der Straße.«

»Oh, nee, die stänkert wieder herum.« Die Augen der kleinen Lena leuchteten voller Vorfreude auf das zu erwartende Spektakel. »Komm, wir gucken mal.« Betont gemächlich schlenderten sie zum Ort der Aufregung. Auch einige andere Passanten verlangsamten neugierig ihre Schritte.

»Sie können doch nicht einfach Ihren Krempel auf mein Grundstück hängen«, schimpfte vor einem schiefen Gartentor eine unförmige Frau um die siebzig. Ihre Dauerwelle, wie aus Beton gemeißelt, umrahmte ihr missmutiges Gesicht.

»Frau Hammerschmidt, das ist kein Krempel, das sind Weihnachtslichter«, erklärte der Nachbar mit bemerkenswerter Geduld. »Und die hänge ich an unseren Tannenbaum. Einige Zweige reichen auf Ihr Grundstück hinüber, das stimmt, aber das ist ja wohl nicht so schlimm.«

»Unterstehen Sie sich. Ich brauche so einen Schnickschnack nicht!« Frau Hammerschmidt fuchtelte wütend mit dem Arm, an dem eine beige Handtasche, so groß wie ein Werkzeugkasten, baumelte.

Der Nachbar verdrehte die Augen. »Es ist Weihnachten. Das Fest der Liebe und des Friedens. Schon mal gehört?«

Zwei Teenager unter den Zuschauern fingen leise an zu kichern.

»Liebe und Frieden, Blödsinn! Kriege ich zu Weihnachten mehr Rente? Nein. Zahlt mir das Christkind die Stromrechnung? Nein. Nix als Fressen und unnütz Geld ausgeben, das ist Weihnachten.« Die alte Hammerschmidt regte sich immer mehr auf. Jetzt hielten es die beiden Mädchen ebenfalls nicht mehr aus und prusteten los.

Sofort fuhr Frau Hammerschmidt erbost herum. Kinder waren ihre natürlichen Feinde. »Was gibt's denn da zu lachen?«, fuhr sie Lena und Maxi an. »Habt ihr keine Schule? Verschwindet!«

Die Freundinnen lachten in ihre Schals hinein und gingen weiter. Dabei fing die kleine Lena ganz laut an zu singen. »Lasst uns froh und munter sein und uns recht von Herzen freuen!«

Maxi fiel sofort mit ein. »Lustig, lustig, trallalala…«

»Ihr frechen Gören«, meckerte die alte Hammerschmidt. »Das werde ich eurem Lehrer melden! Ihr solltet alle nur Kohlen zu Weihnachten bekommen!«

»Lehrerin«, verbesserte Maxi und dann rannten sie davon.

»Nix als Fressen und Geschenke!«, schrie die kleine Lena begeistert und warf ihre Mütze in die Luft. Sie blieb an einem Baum hängen.

»Und du kriegst sowieso nur Kohlen!« Maxi krümmte sich vor Lachen, die beiden japsten nach Luft.

»Mist, deine Mütze!« Maxi sprang hoch und zerrte an einem Zweig, den sie gerade so erreichen konnte. Schnee wirbelte durch die Luft. Die erwachsene Lena streckte ihren Arm aus, um zu helfen, griff aber wieder ins Leere.

Baum und Straße waren verschwunden, stattdessen befand sich Lena im Wohnzimmer ihrer Eltern, um genauer zu sein, in deren *früherem* Wohnzimmer. Die kleine Lena und die kleine Maxi saßen in kuscheligen Pyjamas auf der Couch und sahen einen Film im Fernsehen. Ein junges Mädchen ritt gerade auf einem weißen Pferd durch den Winterwald. Sie trug ein Fell lose um die Schultern gewickelt und lächelte glücklich.

»*Drei Haselnüsse für Aschenbrödel* könnte ich jeden Tag ansehen«, schwärmte die kleine Lena. Nur, dass sie gar nicht mehr so klein war, sondern mehrere Jahre älter als zuvor, so um die dreizehn.

»Kein Weihnachten ohne«, stimmte Maxi ihr zu. »Ich kenne jedes Wort. Was auch gut ist.« Sie grinste. »So laut, wie deine Mutter telefoniert.«

Die erwachsene Lena sah sich um. Tatsache. Im Flur stand eine jüngere Version ihrer Mutter, die mit jemandem am Telefon redete. Jetzt senkte sie die Stimme.

»Vier Tage hat sie auf dem Küchenfußboden gelegen«, flüsterte Lenas Mutter. »Schlaganfall. Kam nicht mehr selber hoch oder ans Telefon. Am Ende ist sie regelrecht verhungert und verdurstet, heißt es. Die hatte ja überhaupt keine Freunde oder Verwandte. Oder auch nur Bekannte, die mal nach ihr gesehen hätten. Hat sich total eingeigelt, mit keinem ihrer Nachbarn hat sie mehr gesprochen, weil sie mit allen zerstritten war. Niemand hat sie vermisst.« Lenas Mutter schwieg einen Moment und lauschte dem unbekannten Gesprächspartner. »Ja, es ist schrecklich.« Sie nickte. »Ich mochte die alte Hammerschmidt auch nicht, aber so ein Ende wünscht man natürlich niemandem und das auch noch kurz vor Weihnachten. Moment mal, der Hund will rein.« Sie öffnete die Tür zum Garten und ließ einen kleinen dicken Hund mit Schlappohren ins Haus. Seine stämmigen Beinchen liefen, so schnell sie konnten, in Richtung Wohnzimmer zu den beiden Mädchen. Er zog ein Bein dabei nach.

»Ralfi, komm!«, rief Lenas früheres Ich. »Komm her, Leckerli!«

»Gebt ihm nicht so viel Süßes«, mahnte Lenas Mutter. »Er soll eigentlich abnehmen.«

»Ach, es ist doch Weihnachten.« Die junge Lena hob den Hund vom Boden auf und pflanzte ihn mitten auf die Couch. »Hier.« Sie legte ein winziges Stück Butterkeks auf ihre Hand und der Hund schleckte es begeistert ab.

»Ralfi ist so niedlich!« Die junge Maxi streichelte den runden Hundekopf. »Du hast es gut. Ich hoffe echt, dass ich morgen endlich mein Kätzchen bekomme. Meine Mama habe ich schon rum, nur mein Vater will nicht so richtig. Er behauptet, dass Katzen alles kaputt machen, aber das stimmt überhaupt nicht. Außerdem ist er in letzter Zeit sowieso kaum zu Hause und immer nur im Büro. Er würde das Kätzchen doch kaum bemerken.« Sie seufzte und aß selbst ein Plätzchen. »Hm, lecker. Du kannst wirklich gut backen.«

Die junge Lena drückte dem Hund einen Kuss auf die Stirn. »Mehr bekommst du nicht, Ralfi. Sonst wirst du krank. Du bist nicht mehr der Jüngste.«

»Wie alt ist er jetzt?«, wollte Maxi wissen.

»Dreizehn.«

»Wie wir.« Maxi grinste. »Aber wir können so viel essen, wie wir wollen!«

»Seht mal.« Lenas Mutter betrat das Wohnzimmer und hielt etwas in der Hand. »Der Weihnachtsteddy für das Jahr 2001. Ist er nicht schön geworden?« Der Teddy trug einen rotgrün karierten Weihnachtspullover, braune Cordhosen und eine goldene Nickelbrille. Er lächelte irgendwie überrascht, als ob er selbst nicht glauben konnte, dass er gerade das Licht der Welt erblickte und ihm die Ehre zuteilwurde, in der weihnachtlichen Teddysammlung auf der Anrichte Platz nehmen zu dürfen. Dort saßen schon zwölf Artgenossen – einer für jedes Jahr, seit Lena auf der Welt war. Ihre Mutter hatte mit dem Nähen begonnen, als sie mit Lena schwanger gewesen war und irgendwie hatte sich daraus eine weihnachtliche Tradition entwickelt.

»Oh, wie süß.« Der Teddy wanderte von Lena zu Maxi, bekam einen Kuss, wurde ehrfürchtig inspiziert. »Er soll beim Kalender sitzen«, verlangte Lenas früheres Ich.

Lenas Mutter setzte den Teddy neben ein Weihnachtshaus aus Holz – der Adventskalender der Familie Engel, der bereits seit Jahrzehnten seine Pflicht tat und schon ein wenig abgeschrammt aussah. Dem Kind Lena war nie aufgefallen, dass darin ein paar Türchen klemmten oder die ehemals dunkelgrüne Farbe überall abblätterte. Der Kalender verzauberte mit seinen kleinen Überraschungen einfach jeden kalten Dezembermorgen.

Eine Autotür schlug zu, wenig später betrat Lenas Vater das Haus. Er besaß noch einen vollen Haarschopf und war wesentlich schlanker als zwanzig Jahre später.

»Na, wart ihr auch schön artig?«, begrüßte er die Mädchen. »Sonst gibt's nichts vom Christkind.«

»Tag, Biggi.« Er drückte seiner Frau einen Kuss auf die Wange. »Habt ihr es schon gehört?«, wandte er sich wieder an die Mädchen. »Bei Adidas haben sie eingebrochen.«

»Was?« Maxi riss die Augen auf.

»Ja. Die Polizei hat drei Streifen geschickt.« Einen Moment lang herrschte verwirrte Stille, dann lachte Lenas Vater polternd los.

»Haha, Papa, sehr witzig.« Die junge Lena verdrehte die Augen. *So peinlich* formte ihr Mund in Richtung ihrer Freundin.

Lenas Vater freute sich diebisch, nahm seine Mütze ab und warf sie mit Schwung in Richtung Garderobenständer im Flur. Die erwachsene Lena duckte sich reflexartig, und als sie wieder aufsah, war der Weihnachtsbaum im Wohnzimmer geschmückt und leuchtete mit der ganzen Kraft seiner flackernden bunten Elektrolichter. Es war Heiligabend. Die erwachsene Lena nickte unwillkürlich. Ja – genau so hatte es zu Weihnachten immer bei ihnen ausgesehen. Der Baum war stets ein etwas krüppeliges Exemplar, wurde aber jedes Jahr mit Hingabe von Lena geschmückt. Die bunten Teller auf dem Tisch, die Geschenke unterm Baum, die Pyramide, der ein hölzerner Bergmann und drei Flügel fehlten und die sich deswegen immer entweder zu schnell oder zu langsam drehte und gelegentlich wie ein junges Pferd ausscherte.

Lenas jüngeres Ich saß in ihrem Zimmer auf dem Fußboden und wickelte Geschenke ein, Ralfi schlief in seinem Körbchen daneben. Aus dem Radio erklang *Do they know it's Christmas* und sie summte leise mit. Im Wohnzimmer hingegen gestand Frank Sinatra, dass er von einer weißen Weihnacht träumte, und ihre Eltern erledigten letzte Weihnachtsvorbereitungen. Lenas Vater befestigte einen Engel mit Goldhaaren und großen Glubschaugen an der Baumspitze, ihre Mutter entzündete eine Kerze in einem Weihnachtsgesteck auf einem kleinen Tisch. Daneben stand ein gerahmtes Foto von Lenas Oma, die alte Frau lachte darauf aus vollem Herzen und hielt einen Blumenstrauß im Arm.

»Frohe Weihnachten im Himmel, Mutti«, sagte Lenas Mutter leise. Sie legte ein weiteres kleines Geschenk auf den Stapel unterm Baum.

»Was ist da drin?«, wollte Lenas Vater wissen.

»Na, dieses Ding, das Lena unbedingt wollte. So ein Handy.«

»Mensch, Biggi. Wie teuer war das denn?«

»Ist doch egal, ich zahle es auf Raten ab. Damit kann sie

sogar Nachrichten verschicken, hat der Mann im Laden gesagt, stell dir das mal vor. Und es speichert über hundert Telefonnummern, da kann sie keine mehr vergessen. Ist das nicht toll?«

»Wahnsinn.« Lenas Vater nickte beeindruckt. »Diese Technik heutzutage. In hundert Jahren kann die Menschheit vielleicht sogar mit Bild telefonieren, was? Sie wird es lieben. Aber du verwöhnst sie ganz schön.«

»Es macht mich eben glücklich, wenn sie glücklich ist. Sie ist doch unsere Einzige. Und wir zwei brauchen uns nichts mehr zu schenken, wir haben alles, da haut das schon hin.« Lenas Mutter umarmte ihren Mann kurz. »Sind wir so weit?«

Die erwachsene Lena hatte sich nie gefragt, wie ihre Eltern eigentlich die vielen schönen Geschenke für sie hatten stemmen können. Beide verdienten nicht viel, Lenas Mutter arbeitete halbtags in der Schulküche der Grundschule und Lenas Vater war Straßenbahnfahrer. Nichtsdestotrotz fand Lena an jedem Weihnachtsfest genau die gleichen teuren Sachen vor, die ihre wohlhabenden Schulfreunde auch alle bekamen. Ihre Eltern verzichteten dafür klaglos auf eigene Geschenke. Ihr Vater fuhr ewig in einem alten VW herum, Lenas Mutter besaß nur schlichte Kleidung und kaum Schmuck. Lena hatte keine Ahnung, wie teuer im Jahre 2001 ein Mobiltelefon gewesen sein musste, aber allein die monatlichen Gebühren dafür hatten garantiert ein dickes Loch in die Haushaltskasse gefressen. Eine unangenehme Hitze kroch ihr vom Hals bis zu den Ohren. Scham?

Lenas Vater läutete ein kleines Glöckchen, kurz darauf kam die dreizehnjährige Lena ins Wohnzimmer gestürmt.

»Oh, wow, ein Handy!«, jubelte sie wenig später. »Danke, Mama, danke, Papa! Ihr seid die Besten!«

»Ähem, wir? Das Christkind und so weiter.« Lenas Vater zwinkerte ihr zu.

»Natürlich – danke, liebes Christkind.« Die junge Lena verbeugte sich albern in Richtung Fenster. »Hier, das ist für euch.« Sie überreichte ihren Eltern je ein kleines Geschenk, das diese unter viel Bewunderung auspackten. Es waren Lebkuchenherzen, die Lena selbst gebacken und verziert hatte. *Für Mama von deiner Lieblingstochter* stand auf dem einen, *Für Papa vom Christkind. Haha* auf dem anderen Herzen.

»Oh, und das hier ist für Ralfi. Ein neues Quietschtier, das wird er lieben.« Lena sprang mit einem kleinen Päckchen in der Hand auf und lief zurück in ihr Zimmer.

»Ralfi, hier ist dein Geschenk«, erklang ihre junge Stimme. »Ralfi?« Einen Moment lang herrschte Stille. Dann ein Schluchzen. »Mama? Papa? Ich kann Ralfi nicht aufwecken!«

# 7

»Ralfi.« In den Augenwinkeln der erwachsenen Lena sammelten sich Tränen. Stumm sah sie zu, wie ihr jüngeres Ich laut weinte und den leblosen kleinen Hund an sich presste. Ihre Eltern standen neben ihr, Lenas Mutter hielt erschrocken die Hände vor den Mund, Lenas Vater tätschelte seiner Tochter unbeholfen die Schultern.

Ein Schluchzen stieg in Lenas Kehle hoch. Sie wollte die kleine Lena trösten, sie umarmen, aber vor allem wollte sie Ralfis weiches Fell noch ein einziges Mal berühren. Doch in dem Moment, in dem sie ihre Hand nach ihm ausstreckte, fand sie sich unvermittelt in einem anderen Mädchenzimmer wieder. Es war größer und heller, in der Mitte stand ein Himmelbett mit hellblauem Vorhang. Zwischen zahllosen Kissen mit Bommeln saßen dort die beiden Freundinnen Maxi und Lena. Es musste dasselbe Weihnachtsfest sein, denn Lena trug den gleichen Pullover wie zuvor. Tränen strömten über ihr Gesicht, sie presste ein Plüschtier an sich.

»Ralfi war schon alt, Leni. Und er ist friedlich eingeschlafen, er hat nichts gemerkt.« Maxi streichelte Lenas Arm. »Und er hat kurz vorher Butterkekse von dir bekommen. So war er glücklich bis zum letzten Atemzug.«

»Ja.« Lena schluchzte. »Das stimmt. Gut, dass ich ihm noch eine Freude machen konnte. Aber trotzdem.« Sie brach erneut in haltloses Weinen aus.

»Ralfi ist im Hundehimmel. Dort kann er prima laufen, ohne zu humpeln, und so viel futtern, wie er will, ohne dass er zunimmt. Das weiß ich.«

Die junge Lena lächelte traurig. »Danke, Maxi. Du bist meine beste Freundin.«

»Und du meine. Wir werden immer beste Freundinnen bleiben, unser ganzes Leben lang. Versprochen.«

Die beiden Mädchen hielten einander umklammert, während es im Zimmer langsam dunkel wurde und irgendwo in der Ferne ein Auto vorbeifuhr.

»Mach doch mal mehr Licht, Leni«, bat Maxi nach einer Weile. Als es hell wurde, waren die Wände auf einmal mit Postern von Bands und Musikern zugepappt, der hellblaue Vorhang war verschwunden, das Bett jetzt in Batik-Bettwäsche bezogen. Eine etwa 15-jährige Maxi stand vor dem Spiegel und schminkte sich akribisch die Augen.

»Tom ist so was von süß.« Sie zwinkerte heftig, um ein Klümpchen Wimperntusche zu entfernen. »Ich schmelze weg, wenn ich ihn nur ansehe. Oh, Mann, ich hoffe, er ist beim Rodeln dabei. Meinst du, er kommt?«

»Natürlich kommt er, die aus der zehnten Klasse haben doch das Winterfest organisiert.« Die 15-jährige Lena, ein wenig pummelig, mit offenen langen Haaren und viel zu viel Schminke im Gesicht, lümmelte auf einem Sitzsack in der Ecke und blätterte in einem Magazin. *Tipps, wie dein Schwarm dich endlich wahrnimmt*, versprach eine reißerische

Überschrift auf dem Cover. »Er ist doch voll in dich verknallt. Leider.«

»Du spinnst. Der weiß nicht mal, wer ich bin. Meistens guckt er nur zu dir.«

»Echt? Findest du?« Ein freudiges Lächeln huschte über das Gesicht der jungen Lena.

»Wenn ich es dir doch sage. Mist, jetzt ist alles verschmiert. Ich sehe aus wie ein Panda. Mann, ey.«

»Beim Rodeln verläuft sowieso deine Wimperntusche, das kannst du dir sparen. Außerdem schneit es.« Lenas früheres Ich stand auf und sah aus dem Fenster. »Oh, Gott, ich sterbe – da unten laufen Tom und sein Freund!«

»Welcher? Der Blonde oder der mit der Brille?«

»Der Blonde. Der ist für dich. Los, komm!« Die junge Lena zerrte Maxi vom Spiegel weg. »Wenn wir uns beeilen, holen wir sie noch ein.«

»Ich will den Blonden nicht, den kannst du haben. Ich will Tom.« Maxi warf ein Kissen nach ihrer Freundin, die duckte sich, das Kissen knallte an ein Plakat von Nirvana an der Wand. Die beiden Freundinnen stürmten aus dem Zimmer, im Laufen griff Maxi nach einer kurzen Daunenjacke.

»Hey, warte auf mich, Leni!«

»Und auf mich!«, rief die erwachsene Lena spontan und schon fand sie sich auf dem Weg wieder, der zum Rodelberg am Ortsrand von Leschenberg führte. Hier liefen die beiden Freundinnen Tom und seinem Kumpel hinterher, die weiter vorn den Weg entlangschlitterten und zwei *Snow-Tubes* hinter sich herzogen, runde Reifenschlitten, die in dem Jahr total angesagt waren. Lena und Maxi hatten ihre Schlitten bei sich, allerdings altmodische aus Holz und mit Hörnern.

Ein nächtlicher Schneesturm hatte die Landschaft mit einer flauschigen Decke aus Schnee bedeckt. Eine trügerische Idylle, denn darunter lauerte noch der festgefrorene Altschnee aus den Tagen zuvor. Die beiden Mädchen rutschten immer wieder auf dem spiegelglatten Boden aus und jedes Mal, wenn eine von ihnen zu Boden ging, brachen sie in schrilles Gelächter aus. Sie bewegten sich so langsam wie unter Wasser voran und der Abstand zu den Jungs wurde immer größer.

»Los, schneller, dann holen wir sie ein«, keuchte die junge Lena. »Ich … huch!« Sie schlenkerte unfreiwillig ein Bein in die Luft, ruderte hektisch mit den Armen, versuchte, sich an Maxi festzuhalten, riss ihr aber nur den Schal ab und landete ungraziös auf ihrem Hintern. Genau in dem Moment drehten die beiden Jungs sich um und johlten irgendetwas.

»Oh, nein! Die haben alles gesehen!« Die junge Lena vergrub ihr Gesicht in ihren Handschuhen. »Ich kann unmöglich zum Winterfest gehen. Ich bleibe hier.«

»Auf dem Boden? Quatsch.« Maxi zog sie hoch. »Ist doch egal, komm.«

Kaum stand Lena, rutschte Maxi aus und landete kopfüber mit dem Gesicht im Schnee. »Oh, nee«, kam es dumpf von ihr, als ob sie in einem Brunnen saß. »Ich glaub's ja nicht. Diese bescheuerten Schuhe.«

»Hör auf!« Die junge Lena krümmte sich wie eine Magenkranke. Lachtränen verschmierten all das sorgsam aufgetragene Make-up. »Ich mache mir gleich in die Hosen.«

Als die beiden Freundinnen sich endlich aufgerappelt und den Schnee abgeklopft hatten, waren die Jungs in der Schülermeute verschwunden, die sich am Fuß des Berges versammelt hatte. 22.12.2003 – *Willkommen zum Winterfest der*

*Goetheschule*, verkündete ein etwas laienhaftes handgemaltes Schild. Von irgendwoher kam Musik, umtriebige Eltern bauten einen Stand mit heißem Tee auf.

»Schüler und Kollegen!« Vergeblich versuchte ein Lehrer, sich mit einem Megafon Aufmerksamkeit zu verschaffen, aber im Lärm der zahllosen hormongesteuerten jungen Leute hatte er keine Chance, zumal jetzt auch der Winterwind seine Worte davontrug und boshaft zerriss. »Schler un Kleegn«, quäkte es kümmerlich. Er gab auf, trat zur Seite und gab den Blick auf ein üppig bestücktes Kuchenbüfett unter einer Markise frei.

»Oh, lecker«, Lena beschleunigte ihre Schritte, aber dieser unvorsichtige Eifer ließ sie sofort wieder straucheln. Sie wollte sich an Maxis Jacke festkrallen, erwischte aber aus Versehen ihr Ohr.

»Aua!«, rief Maxi.

»Wie Dick und Doof«, kommentierte jemand neben ihnen.

Lisa Wenzel aus der 10b. Die erwachsene Lena konnte kaum glauben, dass ihr der Name sofort wieder eingefallen war. Die arroganteste Zicke der ganzen Schule, und wie hatten Maxi und sie die beneidet! Um ihren coolen Stil und vor allem ihre Frisur, die damals alle haben wollten – ein Zick-Zack-Scheitel, der letzte Schrei 2003. Und dann die obercoolen bunten Strähnchen, dabei sah Lisa rückblickend so aus, als hätte ihre kleine Schwester ihr den Scheitel mit der Heckenschere gezogen und die Strähnchen mit Wasserfarben gemalt.

»Attacke!«, rief jemand, Schneebälle flogen umher und Lena hielt reflexartig die Hände vors Gesicht. Als sie die Hände wieder löste, war es mit einem Mal dunkel geworden.

Das Winterfest war offenbar vorbei, denn die beiden Mädchen strömten in der Abenddämmerung mit all den anderen Schülern vom Rodelberg nach Hause. Es herrschte eine ausgelassene Stimmung. Taschenlampen flackerten, Zigaretten glühten, Gelächter und Gesprächsfetzen schallten durch die Nacht. Der Mond schickte sein mildes Licht als Festbeleuchtung für die aufgekratzten jungen Herrschaften hinunter auf die Erde, ohne dass sich irgendeiner darum scherte. Mädchen lachten überdreht oder rutschten absichtlich aus, um sich übertrieben hilfesuchend an irgendwelchen Jungs festzuhalten. Die Jungmänner aus der Zehnten liefen im Pulk nach Hause und rempelten sich ununterbrochen an. Maxi und Lena stapften mit roten Wangen und erschöpften, glücklichen Gesichter inmitten der anderen nach Hause.

»Wir laufen Tom einfach hinterher«, erklärte Lena gerade ihrer Freundin. »Und wenn er allein ist, dann überholen wir ihn und bleiben vor ihm stehen und er muss mit uns reden.«

»Und was sagen wir dann?«, wollte Maxi wissen.

»Na, keine Ahnung. Frohes Fest oder so.«

»Leni, wir sind keine Omas!«

»Egal, uns fällt dann schon was ein.«

»Vielleicht mag er Katzen. Ich könnte sagen, dass ich zu Weihnachten ein Kätzchen bekomme.«

Sie erreichten die ersten Straßen von Leschenberg, die Schüler zerstreuten sich langsam. Maxi und Lena folgten Tom, der im Laufen eine Zigarette rauchte und die Schultern vor Kälte hochzog. Er befand sich in seliger Ahnungslosigkeit, was seine zwei Verfolgerinnen anging. Vor einem Einfamilienhaus blieb er stehen, dann verschwand er in der Eingangstür.

»Wohnt der hier?«, fragte Maxi überrascht.

»Keine Ahnung. Sieht so aus.«

Hinter einem der Fenster des Hauses ging das Licht an.

»Da drin ist er«, meinte die junge Lena verträumt. »Nur ein paar Meter von uns entfernt. Wir atmen quasi dieselbe Luft.«

»Ich hab eine Idee.« Maxi kicherte und flüsterte Lena etwas ins Ohr. »Du musst aber mitmachen.« Sie holte tief Luft und fing an zu singen. *»Last Christmas, I gave you my heart …«*

*»… but the very next day, you gave it away«*, fiel Lenas früheres Ich mit ein. Es klang anfangs etwas brüchig und dünn, aber bald sangen die beiden im Einklang und wurden lauter.

*»This year, to save me from tears I'll give it to someone special!«* Sie sangen so laut, dass irgendwo ein Fenster aufging und jemand »Ruhe!« brüllte.

Die Haustür öffnete sich und die beiden Mädchen versteckten sich in letzter Sekunde hinter den Mülltonnen.

»Ähm? Hallo?«, fragte Tom in die Nacht hinein.

Die junge Lena war kurz davor, aus ihrem Versteck zu springen, aber Maxi hielt sie in letzter Sekunde am Ärmel fest.

»Nee, da ist keiner«, sagte Tom jetzt zu jemandem im Haus.

»Dann komm rein, es ist saukalt.« Ein Mädchen trat neben ihn. Lisa Wenzel aus der 10b. »Los, meine Alten kommen schon in einer Stunde wieder.« Lisa Wenzel schmiegte ihren Heckenscherenscheitel an Toms Kinn, dann stellte sie sich auf die Zehenspitzen und fing an, ihn zu küssen. Tom küsste so intensiv zurück, als ob er Lisas Mandeln entfernen wollte. Eng umschlungen begaben sie sich zurück ins Haus, ihr dunkler gemeinsamer Umriss wirkte im Licht der Hauslampe wie der Elefantenmensch.

»Was? Echt jetzt?«, flüsterte Maxi. »Ausgerechnet die?«

»Ätzend. Voll geschmacklos. Der verdient unsere Liebe nicht«, flüsterte Lenas früheres Ich zurück. »Los, wir hauen ab! Es fängt auch wieder wie irre an zu schneien.« Die beiden Mädchen rannten los, mitten in einen Schneewirbel hinein. Die erwachsene Lena wedelte instinktiv mit den Händen vor ihrem Gesicht herum, um etwas zu sehen, und augenblicklich verschwanden Straße und Haus und sie befand sich wieder im Wohnzimmer ihrer Eltern. Es musste am Heiligabend desselben Jahres sein, denn der Weihnachtsbaum war hell erleuchtet. Auf dem Boden lag Geschenkpapier herum, Lena und ihre Eltern saßen am Tisch und aßen Kartoffelsalat mit Würstchen. Auf der Anrichte neben Omas Foto lächelten jetzt fünfzehn Teddys in weihnachtlicher Vorfreude, der letzte offenbar ein Mädchen, denn er trug ein rotes Samtkleid. Ein Räuchermännchen paffte in der Ecke, im Fernsehen lief *Der kleine Lord*.

»Ach, Gottchen, wie süß der Kleine ist«, schwärmte Lenas Mutter. »Ich hoffe, er kriegt den mürrischen alten Mann noch rum.«

»Logisch, Mama.« Die junge Lena verdrehte die Augen. »Wir haben den Film doch schon hundert Mal gesehen.«

»Ich kann mich aber nicht mehr erinnern, wie genau er das macht. So ist es immer wieder aufs Neue spannend. Will noch jemand Würstchen?« Lenas Mutter stand auf, um in die Küche zu gehen.

»Ich nicht.« Die junge Lena checkte unter dem Tisch ihr Handy. »Kann ich nachher kurz zu Maxi? Sie hat geschrieben, dass ich unbedingt rüberkommen soll. Bestimmt hat sie endlich ihr Kätzchen bekommen.«

»Aber es ist Heiligabend.« Lenas Mutter blieb stehen. »Da geht man doch nicht zu fremden Leuten.«

»Bitte, bitte, Mama«, verlegte Lena sich aufs Betteln. »Maxi ist nicht fremd, sie ist meine beste Freundin. Und wie *Der kleine Lord* ausgeht, weiß ich schon seit zehn Jahren.«

»Das wissen wir alle«, steuerte Lenas Vater bei und häufte sich eine weitere Ladung Kartoffelsalat auf den Teller. »Superlecker, wie jedes Jahr, Biggi. Nun lass sie doch gehen.«

Lenas Mutter gab nach. »Na gut, aber bleib nicht so lange.«

»Danke.« Die junge Lena sprang augenblicklich auf. »Bin ganz bald wieder da.«

Im Fernsehen sang und tanzte der kleine Lord jetzt zu *Oh, them golden slippers* und Lenas Mutter wischte sich eine Träne der Rührung aus den Augen.

»Das Schloss würde ich auch nehmen«, steuerte Lenas Vater kauend bei.

Die junge Lena warf sich ihre Jacke über und lief aus dem Haus. Leschenberg bot die perfekte Weihnachtskulisse. Wie ein glitzernder Traum lag die mittelalterliche Stadt an diesem Heiligabend zwischen den tief verschneiten Bergen. Eine feierliche Stille hatte sich breitgemacht, nur aus der Kirche war Gesang zu hören. In den festlich geschmückten Gassen der Altstadt war nur ein altes Ehepaar zu sehen, das große Tüten schleppte. In vielen Fenstern standen Schwibbögen, die Lichter der Weihnachtsbäume leuchteten. Die junge Lena hatte die Hände tief in den Taschen vergraben und stapfte durch den Schnee. Auf einmal blieb sie stehen und sah sich kurz um. Dann begab sie sich auf den Grasstreifen neben dem Fußweg und legte sich mit ausgebreiteten Armen auf den Rücken. Sie wischte die Arme im Schnee hoch und runter und lächelte dabei voller Glück. Ein Schnee-Engel. Auch die erwachsene Lena lächelte unwillkürlich. Wann hatte sie sich das letzte Mal in ihrem Leben spontan in den Schnee geworfen und mit den

Armen gerudert? Ihr jüngeres Ich sprang wieder auf und rannte die letzten Meter zu Maxis Haus. Sie klingelte.

»Hallo, Frau Richter«, grüßte die junge Lena munter, als Maxis Mutter öffnete. »Fröhliche Weihnachten.«

»Sie ist in ihrem Zimmer.« Sonderlich fröhlich wirkte Frau Richter nicht gerade. Sie nahm einen Zug von ihrer Zigarette und ließ Lena einfach stehen. Die trat ins Haus. »Maxi?«

Im Zimmer ihrer Freundin herrschte eine fürchterliche Unordnung. Geöffnete und ungeöffnete Geschenke standen herum, schmutziges Geschirr und Coladosen häuften sich auf dem Fußboden. Maxi saß mitten in dem Chaos auf dem Teppich, die Arme um die Knie geschlungen. Als ihre Freundin eintrat, sah sie auf, einen benommenen Ausdruck im Gesicht.

»Wow, was du alles bekommen hast«, staunte die junge Lena. Sie stieg über einen großen Karton in schillernd rotem Glanzpapier. »Warum machst du denn nicht auf?«

»Das ist nur irgendein Scheiß, den keiner braucht«, stieß Maxi hervor.

»Wie bitte? Und wo ist das Kätzchen?« Lena sah sich um. »Ich dachte, du ...«

»Kein Kätzchen.« Maxis Gesicht verzerrte sich. »Dieses Jahr nicht und auch nicht nächstes. Es wird überhaupt kein Kätzchen geben. Niemals.«

»Wieso? Wegen deinem Vater? Weil er keins will?«

»Nein, es ist von jetzt an egal, ob mein Vater Katzen mag oder nicht.« Maxi schniefte, dann versetzte sie dem roten Karton einen Tritt. »Er zieht aus.«

»Was? Wohin?«

»Zu seiner Freundin. Meine Eltern lassen sich scheiden. Es ist ihnen heute rausgerutscht. Frohe Weihnachten, Leni.« Sie brach in Tränen aus.

Lenas früheres Ich stand einen Moment lang da wie erstarrt, dann glitt sie neben ihre Freundin auf den Boden und umarmte sie. »Oh, Maxi, das tut mir so leid.«

»Das ist noch nicht alles«, schluchzte Maxi. »Meine Mutter und ich ziehen ebenfalls aus. Sie kündigen die Wohnung. Wir müssen nach Nürnberg zu meinem Onkel, weil wir dort erst mal kostenlos wohnen können.«

»Aber Maxi, das geht nicht.« Jetzt weinte auch die junge Lena. »Du bist meine beste Freundin! Du musst hierbleiben!«

»Ich will ja gar nicht weg. Aber ich muss. Es ist so gemein.«

Eine Weile lang schwiegen sie zusammen, nur unterbrochen von kleinen Schluchzern. Dann rappelte die junge Lena sich auf.

»Ich besuche dich jedes Wochenende. Und wir telefonieren jeden Tag. Und wenn wir achtzehn sind, dann ziehen wir zusammen in eine Wohnung. Das sind nur ein paar Jahre. Wir werden *immer* beste Freundinnen bleiben, Maxi.«

»Ja, Leni. Das werden wir.«

»Maxi!« Die erwachsene Lena wischte sich hastig über ihr nasses Gesicht und stieß dabei aus Versehen die Brille von der Nase. Sofort fand sie sich vor ihrem Computer wieder. Auf dem Bildschirm waren noch die beiden Freundinnen zu sehen, aber die Kamera entfernte sich, schien über den Mädchen zu schweben und glitt dann aus dem Fenster, zeigte Maxis Haus aus der Vogelperspektive. Die letzte Szene zeigte den weihnachtlichen Marktplatz von Leschenberg mit dem großen Tannenbaum in der Mitte, die Bäckerei Hellmann und schließlich die sternenklare Winternacht. Dann hielt der Film an und in einem kleinen Fenster rechts unten auf dem Bildschirm erschien Maxis Gesicht. Sie sah traurig aus.

»Maxi, ich …« Lenas Stimme versagte. »Darf ich es mir noch mal ansehen?«, brachte sie schließlich heraus.

»Das geht leider nicht.«

»Wieso nicht?«

»Weil es kein normaler Film war.«

»Was denn dann?« Hinter Lenas Schläfen setzte ein Kribbeln ein.

»Unsere Erinnerungen, Leni. An unsere Kindheit und unsere Freundschaft. An deine vergangenen Weihnachten.«

Lena brauchte einen Moment, um sich zu fassen. Wie konnte das sein? Sie hatte so viele Fragen! »Es tut mir alles so leid. Ich hatte vieles vergessen. Oder verdrängt. Eigentlich alles. Ich weiß selbst nicht warum. Nachdem du weggezogen bist, ist alles anders geworden. Ich weiß, ich bin nicht so oft nach Nürnberg gekommen, wie ich dir versprochen hatte, und ich konnte auch leider nicht dort studieren. Es war alles so schwierig. Das Abitur war schwer und ich hab immer nur gelernt und hatte kaum Zeit. Da haben wir uns aus den Augen verloren.«

Das stimmte so nicht ganz. Lena hatte sich nach einer Weile mit anderen Freundinnen und schließlich mit dem ersten Freund getröstet. Maxi war zwar noch ihre beste Freundin und sie versicherten sich diese Tatsache auch ständig gegenseitig, aber eine kleine unsichtbare Mauer war zwischen ihnen entstanden, die täglich größer wurde. Es fehlte der gemeinsame Alltag. Nach Nürnberg zu fahren und dort in der klammen Wohnung von Maxis launischem Onkel das Wochenende zu verbringen, war nicht dasselbe wie die Abenteuer ihrer Kindheit. Und als Lena einen Studienplatz in München ergatterte, dachte sie nicht zweimal nach und zog dorthin. Wer hielt sich schon an die Versprechen, die man sich als Fünfzehnjährige gegeben hatte?

»Ich weiß. Ich hatte nur immer gehofft, wir würden nach der Schule wirklich zusammenziehen. Bei meinem Onkel war es so nervig, wir sind nie wieder in unsere eigene Wohnung gezogen, weil meine Mutter nach der Scheidung nicht genug Geld hatte. Und eine richtig gute Freundin habe ich nach dir nicht mehr gefunden.«

»Es tut mir leid.« Andere bessere Worte fanden einfach nicht den Weg aus Lenas Mund, sie war wie leer gewischt. Das schlechte Gewissen wucherte wie ein Geschwür in ihr. Was sollte sie nur sagen, wie sich rechtfertigen? Es gab keine Entschuldigung. Lena hielt den Bleistift in ihrer Hand so fest, dass er zerbrach. Tatsächlich hatte Maxi jahrelang versucht, den Kontakt mit Lena aufrechtzuhalten. Maxi hielt sich nämlich an Versprechen. Lena hingegen hatte sich irgendwann anderen Dingen zugewandt und nur noch sporadisch auf die Nachrichten der Freundin reagiert. »Alles tut mir leid. Nicht nur deinetwegen. Auch an meine Oma habe ich seit Jahren nicht gedacht. Oder an Ralfi.« Lena schluckte. *Seit Jahrzehnten.* Aber so etwas konnte sie nicht zugeben, zu sehr schämte sie sich. Nicht nach dem, was sie eben gesehen hatte. »Ich hab irgendwie …« Lena gestikulierte hilflos herum. »Ach, ich weiß auch nicht. Aber umso schöner, dass wir uns endlich wiedergefunden haben, das freut mich total. Ich rufe dich gleich nach Weihnachten an und dann treffen wir uns mal, okay? Diesmal lasse ich den Kontakt nicht abreißen, ich verspreche es dir. Wie ist deine Nummer?«

»Anrufen geht im Moment schlecht. Aber du kannst mich gern besuchen kommen, Leni.«

»Ja, klar, absolut, ich …«

»… reicht es mir. Das hält ja keiner aus mit euch blöden Bälgern!« In unmittelbarer Nähe knallte eine Tür. Lena schreckte hoch und drehte sich verwirrt um. Diese verdammte Tussi von nebenan, die Zustände wurden echt immer schlimmer da drüben.

»Sorry, meine Nachbarn sind immer so laut«, entschuldigte Lena sich bei Maxi. Doch die war nicht mehr da. Die Seite der Videokonferenz hatte sich wie von Geisterhand geschlossen, stattdessen war jetzt Lenas Bildschirmschoner zu sehen. Ein Foto der Wüste Gobi.

»Maxi?« Lena starrte perplex auf die Sanddünen. Was war hier gerade passiert? Und wie kam ihre Freundin überhaupt an dieses irre Filmmaterial? So vieles blieb ungeklärt und jetzt hatte Maxi ihr nicht mal ihre Nummer hinterlassen. Lena öffnete ihren Browser. Dann würde sie die Freundin eben googeln. Zum Glück konnte man die Leute heutzutage ohne Weiteres im Internet finden. Mit etwas Glück hatte Maxi sogar über die Feiertage Zeit und sie könnten sich treffen und richtig aussprechen. Über früher und über alles, was seitdem passiert war. Diese Aussicht beflügelte Lena geradezu, sie hatte ja ohnehin nichts vor. Sie blendete das Geplärre der Kinder nebenan aus und gab Maxis Namen in die Suchmaschine ein, dazu den Suchraum »letztes Jahr«, es sollte ja aktuell sein. Das Ergebnis tauchte nahezu sofort auf und traf Lena mit der Wucht eines Lkw.

*Gedenkfeier für Maximiliane Richter*

*Wer geliebt wurde, bleibt unvergessen. Und du wurdest so sehr geliebt.*

*Wir trauern um unsere Tochter Maxi, die durch einen tragischen Unfall viel zu früh aus dem Leben gerissen wurde. Sie hatte noch so viel vor. Ihre Fröhlichkeit und Beherztheit wird uns immer in Erinnerung bleiben. Die Gedenkfeier findet am 23. September in der St.-Johannis-Kirche Nürnberg statt.*

*In tiefer Trauer*
*Roland Richter und Familie*
*Andrea Richter*

Lena starrte auf den Bildschirm, bis ihr die Augen vor Tränen schwammen.

# 8

Maxi lebte nicht mehr. Eine Weile lang konnte Lena sich nicht bewegen. Die Buchstaben verschwammen vor ihren Augen, ihre Arme hingen schwer wie Blei herunter. Das konnte nicht sein. Das durfte einfach nicht sein! Und überhaupt – was für ein Unfall? Wieso stand das nicht mit in der Anzeige? Eine Sekunde lang klammerte sich Lena an den Gedanken, dass es sich hier um eine andere Maximiliane Richter handelte, aber tief in ihrem Inneren wusste sie, dass dieser Rettungsanker nicht half. Maxis Name und der ihrer Eltern ließen keinen Zweifel aufkommen. Hektisch gab Lena *Maximiliane Richter* und *Unfall* in die Suchmaschine ein und stieß auf den Artikel einer Nürnberger Tageszeitung.

**Deutsche Touristin ertrinkt bei Badeunfall in Griechenland**

*Am vergangenen Sonntag kam es zu einem tödlichen Unfall in der Nähe von Sidari auf Korfu. Maximiliane R. (34) aus Nürnberg ertrank bei dem Versuch, einen Hund zu retten, der offenbar bei hohem Wellengang aus einem Boot gefallen war. Trotz sofort eingeleiteter Wiederbelebungsmaßnahmen verstarb die deutsche Urlauberin noch am Unfallort. Der Hund blieb unversehrt.*

»Ein Hund?« Lena stieß die Worte aus. »Großer Gott.« Warum hatte Maxi sich in all den Jahren seit ihrer Kindheit denn nicht endlich eine Katze angeschafft? Katzen fuhren niemals Boot und mussten daher auch nicht gerettet werden. Mit einer Katze wäre das Unglück nicht passiert. Dieser Hund war an allem schuld! Lena konnte nicht mehr stillsitzen, sie sprang auf und tigerte durch das Zimmer, nahm alles um sich herum nur noch verschwommen wahr, so sehr musste sie weinen. »Maxi, Maxi«, flüsterte sie wieder und wieder, fast wie ein Mantra. »Wieso hast du das gemacht?«

Die Antwort lag auf der Hand. Weil Maxi eine gute Seele gewesen war. Jemand, der Tieren und Mitmenschen und Kindern stets freundlich entgegenkam. Jemand, der Versprechen hielt, und half, wo er konnte. Jemand, der für einen kleinen Hund sein Leben riskierte. Lena hatte das Gefühl, keine Luft mehr zu bekommen. Sie riss die Tür zum Balkon auf und trat hinaus in die kalte Winternacht. Ihre Hände umklammerten das Geländer und sie versuchte, tief durchzuatmen und ihre rasenden Gedanken zu sortieren.

Warum nur hatte sie nicht mehr auf die Nachrichten ihrer Freundin reagiert? So viel hatte Lena doch nicht zu tun gehabt, das waren bloß Vorwände gewesen. In Wahrheit war ihr der schleppende Briefwechsel nur lästig geworden, denn was hätte sie auch immer schreiben sollen? *Heute auf dem Sofa geflätzt und auf Netflix drei Serien reingezogen. Schokolade gefuttert. Am Computer gearbeitet. Auf Instagram gelogen. Die vertrocknete Topfpflanze entsorgt, geschlafen, geduscht.* Ein Gedanke kam ihr: Wäre sie all die Jahre mit Maxi in Kontakt geblieben, dann hätte es vermutlich keinen Bootsunfall gegeben. In einem parallelen Universum hätte Lena der Freundin jedes Jahr zu Weihnachten ein Kätzchen geschenkt und aus Maxi wäre eine verrückte Katzenlady geworden, die in gemusterten Kaftanen und Gummistiefeln herumlief, alle Probleme mit ihren zwanzig Katzen beredete, ihre Urlaube wegen der Tiere zu Hause verbrachte und absolut nie, nie, nie in ihrem Leben auch nur einen Fuß in ein gottverdammtes Boot setzte!

Ein Schluchzen stieg in Lenas Kehle auf. Sie beugte sich vor und blickte in die wunderweiße Nacht hinaus. Es schneite jetzt heftiger, welch perfektes Timing für Weihnachten. Wie hatten Maxi und Lena in den Tagen vor dem Fest immer auf Schnee gelauert. Und jetzt sandte die Natur den wunderschönsten Weihnachtszauberschnee auf die Erde herab und Maxi erlebte ihn nicht mehr. Lena reckte ihr Gesicht den weichen, kalten Flöckchen entgegen, die sich behutsam auf ihren geröteten Wangen und Lidern niederließen und tröstende Kühle spendeten. Überall im Viertel waren die Fenster hell erleuchtet und schickten ihr warmes Licht in die winterlich verzauberte Welt hinaus. Vom lärmenden Weihnachtsmarkt waren nur noch ein paar Buden übrig geblieben, die Lichterketten jedoch hingen noch, ebenso die vielen geschmückten Kränze. Wieso war Lena nie zuvor aufgefallen, welch romantischer Blick sich in der Adventszeit von ihrem Balkon aus darbot?

Ihre Tränen vermischten sich mit den Schneeflocken und nun wagte sie endlich, sich den zwei unglaublichen, unfassbaren Tatsachen zu stellen: dass Maxi erstens nicht mehr lebte und dass zweitens etwas total Abgefahrenes passiert war, nämlich …

»… ein Geist«, wisperte Lena. »Ein Weihnachtsgeist, hat sie gesagt.« Der *erste*, genau genommen. Unruhig presste Lena ihre Fingernägel in die Handballen. Sie versuchte, sich an den genauen Wortlaut von Maxis Aussage zu erinnern.

*Zuerst kommt der Geist der vergangenen Weihnachten. Dann noch zwei andere. Und bei dir wird es genauso sein, Leni. Ich bin der Anfang. Also der erste Geist.*

Lena dachte fieberhaft nach. Das würde ja bedeuten, dass heute noch weitere Geister auftauchten. Wie in dieser Weihnachtsgeschichte von Dickens. Herrgott, warum hatte sie das Buch nie richtig gelesen? Dann könnte sie sich jetzt wenigstens an die Details erinnern. Oder verlor sie nur langsam den Verstand? Nein, dafür war alles viel zu echt gewesen.

»Ich bin nicht verrückt!«, sagte sie laut und rieb sich eine Ladung Schnee von der Balkonbrüstung ins Gesicht in der Hoffnung, dass die eisige Kälte ihre galoppierenden Gedanken zur Besinnung bringen würde.

»Warum weinst du denn?«, fragte eine Stimme von links.

Lena fuhr herum. Auf dem Balkon der Nachbarn saß jemand auf dem kleinen Flecken Boden, den der Schnee nicht erreicht hatte. Es war Isabel von nebenan, die im Treppenhaus mit ihren Plüschtieren und mit dem Hamster gespielt hatte. Wie lange hatte die schon dort gesessen? Hatte sie etwa Lenas Tränenausbruch beobachtet?

»Was machst du denn da?«, fragte sie zurück. »Im Dunkeln?«

»Time-out.« Isabel hob resigniert die Schultern. »Marina ist heute besonders schlecht gelaunt.«

»Wie bitte? Du musst hier draußen sitzen? Im Dezember?« Hatte diese Marina sich ihre Piercings jetzt schon ins Gehirn gesteckt?

»Na ja.« Isabel schlang die Arme um ihren Körper. »Auf der Treppe draußen sitzt ja schon mein Bruder. Deshalb kann ich da nicht hin. Und im zweiten Stock bei Herrn Hüttich, da macht Frau Wenz die Treppe sauber, weil doch morgen Weihnachten ist. Das geht auch nicht. Deshalb sitze ich hier.«

»Es ist viel zu kalt. Warum gehst du nicht wieder rein?« Diese Marina regte Lena so sehr auf, dass sie Maxi und ihre Geister eine Sekunde lang vergaß.

Isabel blickte sie mitleidig an. »Die Tür ist zu. Das geht nicht.«

»Ist denn das zu glauben?« Lena sprach wie zu einer Versammlung verständiger Erwachsener. »In was für einer Welt leben wir eigentlich?«

Die Antwort war simpel: in einer Welt, in der jemand wie Marina, geschlagen mit einer unglaublichen Dummheit, für zwei Kinder verantwortlich war. Kein Wunder, dass alles den Bach runterging. Vor ihrem geistigen Auge schritt Lena zur Tat und sperrte Marina höchstpersönlich auf den Balkon. Sofort fing diese an, gegen die Tür zu wummern und zu kreischen. »Mann, ey! Ich sag's dir, ey, mach auf, ey!« Dann ging das Kreischen in ein Heulen über, und schließlich bettelte Marina darum, hereingelassen zu werden, während Lena sich drinnen in aller Seelenruhe einen Tee kochte und durch die Kanäle im Fernsehen zappte.

Ein leises Klappern unterbrach ihre barbarischen Fantasien und sie realisierte nach einem kurzen Moment, dass es die Zähne der kleinen Isabel waren. Das Kind fror. »Meine Güte. Du hast ja nicht mal eine Jacke an.«

»Die liegt drinnen. Aber vielleicht muss ich ja nicht so lange hierbleiben. Meistens lässt uns Marina nach einer Weile wieder rein, weil wir irgendwas machen sollen.«

»Warte mal«, sagte Lena. Sinnloserweise, wie ihr einfiel, denn das Kind konnte ja ohnehin nicht weg. Sie ging rasch hinein in ihr Wohnzimmer und schnappte sich die Sofadecke. Dabei fiel ihr die Plätzchendose ins Auge, die Veronika ihr gemeinsam mit endlosen guten Wünschen für Lenas nicht stattfindendes Weihnachtsfest aufgenötigt hatte. Sie nahm auch die Dose und trat wieder hinaus. »Hier. Mummel dich in die Decke ein. Und die Kekse kannst du essen, wenn du willst.«

»Oh, danke!« Isabel freute sich und stopfte sich sofort ein Nussplätzchen in den Mund. »Ich liebe Kekse«, verkündete sie kauend. »Hast du die gebacken?«

»Nein.«

»Marina bäckt auch nie. Wegen ihrer Figur. Und Papa kocht nur. Aber das kann er gut.«

»Aha.« Der Plätzchenduft wehte verheißungsvoll zu Lena herüber. Weihnachtlich, nach Zimt und Zuckerguss.

»Wie heißt du eigentlich?«, wollte Isabel wissen.

»Lena.« Sie wischte den Schnee von dem kleinen Campingstuhl, den sie im Sommer auf dem Balkon aufgestellt hatte, um an sonnigen Tagen draußen sitzen zu können. Dazu war es aber nie gekommen, denn Lena stellte fest, dass sie an heißen wie auch an kalten Tagen am liebsten drinnen blieb. Es war ihr völlig egal, ob draußen Hitzewelle, Schneesturm oder Atomkrieg herrschte. Lena bekam es sowieso nicht mit.

Und da saß Isabel in dieser Eiseskälte und hatte nicht mal einen Stuhl! Was war das für eine hirnrissige Erziehungsmethode? Energisch klappte Lena den Stuhl zusammen und hob ihn zu dem Mädchen hinüber.

»Oh, danke!«

Auch wenn Lena keine eigenen Kinder hatte, so wusste sie mit ziemlicher Sicherheit, dass man diese *nicht* an einem Dezembertag zum Strafestehen auf den Balkon verbannte. Lenas Eltern hätten so etwas niemals getan. Ihre Eltern. Denen sollte sie mitteilen, was mit Maxi passiert war. Ihre Eltern hatten die Freundin immer gemocht. Bei dieser Erinnerung traten Lena erneut die Tränen in die Augen.

»Jetzt weinst du wieder«, machte Isabel sie aufmerksam. »Was ist denn?«

»Das ist nur die Kälte. Da tränen mir die Augen.« Die Worte von Lenas Oma. Sie waren Lena einfach so herausgerutscht.

»Ja, genau. Mir auch, schau.« Isabel presste heftig ihre Augen zusammen, um ein paar Tränen herauszudrücken, und Lena begriff mit einem Mal, dass dieses kleine Mädchen Mitleid mit ihr hatte und sehr wohl verstand, dass die Kälte nicht der Grund für Lenas Weinen war. Isabel trug die Haare so kurz wie Maxi. Warum war Lena das nicht schon eher aufgefallen?

»Meine beste Freundin sah früher aus wie du.« Der Satz war heraus, bevor Lena sich bremsen konnte. »Die Haare, meine ich. Sie hat sie auch immer so kurz getragen.«

»Ich will gar keine langen Haare.« Isabel grub einen Schokokeks aus den Tiefen der Dose. »Alle Mädchen in meiner Klasse wollen lange Haare, aber ich nicht. Kurze Haare ziepen nicht so.«

»Ach, du gehst schon in die Schule?«

Isabel lachte. »Na klar. Schon in die zweite Klasse.« Sie hielt Lena die Keksdose hin, die schüttelte den Kopf.

»Hat deine Freundin immer noch kurze Haare?«, erkundigte sich Isabel.

»Nein.« Lenas Stimme war kaum mehr als ein Flüstern. »Meine Freundin …« Sie konnte es nicht aussprechen. »Glaubst du an Geister?«, fragte sie stattdessen zurück. Wenn ihr jemand heute Morgen prophezeit hätte, dass sie am Abend auf dem Balkon mit dem Nachbarsmädchen einen Schwatz über Gespenster halten würde, dann hätte sie denjenigen für verrückt erklärt.

»Ja«, kam die prompte Antwort. »Ich habe sogar schon mal einen Geist gesehen.«

Das war die letzte Antwort, die Lena erwartet hätte. »Aha, und wo?«

»Bei meinem Opa. Der hat in einem alten Haus gewohnt. Dort hat der kalte Kurt herumgespukt, so hat mein Opa den genannt. Dem hat mal das Haus gehört, und deshalb lief er manchmal nachts darin herum. Da haben die Treppen immer so geknarrt.«

»Der kalte Kurt? So so. Und den hast du gesehen. Wie sah er denn aus?« Wahrscheinlich würde Isabel jetzt behaupten, dass der kalte Kurt durchsichtig gewesen war. Oder an der Decke geschwebt war, am besten in ein Bettlaken gehüllt.

»Ganz normal, wie du und ich«, erwiderte Isabel mit ernster Miene. »Deswegen habe ich mich ja so gewundert. Ich dachte erst, mein Opa geht vor mir die Treppe hoch. Aber Opa saß ja unten in seinem Sessel. Der kalte Kurt hatte außerdem einen Bart und mein Opa nicht. Und er hat mich überhaupt nicht beachtet, als ich ›Opa?‹ gesagt habe.«

Lena hatte unwillkürlich den Atem angehalten. Was Isabel da erzählte, klang genauso realistisch wie …

Ein Schlüssel drehte sich im Schloss, die Tür hinter Isabel öffnete sich. »Du kannst wieder reinkommen«, erklang eine Stimme.

»Danke, Marina.« Isabel sprang so eilfertig auf, dass es Lena das Herz zusammenzog. Das Mädchen reichte ihr rasch die Decke und die Keksdose zurück. »Sonst meckert sie«, flüsterte sie. »Tschüss.«

»Mit wem quatschst du denn da?« Marina trat auf den Balkon hinaus und Lena ging rasch in Deckung.

»Mit einem Geist.« Isabel klang fast fröhlich.

»Fang bloß nicht gleich wieder an zu provozieren, ich sag's dir.«

»Provo was?«, hörte Lena, dann fiel die Tür zu.

»Was für eine Hexe«, sagte Lena laut. Es tat gut. Jetzt erst merkte sie, wie kalt ihr geworden war. Ihre Finger waren vor Kälte ganz taub. Zurück im Wohnzimmer, blieb sie vor ihrem Computer stehen, in dem immer noch die Dünen der Wüste Gobi waberten. Was sollte sie nur tun? Ob sie Maxi noch einmal erreichen konnte, wenn sie sich wieder in eine Videokonferenz mit London einloggte? Einen Versuch war es wert. Sie musste unbedingt mit der Freundin reden, ihre Freundschaft konnte nicht so enden. *Eure Freundschaft hat doch schon vor Jahren geendet,* höhnte sofort eine kleine Stimme in ihrem Kopf. *Deinetwegen.*

Das schreckliche Schamgefühl war wieder auf dem Vormarsch und Lena versuchte sich abzulenken. »Weihnachtsgeschichte von Charles Dickens« schrieb sie in die Suchleiste, froh darüber, etwas tun zu können, das ihr weiterhalf: nämlich diese Geschichte lesen, damit sie wenigstens ansatzweise verstand, was hier mit ihr passierte. Sie kaufte das E-Book und checkte ihre Inbox, um zu sehen, ob sie eine Bestätigungsmail erhalten hatte. Es gab eine neue E-Mail. Allerdings nicht von dem Online-Buchhändler, bei dem sie soeben bestellt hatte.

Vielmehr war es die Einladung zu einer weiteren Videokonferenz, die in zehn Minuten begann. Der Absender lautete: *Partymaus*.

# 9

Partymaus? Dieser Benutzername war Lena völlig unbekannt. Etwa doch jemand von *Bubble*, eine neue Kollegin, vielleicht? Denen drückte man ja oft die lästigen Meetings auf – zum Beispiel die am 23. Dezember, abends um 19 Uhr. Wer hockte an dem Tag sonst noch freiwillig im Büro, außer einer übereifrigen Neuen, die sich Bonuspunkte beim Management holen wollte. Und außer Lena. *Sie* hockte am Tag vor Weihnachten ebenfalls in ihrem kleinen Kosmos vor dem Computer. Sie feilte eben an ihrer Karriere, rechtfertigte sie sich sofort in Gedanken. Aber wer war nun die verwandte Seele, die jetzt noch arbeitete? Und warum hatte diese Person sich so einen saublöden Namen gegeben? Partymaus – sie waren doch hier nicht bei Tinder. Acht Minuten. Lena trommelte mit den Fingern auf den Tisch, von einer Unruhe befallen, die sie sich selbst nicht erklären konnte. War Maxi die ominöse Partymaus? Kam sie zurück?

Lena stand auf und begab sich in die Küche, um die letzten Minuten zu nutzen und einen Tee zu kochen. Kurzentschlossen kippte sie einen großzügigen Schuss Rum hinzu. Jetzt würde sie genau wie Uwe aus Berlin leicht angeschickert im

Meeting sitzen und sich heimlich den Schnaps nachfüllen. Aber nun war schon alles egal. Man traf schließlich nicht jeden Tag seine tote beste Freundin als Geist in einer Videokonferenz.

Der Tee nannte sich »Weihnachtsmischung«, und Lena konnte sich absolut nicht erinnern, ihn je gekauft zu haben. Aber er schmeckte gut und wärmte sie von innen, obwohl das natürlich auch die therapeutische Wirkung des Rums sein konnte. Noch vier Minuten. Sie huschte zurück an ihren Schreibtisch und schnappte sich Veronikas Keksdose. Gott, wie verführerisch die Plätzchen dufteten. Lena nahm sich wahllos eins heraus und schob es sich in den Mund. Walnuss, Butter und Orange. Köstlich. Her mit dem nächsten – Haselnuss und Zimt, dann ein Butterplätzchen mit Zitronenguss und ein Vanillekipferl und irgendwas mit Marzipan. Sie konnte gar nicht mehr aufhören, die Plätzchen in sich hineinzustopfen, weil sie erstens auf einmal merkte, wie hungrig sie war, und außerdem von einer geradezu besinnungslosen Gier überfallen wurde, etwas *Weihnachtliches* zu naschen. So etwas Leckeres wie die Lebkuchen aus der Leschenberger Bäckerei oder die Kekse ihrer Oma.

Hatte es nicht auch mal ein Rezeptbuch von Oma gegeben? Das Bild eines unscheinbaren grauen Notizbuches tauchte aus dem Nirgendwo in Lenas Erinnerungen auf. Klein und eng mit sorgfältiger Schrift vollgeschrieben. *Ein halbes Pfund gute Butter, drei Eier getrennt, der Abrieb einer halben Zitrone, ein Viertel Pfund Mandeln enthäutet und durch die Mandelmühle gedreht …* Jede Zeile, jede Ecke ausgenutzt in einer Zeit, in der man die Dinge sorgfältiger behandelte und nicht nur ein paar Sätze in die Diktier-App ranzte oder einen Screenshot von einem Onlinerezept schoss, das man augenblicklich wieder vergaß.

Noch dreißig Sekunden. Mit vollem Mund klickte Lena den Link zur Videokonferenz an, schluckte hastig runter und brachte sich in Position. War die Kamera richtig eingestellt? Vor einer Weile hatte sie sich aus Qualitätsgründen extra für eine externe Webcam entschieden und vor Nervosität fing sie jetzt an, daran herumzufummeln und zu drehen, um den günstigsten Winkel einzustellen. Prompt fiel die Kamera ab.

»Mist«, fluchte Lena voller Panik. In letzter Sekunde klemmte sie das Teil wieder fest, während eine Nachricht auf dem Bildschirm ihr mitteilte, dass sie im Wartebereich verharren musste, bis *Partymaus* sie hereinließ. Sie genehmigte sich einen großzügigen Schluck des hochprozentigen Tees. Jetzt. Bitte, lass es wieder Maxi sein. Das Fenster auf dem Bildschirm öffnete sich.

»Hallöchen, Lena! Glühwein, oder?« Es war nicht Maxi, sondern eine junge Frau von Mitte zwanzig mit leuchtend roten Haaren. Sie trug ein knappes silbernes Top, eigentlich mehr ein erweiterter BH, eine Sonnenbrille und eine lange Kette aus blinkenden Weihnachtslichtern.

»Was?«, stammelte Lena perplex.

»Ach nee. Tee mit Schuss.« Die junge Frau deutete auf Lenas Tasse. »Super, gefällt mir.«

»Woher weißt du … wissen Sie …«

»Kannst ruhig du sagen. Wir werden schließlich heute Abend ein bisschen zusammen abfeiern.«

»Werden wir das?« Lena spuckte beinahe ihren Tee wieder aus.

»Aber hallo! Ich bin der zweite Geist. Der Geist der gegenwärtigen Weihnacht. Und weißt du, was das bedeutet?«

Nein, das wusste Lena nicht. Sie wusste überhaupt nichts mehr. Wer zum Geier war diese Person?

»Partytime!« Die junge Frau sprang auf, von irgendwoher erklangen Technorhythmen, und sie fing an, wild zu tanzen.

Lena konnte jetzt ihr komplettes Outfit bewundern – rote Samtshorts mit weißem Fellrand und kniehohe rote Schnürstiefel mit absurd hohen Absätzen. Eine Verrückte. Na, großartig. Lena beugte sich angestrengt vor, um aus dem Bildhintergrund Schlüsse zu ziehen, mit wem sie es zu tun hatte. Wie es aussah, befand die Dame sich in einem Klub, stratosphärisches Licht zuckte, es gab eine Bar und eine Tanzfläche, allerdings war niemand sonst zu sehen.

»Okay«, sagte Lena, nur um überhaupt etwas zu äußern.

»Prima. Dann sind wir uns ja einig. Ich bin übrigens Kitty. Na, eigentlich Katharina, aber der Name klingt wie eingesperrtes Burgfräulein, also nenn mich lieber Kitty. Lena klingt aber cool.«

»Danke. Äh – Kitty«, krächzte Lena. »Schöner Name. So hieß die Katze meiner Oma.« Sollte sie einfach die Verbindung unterbrechen? Das wurde ihr echt zu blöd hier. Wenn sie schon mit Geistern kommunizieren musste, dann wollte sie gefälligst Maxi sehen. »Wo ist Maxi?«, startete sie einen Versuch. »Ich dachte, ich würde sie noch einmal sehen?«

»Kenne ich nicht. Ich bin nur ganz kurz hier. Nur für das diesjährige Weihnachtsfest. Frohe Weihnachten!« Kitty griff in die Taschen ihrer unsäglich kurzen Shorts und holte eine Handvoll Irgendwas heraus, das sie in die Luft warf. Augenblicklich funkelte Lenas Bildschirm so sehr, dass sie einen Moment lang gar nichts mehr erkennen konnte.

»Schneekonfetti«, erklang Kittys Stimme hinter all dem Geglitzer. »Kein Feenstaub, haha. Gut, was?«

»Haha. Hübsch.« Lena hielt sich an ihrer Tasse fest wie an

einem Rettungsring. Warum hatte sie die Flasche mit dem Rum nur in der Küche stehen lassen?

»Jetzt sei nicht so ein Scrooge.« Kittys Gesicht tauchte wieder auf. »Hm, bei dir wirkt das Konfetti nicht. Sehr seltsam.«

»Wirken? Was soll denn da wirken? Dass ich Kopfschmerzen von dem Gefunkel bekomme?«

»Nein, bessere Laune. Das Schneekonfetti schenkt Weihnachtsfreude. Normalerweise allen Menschen. Aber wie es scheint, bist du kein Mensch, sondern ein Vampir oder irgendein fledermausartiges Höhlenwesen. Bei dir ist es auch extrem dunkel, das käme hin.«

»Soweit ich weiß, bin ich eine völlig normale Frau. Vampire existieren im Übrigen nur in Büchern und kitschigen Filmen.« Wie kam Lena eigentlich dazu, sich hier zu rechtfertigen?

»Aha. Und Geister auch?« Diese Kitty lachte albern, winkte aber sofort beschwichtigend ab. »Ist ja gut, wenn du darauf bestehst. Du hast übrigens Krümel an der Lippe. Macht sich nicht so gut, wenn du heute noch jemanden küssen willst.«

Leicht pikiert wischte Lena sich über den Mund. Also so was. Jetzt musste sie sich schon von irgendwelchen Partyküken belehren lassen. »Danke. Allerdings denke ich nicht, dass heute große Kussgefahr besteht. Wie du siehst, verbringe ich den Abend allein zu Hause.« Es hatte ironisch klingen sollen, kam aber eher schnippisch und bemitleidenswert heraus.

»Sag niemals nie.« Kitty drohte spielerisch mit dem Finger. »Und willst du etwa in diesem Schlabberlook mit auf die Party kommen?«

Lena sah an sich hinunter. Sie trug das, was sie immer zu Hause anhatte: einen warmen Pullover (zwei Nummern zu groß), Yogahose, obwohl sie nie in ihrem Leben einen Fuß in ein Yogastudio gesetzt hatte, Kuschelsocken und Einhorn-Hausschuhe. Okay, die Hausschuhe waren etwas grenzwertig, die hatte sie mal im Hochsommer im Ausverkauf mitgenommen, weil sie so hysterisch dämlich aussahen, aber ehrlich gesagt waren sie total bequem. »Es ist doch völlig egal, was ich anhabe«, wagte sie zu widersprechen. »Und ich gehe heute ganz bestimmt nicht mehr auf eine Party.«

»Sehe ich anders.« Kitty Partymaus klimperte mit den falschen Wimpern. »Wir gehen so was von auf eine Party, das kannst du dir gar nicht vorstellen. Ich liebe Partys. Daher auch mein Name.«

»Hätte ich nie vermutet.« Langsam reichte es Lena. Sie würde definitiv nirgendwohin gehen. Sie konnte sich ehrlich gesagt nichts Schrecklicheres vorstellen, als sich umziehen und auftakeln und raus in die Kälte zu müssen.

»Musst du doch alles nicht.« Kitty winkte ab.

»Kannst du Gedanken lesen?«

»So was in der Art. Ich spüre Emotionen. *Good vibes* und so weiter. Bei dir verspüre ich die geringste Bereitschaft zu Spaß und Ausgelassenheit und Freude, die mir je untergekommen ist. Wahnsinn. Kein Wunder, dass sie mich zu dir geschickt haben.«

Moment, was sagte Kitty da?

»Wer hat dich geschickt?« Vielleicht erfuhr Lena jetzt endlich, was hinter diesem Kommen und Gehen von Geistern steckte. In dem Moment begriff sie etwas, das sie frösteln ließ. Diese Kitty war ein Geist. Behauptete sie zumindest, so wie Maxi es behauptet hatte. Und Maxi lebte nicht mehr. Galt das auch für Kitty?

»Bist du auch …?« Lena brach hastig ab. So etwas konnte man doch niemanden fragen. *Bist du auch tot?* »Entschuldigung, ich meinte, ob du noch am Leben …« Herrgott, das ging erst recht nicht.

»Ich weiß schon, was du meinst. Und hier kommt der Knaller – ich habe keine Ahnung! Ich glaube, ich bin im Moment weder das eine noch das andere. Schräg, was? Ich bin einfach nur der Geist der gegenwärtigen Weihnacht und das ist super, weil ich Weihnachten über alles liebe. Und jetzt setz dir wenigstens 'ne Weihnachtsmütze auf und dann geht es los.«

»So was besitze ich nicht.« Diese Kitty war eine harte Nuss, sie wich allen Fragen aus. Was sollte das bedeuten – dass sie weder das eine noch das andere war? Wie absurd.

»Die Mütze liegt doch hinter dir im Regal.«

Lena wirbelte auf ihrem Drehstuhl herum. In der Tat. In der zweiten Reihe ihres Bücherregals lag eine rote Weihnachtsmütze. So ein billiges Ding aus Plüsch mit weißer Borte, definitiv nicht von Lena gekauft. Möglicherweise hatte Berat sie dort deponiert, allerdings waren Weihnachtsmützen nun auch nicht gerade sein heimliches Lieblings-Accessoire. Sehr merkwürdig.

»Komm schon, du kannst das«, feuerte Kitty sie wie ein Cheerleader an. »Schnapp dir das Ding und dann geht's los. Ich platze bald vor Aufregung, du nicht? *It's beginning to look a lot like Christmas!*«

»Gut, aber nur, wenn du mir erklärst, was das alles zu bedeuten hat.« Ergeben griff Lena nach der lächerlichen Mütze und stülpte sie sich seufzend über den Kopf. Die Mütze rutschte sofort bis zu den Augen herunter, als ob Lena Blinde Kuh spielen sollte. Entnervt schob sie das Ding wieder hoch. Wenn irgendjemand sie hier filmte, war sie geliefert.

»Süß!« Kitty klatschte begeistert in die Hände. »Und natürlich erkläre ich dir alles. Absolut. Aber erst mal tanzt hier der Bär. Oder besser – es tanzen die Einhörner, haha.«

Ertappt schob Lena ihre Füße tiefer unter den Schreibtisch. So richtig vertrauen konnte sie dieser Tussi nicht. Dann fiel ihr etwas ein.

»Meine Brille.« Sie bückte sich, klaubte die 3-D-Brille vom Fußboden und setzte sie auf.

»Die brauchst du bei mir nicht«, wandte Kitty amüsiert ein. »Ich will mich ja mit dir unterhalten. Du wirst auch so genug zu sehen bekommen.«

»Okay.« Lena kam sich gemaßregelt und leicht lächerlich vor, als sie die alberne Brille wieder abnahm.

»Händchen ans Bildschirmchen«, befahl Kitty. »So ist es fein. Und drei, zwei, eins …«

Es wurde erneut gleißend hell.

Diesmal riss Lena die Augen sofort wieder auf, sie hielt die Anspannung kaum aus, herauszufinden, was sie erwartete. Wie schon zuvor lief ein Film und im Bild erschien als Erstes ein üppiges kaltes Büfett. Auf Etageren türmten sich Häppchen aus rosigem Lachs und Shrimps. Kleine Tomaten, mit cremigem Frischkäse gefüllt, und golden gebratene Hähnchenschenkel glänzten wie im Wettstreit miteinander. Es gab geräucherte Forellenfilets, auf denen wie Schneeflocken Tupfer von Meerrettichcreme saßen, und daneben eine riesige Käseplatte, die mit dicken violetten Weintrauben verziert war. Knusprige Baguette lagen in Brotkörben neben körnigen Roggenstangen, auf Platten warteten mit Kaviar gefüllte Eier. Verschiedene Salate von safrangelbem Couscous über cremigen Kartoffelsalat bis hin zu Fruchtsalat mit saftigen Orangen und

Walnüssen häuften sich in Schüsseln. Auf einem Silbertablett war eine Art buntes Mosaik aus Gemüse gelegt, aus zuckrigen Lebkuchenherzen hatte man eine Pyramide erschaffen.

»Wow«, rutschte es Lena heraus.

»Ich drehe gleich durch.« Kitty erschien in einem kleinen Videofenster unten rechts auf dem Bildschirm, wo sie auf einem Barhocker lümmelte. »Ich habe schon ewig nichts mehr gegessen.«

»Wo ist das?«, wollte Lena wissen. Ein Kellner kam ins Bild, er hatte eine weiße Stoffserviette über den Arm gelegt und trug einen Sektkübel mit Eis. »An Tisch drei«, rief er einem Unbekannten zu. »Und sag der Küche, Glühwein ist fast alle, die sollen für Nachschub sorgen.« Er trat einen Schritt zurück, denn jetzt erschienen einige Leute, die sich an ihm vorbei zum Büfett drängten.

»Oh, mein Gott«, kreischte eine Frauenstimme, die Lena bekannt vorkam. »Das ist ja der Hammer. So was von lecker.«

Lena stutzte. War das nicht …

»Ey, Veronika, lass den anderen noch was übrig«, witzelte jemand.

In der Tat. Das war Veronika aus Lenas Abteilung. Beinahe hätte Lena sie nicht erkannt, weil sie ihre Haare zu seltsamen kleinen Röllchen gedreht hatte und ein Rentiergeweih mit funkelnden Lichtern auf dem Kopf trug. Außerdem hatte sie ein total abgefahrenes weißes Kleid aus Kunstfell an.

»Heißes Teil«, kommentierte Kitty. »Die hat Geschmack.«

»Nein, normalerweise trägt sie stinklangweilige Klamotten«, widersprach Lena. »Graue Pullover und dicke Strickjacken und so was.«

»Also so wie du.« Eine Feststellung, komplett frei von Ironie.

Lena biss sich auf die Unterlippe. »Ist doch egal. Sag mal, ist das etwa ein Livestream meiner Büroparty?« Sie hatte Robin entdeckt, der mit einer Weihnachtsmütze auf dem Kopf an einem Glas Sekt nuckelte und dazu unsichere kleine Tanzschritte vollführte. Ein paar Kollegen aus anderen Abteilungen, die Lena vom Sehen kannte, schoben sich an ihm vorbei, begrüßten einander und umlagerten das Büfett. »Ich kenne die alle.«

»Sieht ganz so aus. Ich würde aber nicht von *deiner* Büroparty reden, denn du warst zwar eingeladen, bist aber definitiv nicht mit dabei.« Kitty gab ein kleines Glucksen von sich. »Komm, wir gucken mal, was weiter hinten los ist. Ich höre Musik.«

Es war, als würde Lena in den festlich geschmückten Saal eines Restaurants treten. Auf einer kleinen Bühne setzte ein Mann am Klavier gerade zu einer jazzigen Version von *Jingle Bells* an, um ihn herum baute eine Band ihre Instrumente auf. Ein paar Damen aus der Buchhaltung lungerten schon wie erwartungsvolle Groupies vor der Bühne herum. In der Ecke stand ein großer Tannenbaum, geschmückt mit winzigen weißen Sternchen und Lichtern, außerdem hingen kleine Zettel an den Zweigen. Die meisten der Anwesenden hatten sich in Schale geschmissen, allerdings gab es auch ein paar Scherzkekse in schrillen Weihnachtspullovern, allen voran ein Kollege vom Social-Media-Team, der sich tatsächlich als Schneemann verkleidet hatte und nun mit seinem weißen Fusselkostüm überall hängen blieb. Jemand schob ihn lachend in eine Winterlandschaft aus Kunstschnee neben der Eingangstür, auf die es aus einer unbekannten Quelle in der Decke ununterbrochen schneite. Wahnsinn. Wer hatte das organisiert?

»Na ja, du warst es nicht.« Klugscheißerin Kitty wieder.

»Wir wissen's nun«, gab Lena säuerlich zurück. Echt unheimlich, wie diese Partymaus ihre Gedanken erriet. »Ich glaube, es war die Abteilung von Berat«, überlegte sie laut. »Er …« Sie stockte. Natürlich, Berat, der musste auch hier sein. »Siehst du Berat irgendwo?«, erkundigte sie sich bei Kitty.

»Wen? Ach, guck mal, wie süß!«

Die Kamera zoomte zu Robin, um den sich jetzt ein paar Kollegen scharten. Veronika, natürlich, aber auch Edgar, der offenbar vor seiner Schwiegermutter auf die Weihnachtsparty geflohen war. Sie standen mit ein paar anderen um Robin herum und sahen alle in sein Handy.

»Ist ja absolut niedlich«, ertönte Veronikas Stimme. »Wie toll er das schon macht!«

Lena reckte ihren Hals. Was gab es da zu sehen? Wie auf Kommando fuhr die Kamera hinter Robin, sodass sie den Quell der Begeisterung nun auch zu Gesicht bekam. Es handelte sich um Robins Sohn Frieder in einem Waschbärenkostüm, der neben einer ungefähr fünfjährigen Mini-Jungfrau Maria stand und mit zitterndem Stimmchen *Ihr Kinderlein kommet* sang. Neben ihm traten sich Ochs und Esel in Papierkostümen gegenseitig auf die Füße, beim Jesusbaby handelte es sich, soweit Lena das erkennen konnte, um eine nackte Babypuppe mit Plastikhaaren. Der kleine Josef trug einen angeklebten schwarzen Vollbart, auf den Köpfen der Heiligen Drei Könige thronten Kronen von Burger King. Frieder trat vor die anderen Kinder und sagte salbungsvoll:

*»Das Kindlein dort im Stalle,*
*bringt Hoffnung für uns alle.*
*Für jeden auf Erden*
*soll Frieden nun werden.«*

Spontan brachen die Kollegen um Robin herum in Beifall aus. »Wahnsinn«, sagte jemand. »So ein kleiner Kerl und kann sich so was Schwieriges schon merken.«

»Er ist ein verdammter Waschbär«, bemerkte Lena leise. »Stört das denn keinen?«

»Nö«, meinte Kitty. »Das ist doch cool von der Kita. Das haben sie gemacht, damit alle Kinder mitspielen können. Als was soll er sich denn sonst verkleiden, als Nashorn?«

»Na …« Lena verstummte. Natürlich war es völlig egal. Und ihr sowieso. »Woher weißt du das alles?«

Statt zu antworten, nahm Kitty ihre Sonnenbrille ab, wischte darauf herum und setzte sie wieder auf.

Die Kinder in Frieders Kita sangen jetzt gemeinsam *Stille Nacht* und hielten sich dabei an den Händen. Dann brandete der Beifall der Eltern auf, das Video war zu Ende.

»Absolut Zucker.« Veronika wischte sich ein Tränchen aus den Augenwinkeln. »Da kannst du stolz sein, Robin. Jetzt habt ihr gleich einen Grund mehr zum Feiern.«

»Was feiert Robin denn noch?«, erkundigte sich Lena bei Kitty, aber die antwortete nicht, sondern inspizierte betont konzentriert ihre silbernen Fingernägel. Außerdem startete die Band mit ohrenbetäubender Lautstärke durch und die Leute drängten sich auf die Tanzfläche.

»Macht Platz für den Profi!« Edgar schob sich durch die Menge und verschaffte sich einen respektvollen Freiraum.

»Was wird das, Eddi?«, rief jemand. »Willst du den Weihnachtsmann spielen?«

Statt einer Antwort fing Edgar an, in einen wilden Breakdance auszubrechen. Er rutschte wie auf Rollschuhen herum, sprang hoch in die Luft, wirbelte auf nur einem Arm abgestützt auf dem Boden herum und zappelte elektrisierend mit den Füßen. Um ihn herum bildete sich sofort eine Traube aus Leuten, die klatschten, johlten und mitrockten.

»Edgar?«, fragte Lena verwirrt. So was konnte der? Sie hatte ihn nie so voller Energie erlebt, normalerweise saß er mit unbeteiligter Miene in den Meetings und gab so sparsame Kommentare von sich, als ob ihn jedes Wort einen Euro kostete. Und überhaupt, der Mann war um die fünfzig!

»Sportlich, der Typ«, kommentierte Kitty. »Kategorie alt, aber knackig. Das schaffst du im Leben nicht, wenn du mal so alt bist.«

»Das schaffe ich nicht mal jetzt«, murmelte Lena. Sie schluckte. Die Party war überhaupt nicht so, wie sie sich das vorgestellt hatte. Niemand stand lahm herum, niemand erging sich in erzwungenen Gesprächen über Weihnachtsvorbereitungen, niemand schielte diskret auf die Uhr. Ehrlich gesagt ging hier ziemlich die Post ab. Und wie viele Leute erschienen waren! So gut wie alle aus Lenas eigener Abteilung, ganz zu schweigen von Berats Team. Den allerdings konnte sie nirgendwo entdecken, sehr seltsam.

Edgar hatte seine atemberaubende Vorstellung beendet und verbeugte sich begeistert nach allen Seiten, die Band spielte die ersten Takte von *Last Christmas* und im Nu sangen ein paar Leute mit. Andere fielen mit ein und es dauerte nicht lange, da war der ganze Saal am Singen. Die meisten mit einem ironischen Grinsen im Gesicht, aber laut und hemmungslos und fröhlich und genauso falsch wie Lena und Maxi vor gefühlt hundert Jahren.

Wie von selbst öffneten sich Lenas Lippen. Konnte Maxi sie hören? *»Last Christmas, I gave you my heart.«* Es kam nur als flüsternder Sprechgesang heraus. Sie versuchte es von Neuem. »This year, to save me from tears …«

»… *I'll give it so someone special*«, brüllte Kitty, ohne auch nur im Mindesten den Ton zu halten, dafür aber mit Begeisterung und vor Lenas geistigem Auge erschien noch einmal die fünfzehnjährige Maxi, die mit leuchtenden Augen und schneeverklumpter Mütze *Last Christmas* sang. Für Tom, der doch nur mit Lisa Wenzel knutschen wollte und keine Ahnung von den beiden verliebten Mädchen vor der Haustür hatte.

»Na, bloß gut, dass du deinen Lebensunterhalt nicht mit Gesang verdienst.« Kitty stand auf. »Bin gleich wieder da.«

»Moment, wo willst du hin?« Auf gar keinen Fall wollte Lena, dass Kitty wieder verschwand und mit ihr unter Umständen die gesamte Weihnachtsparty. Jetzt, wo es gerade so schön wurde!

»Ich will mitmachen.«

Lena traute ihren Augen kaum. Mitten auf der Tanzfläche hopste auf einmal auch Kitty in ihrem schrägen Outfit herum. Sie warf Hände voller Schneekonfetti in die Luft, von wo aus es silbrig stäubend auf die Gäste der Party hinabrieselte.

»Oh, wie schön, frohe Weihnachten, Leute!«, rief jemand entzückt, die Tanzenden wurden irgendwie fröhlicher, ihre Bewegungen ausgelassener und die Lichter am Weihnachtsbaum funkelten heller.

Nur Kitty selbst schien niemand zu bemerken, sie wirbelte ausgelassen durch die Menge. »Ist das geil«, rief sie. »Endlich wieder tanzen!«

»Wie machst du das?« Lena sah ihr verblüfft zu. »Wieso sieht dich niemand?«

»Na, weil ich ein Geist bin, du Genie!« Kitty drehte sich mit geschlossenen Augen im Kreis. Fast sah es so aus, als ob sie mit Edgar tanzte, sie bewegten sich beide geschmeidig im gleichen Rhythmus.

Und da geschah es. Völlig ohne Lenas Zutun öffnete sich ihr Mund. »Ich will auch«, rief sie. »Ich will mittanzen!«

»Geht nicht, du bist kein Geist. Tanz in deinem Zimmer!«

»Das ist nicht dasselbe.«

»Natürlich nicht. Schön, dass du es auch schon merkst.« Kitty brüllte gegen den Song an, der in einem schmetternden Finale zu Ende ging, bevor sich frenetischer Beifall erhob. Die Band machte eine Pause, die Leute zerstreuten sich und Kitty verschwand von der Tanzfläche.

»Puh!« Sie erschien wieder in ihrem kleinen Videofenster. Ihr silbernes Top war leicht verrutscht und ihre Haare sahen verstrubbelt aus. »Das war super. Erst mal kurz chillen. Halt, warte, da drüben wird es interessant. Ich höre deinen Namen. Komm.«

Die Kamera fuhr wieder zu dem Grüppchen um Robin, zu dem sich nun auch der leicht verschwitzte Edgar gesellte.

»… ganz anders als Lena«, sagte jemand.

Oh, nein, die redeten über sie. Lena schluckte. Das wollte sie nicht hören. Oder wollte sie es doch? Nein, ehrlich gesagt nicht. Die würden über sie lästern, das musste sie sich nicht antun. Dennoch konnte sie sich nicht vom Anblick ihrer Kollegen lösen, sie klebte auf ihrem Stuhl wie mit Heißkleber fixiert, die Ohren gespitzt. Wie Passanten, die Zeugen eines Verkehrsunfalls wurden und mit offenem Mund gafften, im vollen Wissen, dass sich ihnen gleich etwas Schreckliches darbieten würde, etwas, das sie unter Umständen monatelang in ihren Träumen verfolgen würde, und die trotzdem unfähig waren, sich diesem Kitzel zu entziehen.

»Aber tratscht es nicht so herum, Leute.« Robin wirkte leicht verlegen. »Es ist besser, wenn Lena es nicht durch den

Buschfunk erfährt, sondern von offizieller Seite. Es kommt eh unerwartet für sie.«

»Sie wird es überleben.« Edgar nahm einen Schluck von seinem Bier.

Was würde sie überleben? Ein ungutes Gefühl stieg in Lena auf.

»Na ja, es wird sie ganz schön treffen.« Veronika fummelte an ihren Löckchen herum. »Der Job ist ihr Leben. Sie hat nichts anderes.«

»Und wessen Schuld ist das?« Edgar schnaubte spöttisch auf. »Mein Mitleid hält sich in Grenzen. Ihr Name allein ist schon der totale Widerspruch. Heißt Engel und ist dabei so charmant wie eine Gefriertruhe.«

»Mir tut sie leid«, meinte Veronika. »Sie hat kaum etwas, das ihr Freude bereitet. Sie ist nicht glücklich, das merkt man. Ehrlich gesagt habe ich sie noch nie richtig lachen hören.«

Lena spürte, wie Hitze ihren Hals hochkroch und sich auf ihrem Gesicht ausbreitete. *Sie* tat Veronika leid? Veronika, diese Plappertasche mit ihren drögen Wollpullovern, ihrer Fresssucht und ihrem unerträglichen Hang zum Kitsch – ausgerechnet *die* verteidigte Lena hier vor allen? Das musste sie erst mal verdauen. Und wovon zum Geier redeten die eigentlich? Was war mit Robin?

»Glückwunsch«, sagte ein Kollege aus der IT-Abteilung zu Robin und hob sein Glas. »Hab es gerade erfahren. Ich freu mich für dich. Und für mich natürlich auch. Kann mir keinen besseren Boss als dich vorstellen.«

In Lenas Kopf setzte ein unangenehmes kleines Summen ein. Was sagte der da?

»Danke.« Robin lächelte freundlich.

»Hab ich was verpasst?«, erkundigte sich jetzt Becky aus Lenas Abteilung, die gerade dazugestoßen war.

»Robin kriegt den Job als Senior Manager«, informierte Veronika sie sofort. Eine ihrer Locken hatte sich halb aufgelöst und baumelte wie eine Weihnachtsbaumkugel neben ihrem Ohr.

»Nein!«, stieß Lena aus.

»Nein!« Becky klatschte entzückt in die Hände. »Ist ja super. Will Lena den Job nicht?«

»Natürlich will sie den. Darauf hat sie ja die ganzen Jahre hingearbeitet. Aber erstens kommt es anders und zweitens als man denkt.« Edgar grinste. Lena hätte ihm in diesem Moment am liebsten sein Glas ins Gesicht gekippt.

»Ui, das hört sich nicht gut an.« Kitty vollführte in ihrem kleinen Videofenster eine Rundumdrehung auf ihrem Barhocker. »Du siehst ziemlich angepisst aus.«

»Sei still«, herrschte Lena sie an. Sie wollte jedes Wort hören.

»Und wieso geben sie ihr den Job dann nicht?«, erkundigte Becky sich.

»Na, weil unser Robin besser mit Menschen umgehen kann.« Veronika knuffte Robin freundschaftlich in die Seite. »Er ist zwar noch nicht so lange dabei wie Lena, aber er hat mehr Empathie und ist beliebter und wird von den Kollegen mehr respektiert. Also, so hat es das Management erklärt, ich habe es zufällig gehört, als ich heute zufälligerweise an deren Büro vorbeigekommen bin. Die Tür stand ein bisschen offen. Sie wollen es aber erst nach Weihnachten verkünden. Wegen, na ja, wegen Weihnachten halt.«

»Aus dem Fest macht Lena sich doch eh nichts«, meinte Becky. Was die anderen antworteten, hörte Lena leider nicht mehr, denn unvermittelt setzte die Band wieder ein, diesmal mit einer Coverversion von *Rocking around the Christmas Tree*.

Berat. Wo war Berat? Lenas Herz klopfte so wild und laut, dass sogar die Musik in ihren Ohren übertönt wurde. Sie musste unbedingt sofort mit ihm reden. Halt, das ging ja gar nicht, ach, verdammt. Berat würde neutral und analytisch an alles herangehen und sie beruhigen. Unter Umständen war das alles nur ein blödes Gerücht, von Klatschtante Veronika in die Welt gesetzt, die irgendwas falsch verstanden hatte. Das konnte nicht stimmen. Das durften die doch nicht einfach so entscheiden!

»Wo ist Berat, mein Freund?«, entfuhr es Lena.

»Keine Ahnung.« Kitty zuckte mit den Schultern.

»Dann flieg doch mal herum oder was immer du als Geist so machst und such ihn!«

»Fliegen? Ich bin keine Stubenfliege. Und ich sehe ihn auch nicht, weil …«

»Herrgott, dann nimm deine Sonnenbrille ab.« Lena wurde jetzt richtig wütend. »Oder erwartest du heute noch eine Sonnenfinsternis?«

»Ich sehe ihn nicht, weil ich gar nicht weiß, wie er aussieht. Das war alles, was ich sagen wollte. Und Schätzchen – ich habe den Eindruck, dein Blutdruck saust gerade durch die Decke. Du brauchst eine Abwechslung. Wir huschen erst mal woandershin. Der Abend hat ja gerade erst angefangen.« Kitty klatschte in die Hände und das Treiben auf der Büroparty verschwamm, stattdessen erschien Lenas Straße auf dem Bildschirm.

# 10

»Hey! Ich war dort noch nicht fertig«, regte Lena sich auf. »Ich muss unbedingt Berat sehen. Und mit ihm reden.«

»Kannst du ja später. Jetzt chill mal ein bisschen.«

»Ich will aber nicht wieder nach Hause. Was soll ich in meiner Straße?«

»Ach, sieh mal einer an. Du willst nicht nach Hause.« Kitty grinste.

»Warum zeigst du mir das?« Ein erschreckender Gedanke kam Lena. »Ist etwas mit Isabel passiert? Soll ich deshalb meine Straße sehen?« Sie erhob sich von ihrem Sitz. Was immer diese Schreckschraube von Marina den Kindern angetan hatte – sie würde in Lena einen Rachedrachen finden, der seinesgleichen suchte. So wutgeladen, wie Lena gerade war, konnte Marina sich glücklich schätzen, wenn Lena nicht mehr tat, als sie im Hinterhof an den Altglascontainer zu fesseln.

Kitty legte den Finger auf den Mund. »Jetzt krakeel hier nicht so herum und setz dich wieder hin. Du wirst es gleich sehen.«

Die Kamera schwenkte in Richtung Haustür, nahm dann das Fenster der Parterrewohnung von Frau Schulz ins Visier und zoomte direkt in deren Wohnung hinein. Ein altmodisch möbliertes Wohnzimmer mit grüner Couch und ein runder Tisch mit Weihnachtsdeckchen waren zu sehen, im Fernseher lief der *Bergdoktor* ohne Ton. In der Ecke krümmte sich ein vertrockneter kleiner Weihnachtsbaum in seinem Ständer, dicke Glaskugeln und viel zu viel Lametta zogen ihm die Zweige herunter. Auf jedem freien Platz im Zimmer stand ein geschnitzter Engel oder Zwerg und das eine oder andere Rehlein und auf dem Tisch thronte ein großer neuer Teddy mit einer roten Schleife um den Hals. Frau Schulz selbst saß in ihrem Rollstuhl vor einem riesigen Computer, der den Eindruck erweckte, noch aus den Anfängen der Raumfahrt zu stammen. Normalerweise trug sie Stretchhosen und billige Turnschuhe, die grauen Haare wirr, als hätte sie in eine Steckdose gefasst. Heute aber hatte sie eine weinrote Bluse an und ihre Frisur war ordentlich gescheitelt und mit diversen Haarklemmen in eine wellenartige Form gebracht worden. Frau Schulz hatte sich fein gemacht.

»Wir können doch nicht einfach bei ihr durchs Fenster gucken.« Automatisch senkte Lena die Stimme. »Das ist respektlos.« Abgesehen davon hatte sie wirklich keinen Bedarf, Zeugin von Frau Schulzes Privatleben zu werden.

»Und was, glaubst du, machen wir Geister den ganzen Tag lang?« Kitty prustete los.

»Wie bitte?« Lena spürte, wie sie feuerrot anlief. Was für ein unerquicklicher Gedanke – zahllose Geister, die tagein, tagaus bei Lena auf dem Fensterbrett hockten und sie bei *allem* beobachteten?

»Bei dir gibt es doch eh nichts zu sehen.« Kitty winkte ab. »Frau mit komplett bescheuerten Hausschuhen hockt vor ihrem Screen und starrt hinein, schlurft in die Küche, macht sich 'nen Tee, lügt ein bisschen auf Social Media herum und pennt. Ist nicht gerade Hitchcock. Bei deinen Nachbarn hingegen, ui, da geht die Post ab.«

»Freut mich für dich.« Lena merkte, wie genervt sie klang. Sie wusste gar nicht, was sie mehr ärgerte – die Tatsache, dass sie auch ganz ohne Drohnen und Spyware hemmungslos beobachtet wurde oder dass sie selbst für Geister zu langweilig war. »Und warum sind wir hier und starren einer alten Frau ins Wohnzimmer?«

»Pst«, machte Kitty.

»Hört ihr mich?«, rief Frau Schulz in einen Telefonhörer. Festnetz, wie Lena sofort auffiel. Alte Leute waren totale Festnetzsklaven.

»Frohe Weihnachten, ihr Guten! Ich habe den Computer gerade angemacht!«, brüllte Frau Schulz so laut, als hätte sie auf dem Hauptbahnhof einige Gleise weiter eine Bekannte entdeckt. »Und wie geht das jetzt?« Sie lauschte. »Ins E-Mail gehen, okay. Moment. Das muss ich erst mal suchen. Der Computer ist noch vom Vati, ich benutze den nicht oft.«

»Unten links«, bemerkte Lena ungeduldig. Was sollte sie hier? Sie wollte wieder zurück zu der Büroparty. Wer weiß, was sie da gerade Wichtiges verpasste! Und was hatte Frau Schulz da eigentlich für einen hornalten Kasten von Computer stehen? Ein Wunder, dass das Ding überhaupt noch funktionierte.

Frau Schulz hatte nun endlich das Symbol für ihren E-Mail-Ordner entdeckt und mühte sich mit der Maus ab. »Meine Finger wollen nicht so richtig!«, brüllte sie in den Hörer. »Die sind immer so steif. Aber ich hab's gleich.«

»Was macht sie denn?«, erkundigte Lena sich bei Kitty.

»Sie versucht, ihre Enkel in Neuseeland über Zoom zu sehen. Weil bei denen schon der Vierundzwanzigste ist.«

»Warum nimmt sie nicht ihr Handy? So dauert das doch ewig.« Lena konnte gar nicht mit ansehen, wie quälend langsam Frau Schulz sich in ihrem Postfach voranarbeitete, in dem sich sowieso zu neunundneunzig Prozent nur Spam und Werbung befanden.

»Weil sie kein Smartphone hat«, erklärte Kitty geduldig. »Sie ist alt. Manche alten Leute kapieren das alles nicht mehr so richtig.«

»Okay. Ich meine ja nur.« Lena verfolgte die Sisyphusarbeit von Frau Schulz, die sich durch sinnlose E-Mails, gespickt mit angeblichen Gewinnen und Sonderaktionen, klickte und dabei jede dieser Schwachsinnsbotschaften ausführlich zu studieren schien. »Es würde viel einfacher auf dem Handy gehen. Oder wenigstens mit einem neueren Computer.«

Statt einer Antwort rieb Kitty nur Daumen und Mittelfinger aneinander. Geld.

Frau Schulz hatte nun endlich die richtige E-Mail mit der Zoom-Einladung gefunden, scheiterte aber daran, sich einzuloggen.

»Was muss ich? Wo drücke ich drauf? Ach so, hier.« Frau Schulz fummelte an ihrer Brille herum, um besser sehen zu können, aber sie rutschte ihr von der Nase und fiel zu Boden und sosehr Frau Schulz sich auch anstrengte, sie konnte sich einfach nicht weit genug hinunterbeugen, um sie aufzuheben.

»Brille ist weg, na so was!«, rief sie betont munter in den Hörer, aus dem es aufgeregt plapperte. »Macht nichts. Ihr könnt trotzdem gleich sehen, was die Oma euch gekauft hat. Wenn ihr dann mal zu Besuch kommt, könnt ihr damit spielen. Oh!«

Auf dem Bildschirm ihres Computers öffnete sich tatsächlich endlich Zoom und drei kleine Kinder in sommerlicher Kleidung erschienen, die ihr zuwinkten. Ein Mann im Hawaiihemd saß neben ihnen und sagte irgendetwas, aber der Ton war stumm gestellt. Der Mann sah sich suchend um. In dem Moment trat eine blonde Frau mit einem Telefonhörer in der Hand dazu. Sie sprach eindringlich hinein und deutete immer wieder auf das kleine Display.

»Ich kann euch sehen, aber nicht hören.« Frau Schulz wurde immer lauter. »Ach, ihr könnt mich nicht sehen? Und auch nicht hören? Ich habe keine Ahnung, warum. Worauf soll ich klicken? Ohne Brille kann ich nicht lesen, was da steht.«

Lena konnte den Anblick kaum mehr ertragen. »Sie muss nur ihre Kamera anmachen. Warum erklärt ihr das niemand?«

»Das kann man doch heutzutage alles online finden«, gab Kitty zurück.

Lenas eigene Worte, sie erinnerte sich. Kitty hatte den arroganten Ton von Lena haargenau imitiert. Was für ein Unsinn. Wenn man so wie Frau Schulz nicht mal Grundkenntnisse von Computern hatte, dann fand man das großartige Online-Tutorial gar nicht erst. Und da saß nun diese alte Frau und kam weder an ihre Brille heran, noch konnte sie sich mit ihren Enkeln verständigen. Und niemand sah ihre neue Bluse und den Teddy für die Kinder. Frau Schulz startete jetzt einen letzten Versuch, ihre Brille zurückzuerobern. Sie ruckelte mit dem Rollstuhl ein Stück vor und riss dabei den Stecker des Computers aus der Wand. Der Bildschirm wurde schwarz.

Frau Schulz legte den Hörer auf und fing an zu weinen.

Der Anblick von Frau Schulz fuhr Lena mitten ins Herz. Was für ein Scheißleben die Frau hatte. »Um so etwas muss sich doch die Krankenpflege kümmern«, entfuhr es ihr. »Wir leben in einem Sozialstaat. Warum kommt denn da keiner und hilft ihr? Es ist Weihnachten, verdammt noch mal!«

»Erst morgen ist Weihnachten. Hast du vor kurzem selbst gesagt.« Kitty änderte die Lichter ihrer blinkenden Kette zu einem irren grünen Zucken. »Und überhaupt – Weihnachten ist nur etwas für sentimentale Weicheier und Kinder, oder wie war das?«

»Ich …« Lena schoss das Blut in den Kopf. »Und ihre Tochter oder ihr Sohn oder wer immer das ist«, lenkte sie ab, »warum besuchen die ihre Mutter nicht? Oder erwarten die allen Ernstes, dass Frau Schulz in ihrem Zustand eine Weltreise unternimmt?«

»Gute Frage. Warum besuchen Kinder ihre Eltern nicht zu Weihnachten?«

»Hör auf!« Lena knetete die Hände. »Mach doch bitte was. Hilf ihr.«

»Das kann ich nicht. Ich kann nur das.« Kitty verschwand und erschien im nächsten Moment im Wohnzimmer von Frau Schulz. Diese hob den Kopf, als ob sie Kittys Anwesenheit spürte. Kitty griff in ihre Hosentasche und holte eine Handvoll Schneekonfetti heraus. Aber anstatt es im Wohnzimmer der alten Frau durch die Luft zu schmeißen, verstreute sie nur hier und da ein paar Häufchen. Die geschnitzten Engelchen begannen mild zu leuchten, der kleine Weihnachtsbaum funkelte festlich. Alle Topfpflanzen und alle Rehlein und Zwerglein glitzerten und auf dem komplett schwarzen Bildschirm des Computers erschien nun ein Bildschirmschoner aus tanzenden Schneeflocken. Zum Schluss blies Kitty sacht auf ihre Hand und zwei zarte Flöckchen schwebten auf das verweinte Gesicht von Frau Schulz und trockneten ihre Tränen.

»Frohe Weihnachten, Frau Schulz«, flüsterte Kitty. Dann huschte sie zu Lena zurück. »Weiter geht's.«

Das Bild verschwamm kurz und wurde wieder klar. Nun blickte Lena auf einmal in einen anderen Raum. Sofort erkannte sie Marina, die pinkgesträhnte Freundin des Nachbarn, die in einem übergroßen Pulli bei einem Glas Wasser am Küchentisch saß. Ihr gegenüber saß ein Mann, der erschöpft die Hände hinter dem Kopf verschränkt hielt. Es dauerte eine Sekunde, ehe Lena ihren Nachbarn erkannte, so lange hatte sie ihn schon nicht mehr gesehen. Eigentlich sah er ganz normal aus, sympathisch sogar.

»Oh, Mann, Marina, wieso hast du denn keinen Baum besorgt?«, fragte er.

Marina fing sofort an sich zu verteidigen. »Weil ich alle Hände voll mit deinen Kindern zu tun hatte! Wie soll ich denn da einen Baum kaufen?«

»Na, das hättet ihr doch zusammen machen können. Der Baumverkauf ist genau vor unserer Nase, unten am Weihnachtsmarkt.«

»Schatz, ich geb echt mein Bestes für dich, aber allein schaffe ich das nicht alles.« Marina legte einen filmreifen Augenaufschlag hin und fing an, sich eine Zigarette zu drehen.

»Okay, ich besorge morgen noch einen Baum.« Seufzend stand der Mann auf. »Willst du auch ein Glas Wein?«

»Ich dachte, wir gehen noch weg?« Marina zog einen Schmollmund. »Ich war den ganzen Tag zu Hause und habe für Ordnung gesorgt.«

»Du hättest ja rausgehen können«, murmelte der Mann so leise, dass nur Lena es hörte. Er öffnete den Kühlschrank, nahm eine Weinflasche heraus und goss sich ein Glas ein. »Oh, Mist, was ist eigentlich mit dem Gecko?«, fiel es ihm plötzlich ein. »Hast du einen aufgetrieben?«

»Gibt keine mehr«, antwortete Marina wie aus der Pistole geschossen. »Komplett ausverkauft, in der ganzen Stadt. Hab heute alle Tiergeschäfte abgeklappert.«

»Ich dachte, du warst den ganzen Tag zu Hause?«, murmelte Lena. »Was denn nun?«

Auch dem Mann schien der Widerspruch aufzufallen, er verzog kurz das Gesicht, sagte aber nichts. Er wirkte völlig übermüdet und gähnte nur.

Lena sah sich in der Küche um. Sonderlich ordentlich sah es hier nicht aus. Marina hatte sich definitiv nicht überarbeitet. Geschirr stapelte sich, in einem Körbchen lagen vergammelte Apfelsinen, Klamotten hingen über den Stühlen. An der Wand hingen zwei langweilige Adventskalender. Nicht mal mit Schokolade gefüllt, dachte Lena empört. Was waren das hier für Geizhälse? Ihre Eltern hatten ihr schon vor dreißig Jahren stets nur Schokoladenkalender geschenkt. Ansonsten gab es als Weihnachtsschmuck bei den Nachbarn nur einen vertrockneten Adventskranz, dessen Kerzen noch ganz neu waren, und ein klumpiges Lebkuchenhaus, offenbar von den Kindern zusammengepappt und mit einer Wagenladung von grellem Zuckerguss beschmiert. Davor stand ein kopfloser Schokoladenweihnachtsmann.

»Na, dann kaufe ich morgen früh noch den Baum und etwas für Isi und Johannes.« Der Mann checkte sein Handy. »Mittags muss ich noch mal ins Café, Rico ist ausgefallen, die schaffen das nicht allein. Ihr könnt es euch ja hier gemütlich machen, bis ich komme.«

Marina verdrehte heimlich die Augen. »Klar. Machen wir«, flötete sie. »Du wirst staunen, was ich dir für ein schönes Weihnachten zaubere.«

Die Tür ging auf und ein kleiner Junge im Schlafanzug kam herein. Es war Johannes, den Lena neulich schon auf der Treppe gesehen hatte.

»Papa, ich kann nicht schlafen.« Johannes rannte zu seinem Vater und schmiegte sich an ihn.

»Ach, mein Schatz, weil du so aufgeregt bist? Wegen Weihnachten?«

»Ja. Und weil ich Bertie nicht finden kann. Ohne Bertie kann ich nicht einschlafen.«

»Na so was. Der kann doch nicht weg sein. Wann hast du ihn denn zuletzt gesehen?«

»Marina hat ...«

Marina hustete laut und schoss dem Jungen einen Mörderblick zu. »Ich habe Bertie auf den Schreibtisch gesetzt, damit Johannes erst mal schön seine Hausaufgaben machen kann. Aber wo er jetzt ist – keine Ahnung.«

»Ich habe gar keine Hausaufgaben mehr«, muckte Johannes auf. »Es sind Ferien.«

»Na komm, wir suchen Bertie.« Der Mann stand auf und ging mit seinem Sohn aus dem Zimmer. »Weit kann er ja nicht sein.«

Als die beiden verschwunden waren, zog Marina eine genervte Grimasse. Dann griff sie hinter den Brotkasten und zog einen Plüschaffen mit Latzhose hervor. Sie stopfte das Kuscheltier in eine Plastiktüte und warf es in den Müll. »Gute Reise, Bertie«, murmelte sie.

»Ich fasse es nicht.« Lena schäumte vor Wut. »Ich fasse es einfach nicht. Was für eine Schlange.«

»Ein richtiger kleiner Sonnenschein«, stimmte Kitty ihr zu.

»Warum merkt der Typ das nicht?«, ereiferte sich Lena. »Der muss doch mitkriegen, wie die Frau seine Kinder behandelt.«

»Na, er ist kaum zu Hause«, meinte Kitty. »Weil er dauernd arbeiten muss. Und zu ihm ist sie ja nett. Gut sieht sie auch aus.«

»Gut?« Lena schnaubte auf. »Hast du Spekulatius auf den Augen?«

»Tja, und wenn es ihm niemand sagt, dann …« Kitty ließ den Rest des Satzes unausgesprochen in der Luft hängen.

Lena verstand. »Du meinst – ich? Ich kenne den Mann überhaupt nicht.« Was für eine abwegige Vorstellung. Lena mischte sich grundsätzlich nicht in das Leben anderer Leute ein, schon gar nicht in deren Kindererziehung. Andererseits war das hier ein Härtefall. »Was soll ich denn sagen?«, murrte sie.

»Dir wird schon was einfallen. Im Job bist du doch auch nicht auf den Mund gefallen, oder?« Kitty nahm endlich ihre sinnlose Sonnenbrille ab. »Apropos Job – ich denke, jetzt sollten wir mal deinen Freund suchen. Was meinst du?«

Ehe Lena etwas erwidern konnte, verblasste die Küche der Nachbarn und das Restaurant tauchte wieder auf, in dem die Weihnachtsparty inzwischen ihren Höhepunkt erreicht hatte. Lena entdeckte Edgar, der schon ziemlich Schlagseite hatte und Kollegen aus allen Abteilungen mit einem kräftigen Hieb auf den Rücken begrüßte. Einer Frau aus Berats Team flog deshalb das Rotweinglas aus der Hand. Die rote Flüssigkeit ergoss sich über den Fußboden und ihre Wildlederpumps. Ihr Gesicht sprach Bände. Normalerweise hätte Lena sich über Edgars tölpelhaftes Missgeschick gefreut, besonders, nachdem sie vorhin gehört hatte, was er von ihr hielt. Aber jetzt war er ihr egal. Sie wollte nur eins – Berat finden. Mit ihm reden. Ihm von der vorenthaltenen Beförderung berichten. Bestimmt hatte er einen Tipp für sie, wie sie vorgehen sollte. Bislang war nichts verkündet. Lena scannte die Party, aber es herrschte so ein Gewühl und so eine ausgelassene Stimmung, dass sie Schwierigkeiten hatte, die Leute zu erkennen. Dann schlug sie sich an die Stirn. Wie blöd war sie eigentlich? Sie schnappte sich ihr Handy und schickte Berat eine Nachricht. *Muss dich unbedingt sprechen!*

Während sie auf seine Antwort wartete, rutschte sie ungeduldig auf ihrem Stuhl herum. Aber ihr Handy schwieg. Wieso antwortete er nicht? Berat hatte sein Handy *immer* griffbereit, er schielte *immer* mit einem halben Auge auf seine Nachrichten, selbst wenn er mit Lena zusammen war oder einen Film sah oder sich eine Pizza reinschob. Er war noch handysüchtiger als Lena, und das war schwer zu toppen, wie sie zugeben musste. Verärgert schoss sie eine zweite Nachricht hinterher: *Hallo?* Nichts. Eine dritte: *Bitte melde dich, es ist dringend!* Lena schickte ein wütendes Emoji, zwei klimpernde Augen und zehn Fragezeichen, während sie die Menge auf dem Bildschirm ununterbrochen wie ein FBI-Agent beobachtete.

»Geh doch mal näher ran mit der Kamera«, herrschte sie Kitty an. »Man kann überhaupt niemanden erkennen!«

»Bin ich Steven Spielberg, oder was?«, versetzte Kitty. »Ich mache da überhaupt nichts. Die Kamera zeigt dir, was du sehen sollst, und fertig.«

Lena würdigte sie keiner Antwort und rief stattdessen Berat auf dem Handy an. Es klingelte und klingelte. Und in dem Moment schienen die Musik und der Lärm auf dem Bildschirm leiser zu werden und eine leise Melodie war zu hören. Berats Klingelton.

»Es kommt von da hinten.« Kitty streckte sich auf ihrem Barhocker. »Glaube ich. Da bei den Vorhängen, wo der Schlitten mit den Geschenken steht.«

»Wo?« Und da entdeckte Lena ihn. Berat saß an einem kleinen Tisch in einer Ecke des Saals. Allerdings nicht allein.

# 11

Die Kamera fuhr so nah an die beiden heran, dass Lena Berats kleinen Leberfleck an der Schläfe wahrnehmen konnte.

Die Frau wirkte jünger als Lena und trug ein seidenes blaues Top, ihre langen dunklen Haare fielen ihr auf die Schultern. Ihre Haut war wunderbar klar. Sie hielt den Kopf leicht geneigt, spielte an ihrer silbernen Halskette und hörte Berat konzentriert zu. Vor ihnen standen zwei Gläser mit Glühwein, dabei konnte Berat das Zeug doch angeblich nicht ausstehen. Wer war die Person? Etwas an der Art, wie Berat sie ansah, versetzte Lena einen Stich.

»Dein Handy klingelt«, sagte die Frau.

»Ist nicht wichtig.« Berat drückte den Ton weg und Lena verschlug es glatt die Sprache. Nicht wichtig? Hallo?!

»Was wolltest du gerade sagen?«, erkundigte sich die Frau.

»Dass ich echt alles versucht habe. Aber es hat nichts gebracht.«

»Vielleicht fühlt sie sich nicht gut«, gab die Frau zu bedenken. »Wenn man sich krank fühlt, hat man wenig Lust auf Party.«

Berat gab ein freudloses kleines Lachen von sich. »Nee, dann wäre sie ja schon seit zwei Jahren krank. Lena ist kerngesund. Sie hat nur nie Lust, irgendwas zu unternehmen.«

Einen Moment lang schien Quecksilber statt Blut durch Lenas Adern zu fließen. Berat redete mit dieser Tussi über sie? Was fiel ihm ein?

»Ist das dein Typ?« Kitty riss sie aus ihren Gedanken. »Sieht gut aus. Und den lässt du ganz allein auf eine Party ziehen? Schön blöd.«

»Scht!«, zischte Lena. Fahrig tastete sie nach ihrer Teetasse und stieß sie aus Versehen um. Die Flüssigkeit ergoss sich über den Tisch und tropfte über die Kante auf ihre Einhorn-Hausschuhe. »Verdammt.«

»Ich meine, sie hockt echt nur vor dem Computer und arbeitet. Und wenn sie nicht arbeitet, dann schaut sie Netflix oder schläft. Wenn ich mit ihr ins Restaurant will, dann will sie lieber was bestellen. Wir futtern uns seit letztem Jahr den Lieferservice rauf und runter, aber das ist doch kein Ersatz für ein schönes Restaurant. Wir waren schon ewig nicht mehr im Kino, und wenn ich sie frage, ob sie mit zum Bowling kommen will, dann verdreht sie die Augen und gibt mir zu verstehen, dass Bowling ein Hobby für Einfaltspinsel ist.«

»Apropos Hobby, was ist denn ihres?«, erkundigte sich die Frau.

»Die Wohnungstür mit Klebeband verschließen, damit nur ja keiner reinkommt.« Berat stieß den Atem aus.

»Bei dir piept es wohl«, entfuhr es Lena. Was für eine Frechheit.

»Im Ernst?« Seine Gesprächspartnerin zog die Augenbrauen hoch.

»Nein, natürlich nicht, das war fies. Ich bin nur so sauer.« Berat hob entschuldigend die Hände hoch. »Sie *hat* mal die Wohnungstür von innen zugeklebt, weil es bei den Nachbarn so brenzlig gerochen hat. Damit der Geruch nicht in ihre Wohnung zieht. Ich meine, da hätte ja auch irgendwas passiert sein können, da drüben wohnen zwei Kinder.«

»Krass.« Die Frau staunte.

Lena knetete gestresst ihre Finger. Sie erinnerte sich an den Vorfall. Aber damals hatte sie ja auch nicht gewusst, dass Isabel dort wohnte. Also doch, aber sie hatte das Mädchen nicht gekannt. Ach, verdammte Scheiße, ja – es war unheimlich blöd und egoistisch von ihr gewesen. Ehrlich gesagt konnte sie mittlerweile nicht mehr glauben, was sie da getan hatte.

»Saskia? Wollt ihr noch was?« Eine Frau mit Engelsflügeln auf dem Rücken schlenderte mit einem Krug in der Hand vorbei.

Lenas Mund öffnete und schloss sich lautlos wieder. Das war Saskia? Die immer mit ihren Topfpflanzen redete? Lena hatte sie sich ganz anders vorgestellt. Lange nicht so attraktiv, mehr so vom Schlage gutmütiger Bürotrampel, ein bisschen schwer von Begriff und immer mit einer Gießkanne bewaffnet.

»Klar, gern«, meinte Berat.

Verärgert sah Lena zu, wie Berat sich die süße Plärre nachfüllen ließ. Topfpflanzen-Saskia nahm natürlich auch was. Nur Lena hatte keinen Rum mehr.

Berat pustete auf seine Tasse. »Ich wollte sogar über Weihnachten mit Lena nach Anatolien«, fuhr er fort. »Einfach mal raus aus dem trostlosen deutschen Winter. Urlaub machen, entspannen und so. Und natürlich auch meine Familie besuchen. Ich dachte, das wäre eine gute Idee, damit unsere Beziehung wieder mehr Pepp bekommt, wir mal wieder zusammen was erleben und uns richtig unterhalten. So wie es sein soll. Aber …« Er winkte ab.

»Lass mich raten, sie wollte nicht?« Mitleid schwang in Saskias Stimme.

»Du sagst es. Angeblich hat sie zu viel Arbeit.«

»Über Weihnachten?«

»Ja, über Weihnachten. Ist doch irre, oder?«

»Ja, das ist schon ein bisschen seltsam.« Saskia grinste.

Das war weder irre noch seltsam. Lenas Blutdruck schoss in die Höhe. Was war, bitte schön, so schlimm daran, wenn man sich für seine Karriere einsetzte? Schließlich hatte man im Endeffekt auch was davon, nämlich … nichts. Sie sackte auf ihrem Stuhl zusammen wie ein missratener Kuchen. Ihr war wieder eingefallen, dass Robin die Beförderung bekommen würde. Somit waren die letzten Jahre, ach was, ihr ganzes Arbeitsleben für die Tonne. Ratzfatz an einem einzigen Abend davongeschwemmt, an dem alle anderen feierten und Glühwein becherten und tanzten. Tränen der Wut schossen Lena in die Augen. Womit hatte sie das verdient?

»Tja, das ist die Millionen-Dollar-Frage.« Kitty wiegte den Kopf hin und her, als könnte sie sich nicht entscheiden. »Werden wir von einer Bowlingkugel des Schicksals herumgeschubst oder sind wir selbst für alles verantwortlich?«

»Was?« Lena hatte Partymaus vor lauter Stress völlig vergessen. »Machst du dich lustig über mich? Wie würdest du dich denn fühlen, wenn dir jemand eine Beförderung vor der Nase wegschnappt?«

»Erleichtert. Ich wäre heilfroh, dass ich nicht mehr so einen öden Bürojob machen muss. Ich frage mich sowieso, wie du das aushältst.«

»Ach ja? Und was ist dein toller Job?« Augenblicklich bereute Lena ihren kleinen Ausbruch. »War, meinte ich. Was war dein Job. Entschuldige.«

»No problem. Ich bin Erzieherin. War? Bin ich es noch? Keine Ahnung.«

»Du erziehst Kinder?« Nie im Leben hätte Lena darauf getippt.

»Nein, Wildgänse.« Kitty grinste. »Natürlich Kinder, was denn sonst? Von zwei bis sechs. Süße kleine Rabauken, voller Energie. Nicht so lahm wie du. Aber ich glaube, wir sind selbst verantwortlich. Um wieder zum Thema zurückzukommen. Es hat dich ja keiner dazu gezwungen, heute deine besten Hausschuhe anzuziehen und im Dunkeln in deiner Dachwohnung zu hocken.«

»Ganz so einfach ist es nicht«, versuchte Lena sich zu wehren, aber mehr fiel ihr beim besten Willen nicht zu ihrer Verteidigung ein.

»Doch, ist es.« Kitty hatte schon wieder die Farbe ihrer blinkenden Weihnachtskette geändert, die Lichter blinkten jetzt rot und weiß und gingen Lena auf die Nerven. Sie beschloss, Kitty zu ignorieren, und wandte ihre Aufmerksamkeit wieder Berat und dieser Saskia zu. Täuschte sie sich oder waren die beiden enger zusammengerückt?

»Ach, Mensch, das klingt alles ziemlich doof.« Saskia setzte eine mitleidige Miene auf. »War Lena denn schon immer so? Wie war sie denn früher?«

»Zuerst fand ich sie total cool. Ich habe sie ziemlich lange aus der Ferne bewundert, ganz am Anfang, als ich bei *Bubble* angefangen habe.« Berat lächelte bei der Erinnerung und ein dicker Kloß bildete sich in Lenas Hals.

»Aber sie hat mich gar nicht wahrgenommen. Sie war irgendwie so beherrscht, hat nie die Nerven verloren, das hat mir imponiert. Und natürlich, wie hart sie an ihrer Karriere gearbeitet hat. Lena wusste, was sie wollte. Dachte ich zumindest. Und dann haben wir uns auf diesem Team-Event getroffen und waren von dem Tag an ein Paar. Ich konnte es gar nicht glauben. Aber je mehr ich von ihr kennengelernt und je mehr ich hinter die Kulissen geschaut habe, umso …« Er brach ab.

Lena hielt den Atem an.

Saskia wartete geduldig.

»Umso mehr habe ich festgestellt, dass da gar nichts war, verstehst du. Nichts. Ein Vakuum. Kein interessantes Geheimnis, keine Leidenschaft für irgendwas. Lena brennt für nichts. Na ja, für ihre Karriere schon. Aber ansonsten für nichts. Sie nippt nur am Leben und genießt es nicht in vollen Zügen.«

»Wie meinst du das?«, fragte Saskia.

»Na, zum Beispiel früher, also ganz am Anfang, da hat sie immer wahnsinnig leckere Kuchen gebacken, ich glaube, sie wollte als Kind mal Bäckerin werden oder so. Aber irgendwann hat sie komplett damit aufgehört, es war ihr auf einmal alles zu viel Aufwand. Oder noch so was: In ihrem Haus, da wohnt so eine behinderte Frau. Die steht immer mit ihrem Rollstuhl vor dem Schaufenster des Reisebüros. Ich habe mich mal mit ihr unterhalten, die würde gern irgendeine Reise machen. Irgendwo in die Sonne. Oder ihre Enkel in Neuseeland besuchen. Aber das ist total schwierig in ihrem Zustand oder sie hat kein Geld, ich weiß es nicht. Trotzdem bleibt es ihr Traum. Lena könnte überallhin reisen und es sich auch leisten. Aber es interessiert sie nicht. Sie träumt weder von nahen noch von fernen Zielen.«

»Warum?«, fragte Saskia. »Es hat doch jeder Mensch Wunschträume.«

»Ich weiß es nicht. Ich glaube, es hat was mit der Zeit zu tun, in der wir leben. Wir sind alle zu viel online, wir isolieren uns. Und manche Leute finden einfach nicht mehr in das echte Leben zurück. Sie verkraften es nicht, sie finden es zu anstrengend. So wie Lena. Aber ich bin nicht ihr Coach. Mir ist einfach klar geworden, dass sie mich gar nicht richtig will. Wahrscheinlich nie wollte. Ich glaube, ich bin ihr egal. Ich existiere einfach nur in ihrem Leben, so wie Zahnpasta und Butter.«

»Das tut mir leid.« Saskia schob verlegen ihre Tasse auf dem Tisch hin und her.

»Muss dir nicht leidtun. Ich habe nachgedacht und werde morgen zu Lena gehen. Und dann werde ich ihr sagen, dass …«

Die Band spielte einen Tusch, sodass Lena den Rest des Satzes nicht hören konnte.

Nur Saskias Antwort darauf. »Ist das nicht ein bisschen gemein? Genau zu Weihnachten?«

»Weihnachten ist Lena so was von egal. Darauf kommt es nun auch nicht mehr an. Nein, es ist an der Zeit. Ich will es nicht länger hinauszögern. Nachgedacht habe ich darüber schon viel zu lange.«

»Worüber nachgedacht?«, stammelte Lena vor dem Computer.

Ein Gong ertönte. »Ladies and Gentlemen!« Robin hatte sich jetzt tatsächlich als Weihnachtsmann verkleidet und betrat die

Bühne. Mit einer schwungvollen Handbewegung deutete er auf den Tannenbaum im Scheinwerferlicht. »Unsere Aktion Weihnachtsgeschenk beginnt.« Er pflückte ein Papierchen vom Baum. »In jedem dieser Zettel hier steckt ein Wunsch von sozial oder anderweitig benachteiligten Kindern. Diese Zettel durften sie in den letzten drei Wochen auf dem Weihnachtsmarkt in eine Wunschkiste werfen. Die Wünsche zu erfüllen, ist für die Eltern unerschwinglich oder aus Zeitgründen nicht möglich. Aussichtslose Wünsche also, jedenfalls, bis die wundervollen Mitarbeiter von *Bubble* davon Wind bekamen.«

Ein paar Leute klatschten, jemand pfiff.

Robin fuhr fort. »Ich bitte also alle – nehmt euch einem dieser Wünsche an. Und dann lauft ihr morgen früh sofort los und versucht, was immer da drin steht, zu besorgen. Bis morgen Nachmittag um fünfzehn Uhr könnt ihr eure Geschenke hier im Restaurant abliefern und unser liebes Christkind Veronika verteilt sie dann in der ganzen Stadt.«

Der Schlagzeuger der Band drosch auf seine große Trommel, Veronika vollführte auf der Bühne eine Drehung und warf Kusshände in die Menge, die Zuschauer jubelten.

»Und vergesst nicht, genau darauf zu schreiben, für wen das Geschenk bestimmt ist.« Robin faltete den ersten Zettel auseinander und las. »Also – der erste Wunsch hier ist von Lily, acht Jahre alt. Wer möchte Lily eine Freude machen?«

Mehrere Hände schossen hoch.

»Oh, lass uns näher rangehen, da wollte ich mitmachen.« Saskia sprang auf und lief zur Bühne, Berat folgte ihr.

»Halt«, piepte Lena, obwohl das natürlich völlig sinnlos war, die beiden hörten sie ja nicht. »Was will er mir morgen sagen?«

Kitty seufzte mitleidig. »Kannst du es dir nicht denken?«

# 12

»So, das nächste Geschenk ist für …« Robin sah auf den Zettel. »… den kleinen Johannes, sechs Jahre alt. Wer will, wer will, wer hat noch nicht?«

»Ich!«, rief Saskia und winkte.

»Wunderbar, ein Geschenk für den kleinen Johannes von der netten Dame in Blau.« Robin deutete eine kleine Verbeugung an und reichte Saskia den Zettel von der Bühne herunter.

Mit geröteten Wangen kam sie zurück zu Berat und wedelte mit dem Zettel. »So eine tolle Aktion.«

»Na, mach schon auf, was steht drin?« Berat wollte ihr den Zettel wegnehmen, aber sie schnappte ihn mit einem Lachen in letzter Minute weg. »Hey, Finger weg. Das ist meiner. Hol dir selbst einen.«

»Ich will erst mal sehen, was da drinsteht. Vielleicht sollen wir den lieben Kleinen ja fix eine Spielkonsole besorgen. Oder einen Laptop.« Berat grinste.

»Und wenn schon«, gab Saskia lässig zurück. »Dann verkaufe ich eben mein Auto. Radfahren ist eh gesünder.«

»Finde ich auch.« Berat berührte leicht Saskias Arm, als sie den Zettel las, und es fiel Lena auf ihrer einsamen kleinen Insel vor dem Computer wie Schuppen von den Augen, dass die beiden miteinander flirteten. Und zwar keineswegs so peinlich, wie die meisten Leute auf Büropartys es taten: sich nach dem dritten Drink tief in die Augen blicken und gestehen, dass man sich schon immer toll gefunden hatte, wenn man am Kopierer gemeinsam den Papiersalat aus dem Gerät klaubte. Und sich nach dem vierten Drink sentimental oder gesprächig oder aufgedreht verraten, wen man in der Abteilung am wenigsten leiden konnte. Nüchtern zu schüchtern, besoffen zu offen und so weiter.

Nein, Berat und diese Saskia nahmen gerade eine Verbindung auf, die unschuldig wirkte, aber in Wahrheit viel tiefer ging.

»Ich fasse es nicht«, sagte Saskia in diesem Moment. »Weißt du, was dieser Johannes zu Weihnachten will? Einen Gecko!«

»Im Ernst?« Berat nahm ihr nun doch den Zettel weg und las ihn. »Das ist ja der Hammer!« Er fing an zu lachen.

Johannes? Der einen Gecko wollte? Irgendwo in Lenas Gehirn meldete sich eine Erinnerung, aber sie war viel zu aufgewühlt, um sich an Details zu erinnern, erst mal musste sie die Szene hier weiterverfolgen. Was genau passierte zwischen den beiden eigentlich?

»Du bist echt nicht die hellste Kerze am Weihnachtsbaum, oder?«

»Was?« Lena schreckte hoch. Kitty. Die hatte sie ganz vergessen. »Was soll das heißen?«

»Na ja.« Kitty verdrehte die Augen. »Die beiden. Sieht doch ein Blinder, dass die sich gut verstehen. Hast du noch den Kassenzettel für sein Weihnachtsgeschenk? Könnte sich als nützlich erweisen.«

»Ich habe überhaupt kein Weihnachtsgeschenk für ihn.« Berat war ein wenig enttäuscht gewesen, als Lena ihm mitgeteilt hatte, dass sie sich gegenseitig nichts schenken mussten. Sie hätte sowieso nicht gewusst, was sie ihm kaufen sollte. Technischen Kram bestellte er sich lieber selbst, Hemden und Socken als Geschenk waren der absolute Todesstoß einer Beziehung, seine Turnschuhe waren brandneu, und Bücher las er nur auf dem Reader.

»Ich schenke aber gern«, hatte er eingewandt, doch Lena hatte ihn gleich abgewürgt, denn wenn er damit anfing, musste sie ihm ja auch etwas schenken und ehe sie sich's versahen, hatten sie sich in einer nie enden wollenden Geschenkspirale verheddert. Berats nächste Bemerkung zeugte außerdem davon, dass er offenbar vorhatte, sich nun mit voller Kraft in *diese* Geschenkaktion einzubringen.

»Puh, wo kriegen wir denn morgen noch einen Gecko her?«, fragte er Saskia, nachdem er sich von seinem Heiterkeitsausbruch wieder erholt hatte.

»Keine Ahnung. Zoohandlung? Aus dem Park?« Saskia zupfte lächelnd an ihren Haaren herum.

»In der Türkei gibt es jede Menge. Soll mein Onkel schnell ein Kilo Geckos mit FedEx rüberschicken? Die sitzen immer an seiner Hauswand.«

»Du nun wieder.« Saskia schlug ihm spielerisch mit dem Zettel an die Nase. »Hilf mir lieber, das Tierchen zu besorgen.«

»Klar, ich helfe dir gern.« Berat wirkte entschlossen. »Das meine ich wirklich. Ich klappere morgen Vormittag alle Zoohandlungen im Norden und Osten ab und du im Westen und Süden. Irgendwo finden wir einen. Mission Gecko wird erfüllt. Der Kleine wird Augen machen.«

»Echt, das würdest du tun? Es wäre nämlich wirklich schade, wenn ich diesem Kind seinen Wunsch nicht erfüllen könnte. Wann, wenn nicht zu Weihnachten, werden denn sonst Wünsche wahr, auch die verrücktesten?«

Berat nickte. »Finde ich …«, doch in diesem Moment war die Zeremonie auf der Bühne vorbei und die Band legte wieder mit ohrenbetäubender Lautstärke los, und anstatt weiterzusprechen, griff er einfach nach Saskias Hand und zog sie auf die Tanzfläche. Die beiden verschwanden in der Menge, ab und zu tauchte nur Saskias blauer Arm oder Berats dunkler Haarschopf im Gewühl auf. Einmal auch ihre beiden Gesichter, sie lachten, riefen sich etwas zu.

Lena saß wie versteinert vor ihrem Bildschirm. Früher hatte sie manchmal geträumt, aus großer Höhe von einem Aussichtsturm oder Felsen zu fallen. Zuerst war da der lähmende Schock, dann kam das Entsetzen, dass gleich alles vorbei sein würde. Dann war sie schweißgebadet aufgewacht. Genau so fühlte sich das hier an, nur dass es kein gnädiges Aufwachen gab.

»Tut mir leid«, nuschelte Kitty. »Ich hab versucht, es dir diskret anzudeuten.«

»Er will mit mir Schluss machen, stimmt's?« Lena presste ihre Fingerkuppen an die Schläfen. »Das will er mir morgen sagen.«

»Ähm, sieht so aus. Also, ich bin kein Experte, ich hab mich selber erst neulich aus einer toxischen Beziehung katapultiert, aber ich würde sagen, alle Zeichen stehen auf …« Kitty hustete. »Neuanfang. So würde meine Therapeutin es nennen.«

»Ein Neuanfang«, wiederholte Lena leise, während sie das fröhliche Treiben auf der Tanzfläche beobachtete. Ein Neuanfang für Berat. Sie sah den beiden beim Tanzen zu. Wann hatte sie das letzte Mal mit Berat getanzt? Überhaupt jemals? Sie konnte sich nicht erinnern. Ehrlich gesagt war sie völlig perplex, dass ihm das Spaß machte. Jetzt drehte sich Saskia geschmeidig unter seinem Arm durch, so wie beim Salsakurs im Tanzstudio in Lenas Straße, wo man manchmal am offenen Fenster die Tanzwütigen bei ihren Verrenkungen beobachten konnte.

Bei Lena hatte Berat maximal ein bisschen mit den Fingern getrommelt, wenn Musik erklang. Und sie selbst tanzte auch nie. Oder besser, nicht mehr, seit ihr mal vor Jahren ein Typ in einem Klub ins Ohr gebrüllt hatte, warum sie immer so einen komischen Buckel beim Tanzen machte. Dabei hatte Lena eigentlich nur abrocken wollen, aber die Bemerkung hatte sie so gelähmt, dass sie seitdem nur eine etwas trotzige Zuschauerin war. Edgar machte auch einen Buckel beim Tanzen. Und Robin wedelte so mit seinen Armen herum, dass er eher an eine Windmühle erinnerte. Es war ihnen egal. Sie hatten Spaß.

Ein Neuanfang. Lena blinzelte eine Träne weg. Aber nicht für sie. Sie würde weiter auf der Stelle treten, nie vorwärtskommen. Allein bleiben, denn wo würde sie nach Berat noch jemanden kennenlernen? In ihrem Zimmer sitzen und atmen, das würde sie. Pizza bestellen, sich mit Steve und Gordon und Uwe und Kjong und Aparna online langweilen, aber diese Leute nie im wahren Leben treffen. Sich zweimal in der Woche ins Büro schleppen und von nun an mit ansehen müssen, wie Robin den Laden tausendmal besser schmiss, als sie es je gekonnt hätte. Mitleidige Blicke kassieren. Zusehen, wie Berat und Saskia miteinander scherzten und sich immer näherkamen. Wie er die Gießkanne für ihre gottverdammten Topfpflanzen trug. Und zuhören, wie die beiden von der gemeinsamen Jagd nach dem Gecko am Heiligabend erzählten und dafür von allen im Büro fröhliches Gelächter ernteten. Weihnachten würde von jetzt an Berat und Saskias *Jubiläumstag* sein, sie würden aus dem Feiern gar nicht mehr rauskommen. Und selbst das wäre alles noch zu ertragen gewesen, wenn Lena sich bei einer richtig guten Freundin hätte ausheulen können. Aber auch das ging nicht. Lena hatte keine Freunde und die einzige wahre und wunderbare Freundin, die sie je gehabt hatte, war seit drei Monaten tot.

Lena hatte das Gefühl, als ob ein Elefant auf ihrer Brust hockte. Sie musste hier raus. Weg aus dieser Wohnung. Raus aus dieser Zelle! Sie hackte rabiat ihren Zeigefinger auf das Keyboard und schaltete den Computer aus. Das Letzte, was sie auf dem Bildschirm sah, bevor dieser schwarz wurde, war Kittys verblüfftes Gesicht.

Fahrig schnappte Lena sich Jacke, Schlüssel und Handy und stolperte aus der Wohnung. Eine weitere Lampe hatte im Treppenhaus ihren Geist aufgegeben, aber Lena war das nur recht. Das Dämmerlicht im Haus verbarg wenigstens ihren völlig aufgelösten Gesichtsausdruck, falls sie jemanden treffen würde. Ein Duft nach Lebkuchen hing in der Luft und einer der Hausbewohner war offenbar dabei, eine Gans zu braten. Was für ein weihnachtlicher Geruch. Lena hielt sich keuchend am Endknauf des Treppengeländers fest, weil sie mit einem Mal von einer regelrechten Stoßwelle der Wut überfallen wurde. Wie konnte Berat ihr das antun? Und ausgerechnet zu Weihnachten. Das sie ja gar nicht feierte. Trotzdem! Lena stürmte weiter, nur um erneut kurz stehen zu bleiben. Sie verstand die Welt nicht mehr. Wenn Weihnachten sie nicht interessierte, wieso verspürte sie dann so eine entsetzliche Wehmut in sich, wenn sie den Duft von Lebkuchen und Weihnachtsgans wahrnahm? Irgendwo klappte eine Tür, leise Musik war zu hören. »Es ist für uns eine Zeit angekommen, die bringt uns eine große Freud …«, sang eine emotionsgeladene Frauenstimme.

Große Freud, aber so was von. Lena schnaubte verächtlich. Das Licht im Treppenhaus ging ohne Vorwarnung aus.

»Es ist doch zum Verrücktwerden, wann wird das endlich mal repariert?« Frau Wenz von unten wienerte immer noch oder schon wieder ihren Treppenabsatz blank, dabei war der Boden bereits so antibakteriell rein, dass man dort eine Blinddarmoperation hätte durchführen können. Lena drückte auf dem Lichtschalter herum. Das Licht flackerte unentschlossen, entschied sich dann offenbar für einen letzten gnädigen Akt des Aufleuchtens und ging mit geradezu höhnischer Langsamkeit wieder an.

»Tag«, nuschelte Lena und drückte sich an Frau Wenz vorbei.

Die war aber in Klatschlaune. »Tag. Sehen Sie sich das an. Jetzt liegt bei dem schon das Vogelfutter vor der Tür, oder was immer das ist.« Sie deutete auf irgendwelche Körner vor der Wohnungstür von Herrn Hüttich. »Wahrscheinlich isst er das Zeug sogar selbst, unmöglich der Mann. Und wer darf es dann wieder wegmachen? Ich.«

»Es zwingt Sie doch keiner.« Die Körner waren Lena so was von egal. Alles außer Berat war ihr egal. Sie rannte die letzten Stufen nach unten, riss die Haustür auf und taumelte wie eine Betrunkene hinaus in die kalte Nacht.

Eine Weile lang lief sie benommen durch die Gegend, ohne etwas um sich herum wahrzunehmen. Sie hätte nicht mal zu sagen gewusst, wo sie sich eigentlich befand. Wie eine Maschine setzte sie einen Schritt vor den anderen und ließ sich den Schnee auf den Kopf rieseln. Ihre Mütze hatte sie natürlich in der Aufregung vergessen. Egal. Ihre Haare konnten klitschnass und strähnig werden, es würde sie heute niemand mehr sehen. Es sah sie überhaupt niemals irgendjemand. Als sie an eine Straßenkreuzung voller Leute kam, hielt Lena das erste Mal inne. Ihre Wut verpuffte mit jedem dampfenden Atemzug ein wenig mehr und wurde von etwas anderem ersetzt: von Traurigkeit. Und der Erkenntnis, dass Berat sie nicht betrogen hatte, weil es nichts zu betrügen gab. Ihre Beziehung war keine echte Liebe gewesen. In ihrer ganzen gemeinsamen Zeit hatte sie ihn nie so fröhlich erlebt wie in der letzten Stunde auf dieser Weihnachtsparty mit Saskia. Berat hatte sich nicht verändert, er hatte seine wahre Natur nur unterdrückt und sich Lena angepasst, bis er es einfach nicht mehr ausgehalten hatte. Er und sie waren irgendwo immer *Kollegen* geblieben, mehr nicht. Diese Saskia passte viel besser zu ihm, sie hatten Spaß miteinander. Und noch etwas begriff Lena. Etwas, das tausendmal deprimierender war als alles, was sie bislang an diesem schonungslosen Abend erfahren hatte. Berat hatte recht. Sie *war* eine Spaßbremse. Die Klangfarbe ihres Lebens war Grau und ihr Hobby war Türen Zukleben und Nörgeln. Sie schlurfte durch die Tage wie durch eine vierte Dimension, in der nur sie allein existierte. Sie war selbst wie ein Geist. Nein, schlimmer. Plötzlich wusste Lena mit atemberaubender Klarheit, wem sie immer mehr ähnelte.

»Ich bin Frau Hammerschmidt.« Sie gab ein kurzes höhnisches Lachen von sich. In ein paar Jahren würde Lena mit einer Handtasche so groß wie eine Mikrowelle durch die Gegend ziehen, Kinder anschnauzen, Weihnachtsschmuck von den Bäumen reißen und ihre Dauerwelle mit einer durchsichtigen Plastikhaube vor dem Regen schützen. Was für eine Aussicht. »Frau Hammerschmidt, die bin ich jetzt. Genau die. Eine sauertöpfische Eigenbrötlerin mit beschissener Frisur und ohne Lebensfreude.«

»Freut mich. Ich bin der Harry«, antwortete jemand neben ihr. Lena fuhr herum. Hinter ihr saß ein Mann in einem Hauseingang, in eine Decke gehüllt. Spröde Haut, rote Nase, eine speckige Wollmütze auf dem Kopf. Er hob eine Bierflasche hoch. »Prost, Frau Hammerschmidt. Ist leider leer. Wenn Sie vielleicht 'nen Euro hätten?« Er hustete kurz.

Gestern noch wäre Lena mit einem empörten Zischen davongerauscht. Heute blieb sie stehen wie eine Kuh am Elektrozaun – schockiert, aber gleichzeitig unfähig, sich zu entfernen. Dann griff sie in ihre Jackentasche, in der sie immer etwas Kleingeld hatte, klaubte wahllos eine Handvoll Münzen heraus und reichte sie dem Mann. Ein verblüffter Ausdruck erschien in seinem Gesicht, dann ein Lächeln, das sein zerfurchtes Gesicht erhellte.

»Ey, danke, Frau Hammerschmidt! Und frohes Fest und so weiter.«

»Gleichfalls.« Lena deutete ein Nicken an.

»Sie sollten sich 'ne Mütze besorgen, das wird heute schweinekalt«, gab ihr neuer Freund zu bedenken.

»Ja. Stimmt. Danke.« Die Worte segelten durch die Luft, freundlich und unerwartet, dann lief sie weiter, jetzt wesentlich langsamer als zuvor. Hatte sie eben tatsächlich ein Gespräch mit einem Penner namens Harry geführt? Und was war passiert? Sie war nicht vom Blitz getroffen worden, ihr war kein Zacken aus der Krone gefallen und sie hatte sich nicht mit Pest und Cholera angesteckt. Im Internet hätte sie Harry sofort weggeklickt. Oder geblockt.

*Lena nippt nur am Leben und genießt es nicht in vollen Zügen.* Genau so hatte Berat es formuliert, und obwohl Lena sich im ersten Moment höllisch über diese Bemerkung geärgert hatte, so musste sie doch zugeben, dass sie ins Schwarze traf.

Am Kanal blieb sie stehen und sah hinunter aufs Wasser. Einige der Hausboote waren mit hunderten weihnachtlichen Lichtern geschmückt, die sich im Mondlicht auf dem Wasser spiegelten. Der Schnee blieb mittlerweile liegen und um sie herum sah es gar nicht mehr nach Großstadt aus. Die Luft roch klarer, der Schnee dämpfte den Verkehrslärm. Die Welt wirkte märchenhaft, wie verzaubert. Ein Winterwunderland.

»… und morgen Nachmittag besuchen wir Sarah im Krankenhaus«, sagte jemand im Vorbeilaufen. »Wenn wir Glück haben, dann geht es ihr so gut, dass wir eine Stunde bleiben können.« Ein Paar um die fünfzig stapfte an Lena vorbei.

Jemand namens Sarah verbrachte das Weihnachtsfest in der Klinik. Zusammen mit vielen anderen Patienten und mit Personal, das Nachtschicht schob, obwohl es viel lieber Weihnachten zu Hause mit der Familie feiern würde. Als Kind wollte Lena eine Zeitlang Ärztin werden, beseelt von dem Wunsch, anderen Menschen zu helfen. Heute ergriff sie die Flucht, wenn die arme Frau Schulz in ihrem Rollstuhl angefahren kam, und klopfte sich für ihren Einfallsreichtum, was die Ausreden anging, selbst auf die Schulter.

Es war nichts, worauf Lena stolz sein sollte. Es war … peinlich. Und herzlos. Sie lief mit gesenktem Kopf weiter, als ob man ihr diese Herzenskälte vom Gesicht ablesen konnte. Wohin jetzt? Auf keinen Fall wollte sie nach Hause zurück.

Unter Umständen ging ihr Computer von allein an und die überdrehte Kitty erschien erneut und zwang sie auf die nächste Party. Auf die Weihnachtsfeier ihrer Firma wollte Lena selbstredend erst recht nicht, eher hätte sie sich die Weisheitszähne mit einer rostigen Kneifzange ziehen lassen. Außerdem trug sie noch ihre Einhorn-Hausschuhe, wie ihr ein Blick nach unten offenbarte.

»Ach, was soll's.« Lena steuerte das Döner-Restaurant von Yussuf an. Nun war schon alles egal.

# 13

Yussuf stand wie immer hinter der Verkaufstheke, hinter ihm an der Wand hing eine Kollektion bunter Fotos all der Speisen, die er anbot. Die Farben auf den Fotos waren mittlerweile zu einem schlammigen Grüngelb verblichen und ließen die Gerichte so aussehen, als hätte Yussuf sie im Morgengrauen aus dem Teich gezogen. Was völlig ungerechtfertigt war, denn das Essen hier war hervorragend. Wahrscheinlich hatte nur niemand den Mumm, Yussuf darauf aufmerksam zu machen, dass die Bilder eher geschäftsschädigend waren. Er nickte Lena zu, sie nickte zurück. In der Ecke standen zwei Männer in Winterjacken an einem Stehtisch, futterten tropfende Döner und schwiegen sich an. Der Fernseher an der Wand zeigte irgendeinen Boxwettkampf, der mit einem Auge von Yussuf verfolgt wurde. Gelegentlich schnaubte er bewundernd oder überrascht auf, je nachdem, wer gerade wem die Nase platt schlug.

»Na?«, begrüßte er Lena. »Wie immer?«

Lena nickte. Einer der Gründe, warum sie überhaupt hierherkam. Yussufs Imbiss war wie eine personifizierte Version von Lieferino.

Sie musste nur ihr Gesicht zeigen und ihre Bestellung wurde kommentarlos aufgenommen.

»Kein Berat?«, erkundigte sich Yussuf, während er Hühnerfleisch von einem großen Dönerspieß absäbelte.

»Kein Berat«, wiederholte Lena. Und dann, weil die Welt es sowieso bald erfahren würde, fügte sie hinzu: »Nicht mehr.«

»Ach.« Yussuf musterte sie kurz, dann wandte er seine Aufmerksamkeit wieder dem Boxwettkampf zu. »Ui, jetzt muss er Ringstaub schlucken«, freute er sich.

Die beiden Männer hatten aufgegessen, warfen ihre Pappteller in den Müll und wischten sich die Finger an einer Serviette ab. Sie murmelten einen Abschiedsgruß auf Türkisch und gingen. Jetzt war Lena mit Yussuf allein. Stille breitete sich aus. Normalerweise war es immer Berat, der einen Schwatz mit Yussuf hielt, während Lena unbeteiligt daneben wartete. Mit einem Mal erschien es ihr jedoch nicht richtig, den Mann mit dem Gleichmut einer Nacktschnecke dabei zu beobachten, wie er sorgfältig ihr Essen für sie zubereitete.

»Ähm, Yussuf«, machte sie sich bemerkbar. »Wie geht's dir? Wie läuft das Geschäft?«

Überrascht sah er auf. Die Verwunderung darüber, dass Lena sich in komplexen Sätzen ausdrücken konnte, stand ihm ins Gesicht geschrieben.

»Alles gut«, sagte er. »Geht gut. Na, Idioten gibt es überall, nicht wahr? Gestern kommt einer rein und fragt, ob das Döner aus Schweinefleisch ist. Ich sag ihm, so was gibt es hier nicht. Hat er mir nicht geglaubt.« Yussuf schüttelte den Kopf.

»So was«, meinte Lena. »Wie dämlich.«

»Ja, war ein Blödmann. Hatte auch eine Blödfrau.«

Sie lachten beide.

Yussuf reichte Lena das Dönerpäckchen und sie reichte

ihm einen Geldschein zurück. Als er ihr rausgeben wollte, winkte sie ab. »Lass gut sein.« In dem Marmeladenglas für Trinkgeld auf der Theke sah es sehr mager aus, nur zwei Zwanzig-Cent-Münzen langweilten sich darin.

»Und dir ein frohes …« Ach, was redete sie da. »Gutes neues Jahr.«

»Ja, na, dir auch.« Yussuf winkte andeutungsweise mit der Salatzange. »Auch ohne Berat.«

Er sah sie wie ein freundlicher alter Onkel an und Lena zwang hastig eine Träne zurück, die sich schamlos aus ihrem Auge drängen wollte. »Danke.«

Vor dem Laden fiel ihr ein, dass sie ja gar nicht nach Hause gehen wollte. Allerdings kam es ihr auch seltsam vor, auf dem Absatz kehrtzumachen, wieder in den Laden hineinzugehen und sich dort an den Tisch zu stellen, zumal Yussuf offenbar gerade eine Pause machte. Er hatte sich nach hinten verzogen, sie nahm an, um eine zu rauchen. Also würde sie ihr Essen im Gehen verzehren, wie all die anderen Leute auf der Straße. Auch eine neue Erfahrung. Sie setzte sich in Bewegung.

Ein Mann mit Halbglatze und Daunenjacke stolperte aus einer Kneipe heraus und lief fast in sie hinein. »Gu'n Appetit«, sagte er schon ein wenig lallend.

Ganz entgegen ihrer Gewohnheit nickte Lena. »Ist superlecker«, erwiderte sie mit vollem Mund und hielt den Daumen hoch.

Der Mann nickte zufrieden und schlitterte vor sich hin summend durch den Schnee davon. Er hatte einfach nur nett sein wollen, kam es Lena in den Sinn, er hatte sie weder ausrauben noch anmachen oder veralbern wollen. Lena blieb stehen und verzehrte den Rest ihres Döners. Und ganz allmählich taute die eisige Rüstung der Verschlossenheit und Teilnahmslosigkeit, die Lena sich im Laufe der letzten Jahre zugelegt hatte, ein wenig, genau wie der Schnee vor dem Lüftungsschacht der Kneipe. Sie wischte ihre fettigen Finger an der winzigen Papierserviette ab, die Jussuf ihr mitgegeben hatte, und ließ sich mit all den weihnachtlich gestimmten Fußgängern durch die Nacht treiben.

»Mami, die Frau hat schöne Einhorn-Schuhe«, rief ein kleines Mädchen, das mit seiner tütenbehängten Mutter an Lena vorbeiging. Diese warf einen Blick auf Lenas mittlerweile völlig durchnässte Hausschuhe, stutzte kurz und lächelte belustigt. Einen Moment lang verkrampfte sich Lena, dann lächelte sie zurück.

Die Welt ging nicht unter, wenn man freundlich war. Im Gegenteil – sie verlor sogar etwas von ihrer Bedrohlichkeit.

Musik erklang ganz in der Nähe. Lena sah sich um. Sie kam von links, von dem kleinen Park am Postplatz. Na ja, Park war übertrieben, ein viereckiges Stück Rasen mit ein paar Bäumen und einigen Bänken, von denen keine einzige den letzten Sommer ohne Graffiti oder eingeritzte Liebesbotschaften überlebt hatte. Die Daseinsberechtigung des Parks bestand darin, dass er Hunden ein Klo, Tauben einen Versammlungsort und Drogendealern gut erreichbare Geschäftsräume an der frischen Luft bot, aber heute drängte sich eine Menge ganz normaler Leute dort. Zu Lenas Erstaunen hatte man die dürftigen Bäume mit glitzernden Lichterketten behängt, sodass sich statt der üblichen Tristesse eine geradezu romantische Stimmung breitmachte. Das lag vor allem an den Musikern – vier junge Leute mit Pudelmützen und Schals spielten mit Violine, Flöte und Gitarren eine ganz bezaubernde melancholische Melodie, die das Bild einer weiten grünen Landschaft mit Burgruinen und Nebel heraufbeschwor. Irish Folk, vermutete Lena und berief sich damit auf so ziemlich das einzige Wissen, das über Irland in ihrem Kopf zu finden war. Sie steuerte direkt in die Menge hinein, die sich andächtig vor den Musizierenden versammelt hatte. Vor der Band war ein Hut aufgestellt, in den die Leute Münzen warfen.

»Unser nächstes Lied heißt *Lover's Ghost*, eine irische Ballade«, erklärte die blutjunge Sängerin den Zuschauern. Sie hatte eine kleine Stupsnase und fröhliche Grübchen. »Ein junger Mann wird nachts vom Geist seiner verstorbenen Liebsten besucht, aber leider kann sie nur bis zum Morgengrauen bleiben, dann muss sie zurück.«

Ein Geist? Das Wort bohrte sich wie ein Eiszapfen in Lenas Herz, und als das Mädchen anfing, mit ihrer klaren, reinen Stimme eine tieftraurige Melodie zu singen, wurde Lena von widersprüchlichsten Gefühlen überwältigt. Von der Trauer über den Verlust von Maxi, aber auch von einem Gefühl der Wärme und der Freude darüber, dass sie genau im richtigen Moment hier angekommen war, um dieses Lied zu hören und sich mit all den weihnachtlich gestimmten Leuten sachte im Takt zu wiegen.

Als der letzte Ton verklungen war, blieb es einen Moment lang feierlich still, dann kam frenetischer Beifall auf. Lena klatschte mit, so wild und laut sie nur konnte.

»Ist das schön«, meinte eine Frau hinter Lena. »Die könnten richtig im Konzertsaal auftreten und singen das hier einfach so für uns.«

»Ja, wir haben eben Glück«, erwiderte ihr Partner und Lena musste sich nicht umdrehen, um zu wissen, dass die beiden sich an den Händen hielten und diesen Moment genossen. Sie hatten recht. Auch Lena hatte Glück, dass sie ihrer trostlosen Wohnung entflohen war und ein innerer Kompass sie genau hierher gelenkt hatte. Oder war es Kitty, die Lena immer noch heimlich leitete?

»Danke, Kitty«, murmelte Lena vorsichtshalber.

»Und nun ein Weihnachtslied«, rief die junge Sängerin, die Musik setzte erneut ein, diesmal rasant und fröhlich. »Christmas is coming, the goose is getting fat, hey put the penny in the old man's hat«, sang der Mann mit der Gitarre. Er deutete dabei auf den Hut, in dem sich die Münzen mehrten. Kinder tanzten und hopsten begeistert herum, ein Weihnachtsmann mit Bierflasche und schiefer Mütze lehnte an einem Baum und grinste selig.

Das hier war Lenas Kiez, ihre Nachbarschaft. Gut, es war nicht die beste Adresse und auch nicht die nobelste Gegend, aber die Stimmung hier an diesem Abend war etwas, das man nicht mit Geld kaufen konnte. Das hier war kein *unsicheres* Viertel, sondern der Lebensraum vieler Menschen, die sich in diesem Moment einfach nur alle zusammen auf Weihnachten freuten. Das erste Mal seit Ewigkeiten hatte Lena das Gefühl, dass sie irgendwo dazugehörte. Sie klatschte mit, sang mit, warf ein paar Münzen in den Hut und rief »Bravo!« und »Frohe Weihnachten!« genau wie alle anderen auch. Wie hätte Maxi das hier gefallen. Und wie schade, dass Frau Schulz das nicht erleben konnte und stattdessen einsam in ihrer Wohnung saß und mit dem Internet kämpfte.

Das schlechte Gewissen regte sich in Lena. Warum war sie nur so grantig zu Frau Schulz gewesen? Sollte sie sich bei der alten Frau entschuldigen? Aber unter welchem Vorwand? Sie konnte ja nicht gut sagen: »Frau Schulz, als ich Sie heute zusammen mit dem Geist der gegenwärtigen Weihnacht durch Ihr Fenster beobachtet habe, konnte ich sehen, wie Sie geweint haben.« Nein, das musste Lena anders anstellen.

Die Musiker packten ihre Instrumente zusammen, die Menge zerstreute sich und gab den Blick frei auf die Straße, die am Park vorbeiführte. Der kleine Supermarkt dort, in dem Lena immer einkaufte, hatte noch auf. Natürlich, das war eine Idee. Sie würde ein kleines Geschenk für Frau Schulz kaufen und als Überraschung vor deren Tür abstellen. Bestimmt würde sich die alte Dame darüber freuen. Froh über diesen konkreten Plan, durchquerte Lena rasch die Straße und betrat den Laden.

In den Supermarkt schien nichts von der allgemeinen Freude im Park durchgedrungen zu sein. Die Stimmung hier war so ausgelassen wie an einem Montagmorgen in der Steuerbehörde. Die Kunden schlurften wie müde Reptilien durch die Gänge zwischen den Regalen und füllten geistesabwesend ihre Einkaufswagen. Im fahlen Neonlicht saß dieselbe Kassiererin wie immer an der Kasse, abgespannt und müde, der am Morgen aufgetragene Lippenstift nur ein krümeliger Rest.

»Macht zwölf fünfundneunzig«, sagte sie gerade und unterdrückte ein Gähnen.

Es half dem tristen Ambiente auch nicht, dass heute der Dresdner Kreuzchor seine Weihnachtslieder durch den Lautsprecher dudelte, ganz im Gegenteil, es verlieh dem Supermarkt die Stimmung wie auf einer Beerdigung, gemischt mit einer Prise Mitternachtsmesse im Kloster. Lena lief ziellos durch die Gänge. Was sollte sie für Frau Schulz besorgen? Es gab Schokoweihnachtsmänner, Stollen in allen Variationen von glutenfrei bis Vollkorn, literweise Spirituosen, Weihnachtskaffee, Marzipanhappen umhüllt von Fair-Trade-Schokolade, karierte Weihnachtspyjamas im Sonderverkauf und Sekt mit Glühweingeschmack, dessen Erfinder vermutlich zu viel an Zimtstangen gelutscht hatte. Lena versuchte, sich Frau Schulz in dem kindischen Schlafanzug vorzustellen, an einem Stück Stollen knabbernd, den Blick traurig ins Leere gerichtet. Auf keinen Fall. Aber als sie schon fast aufgeben wollte, entdeckte sie endlich etwas. Eine Schneekugel, in der ein Weihnachtsmann auf einer kleinen Insel in einer Hängematte lag. Er trug eine Sonnenbrille, und wenn man die Schneekugel schüttelte, wirbelten winzige Kokosnüsse durch die Flüssigkeit.

»Perfekt«, sagte Lena leise. Das Geschenk würde Frau Schulz hoffentlich ein kleines Lächeln ins Gesicht zaubern. Lena packte die Schneekugel in ihren Korb und legte eine Weihnachtskarte und etwas Einwickelpapier hinzu. Dann reihte sie sich in die endlose Schlange an der Kasse ein, die sich, wie Arbeiter im Gulag, ergeben voranschob.

»Mann, ey«, nölte jemand leise. »Was für ein Saftladen.«

Automatisch zog die Kassiererin die Waren schneller über den Scanner, ihre Bewegungen wurden hektisch, einmal schielte sie auf die große Uhr an der Wand.

»Geht's noch? Ich stehe auch hier an«, schnauzte ein Mann mit Baskenmütze vor Lena ein junges Pärchen an, das sich in der Tat diskret vordrängeln wollte. Die beiden ignorierten ihn einfach und blieben eisern stehen, was den Mann jetzt erst richtig auf hundertachtzig brachte. »Hin-ten an-stel-len«, buchstabierte er laut, als ob er es mit Vollidioten zu tun hätte. Daraufhin drehte sich der junge Mann lässig um, den Arm um seine Freundin im roten Anorak gelegt.

»Alter, wir haben nur zwei Bierflaschen, okay? Chill dich.«

»Das ist mir so was von egal«, regte sich der Mann weiter auf. »Hier geht's der Reihe nach! Nicht wahr?« Sein Blick fiel auf Lena.

»Ähm …«, setzte Lena an, aber es mischte sich bereits eine Frau ein, die sich über die jungen Leute von heute aufregte. Der Kunde an der Kasse entschied sich, mit gefühlt achthundert einzelnen Münzen zu bezahlen, von denen die Hälfte zuerst mal runterfiel und vom Boden geklaubt werden musste, während der Nörgler erneut sein kämpferisches »Saftladen!« in die Welt hinausbrüllte.

Und genau in diesem Moment fiel etwas aus dem Regal in Lenas Korb, als hätte es jemand absichtlich hineingeworfen. Verdutzt betrachtete sie die schlichte weiße Tüte mit der Aufschrift *Schneekonfetti*. Sofort sah Lena sich nach allen Seiten um. Schneekonfetti – das konnte doch nur ein Zeichen von Kitty sein. Oder?

Während die Kunden im Laden jetzt auf eine kleine Revolution mit öffentlicher Hinrichtung zusteuerten und die arme Kassiererin mit zusammengepressten Lippen die Waren wie ein außer Kontrolle geratener Roboter über den Scanner der Kasse jagte, fummelte Lena an der Tüte herum. Sie ließ sich leicht öffnen. Der Inhalt wirkte nichtssagend, kleine weiße Sternchen, die nicht mal glitzerten. Sollte sie es wagen? Kein Mensch beachtete sie. Lena klaubte eine Handvoll Sternchen heraus. Jetzt. Sie warf das Schneekonfetti in Richtung des lärmenden Pulks an der Kasse. In der Luft fingen die Sternchen an zu funkeln. Und sie fielen nicht einfach wieder hinunter, sondern flatterten und schwebten durch den Raum, um sich dann auf den verdutzten Gesichtern und auf den Köpfen, Schals und Jacken der Menschen niederzulassen. Lena wagte kaum zu atmen. Es war der Mann mit der Baskenmütze, der das verblüffte Schweigen brach.

»Gehen Sie ruhig vor«, sagte er zu dem Pärchen. »Ich hab Zeit.«

»Danke, das ist nett von Ihnen.« Das Mädchen im roten Anorak schenkte ihm ein Lächeln.

Lena holte erleichtert Luft.

»Das wird aber ein leckeres Fest«, bemerkte die Frau, die sich eben noch über die heutige Jugend ereifert hatte. Sie deutete auf die Bio-Ente und diverse Delikatessen im Korb des Mannes vor ihr in der Schlange.

»Wie bereiten Sie die zu?«

»Ganz traditionell«, erklärte der Mann. »Allerdings mit karamellisierten Waldpilzen.«

»Oh, das klingt interessant.« Die Frau ließ sich das Rezept erklären.

Auch die Kassiererin entspannte sich allmählich, wurde fast fröhlich. »Na, haben Sie schon alle Geschenke zusammen?«, erkundigte sie sich bei dem Mann mit dem vielen Kleingeld, während der Saftladen-Brüller sich anschickte, helfend ein paar Münzen vom Boden aufzuheben.

Der letzte Rest vom Schneekonfetti landete auf dem Ramsch im Regal neben der Kasse und hüllte alles in einen silbrig-funkelnden Schein.

»Wunderschön haben Sie das dekoriert«, lobte der Saftladen-Mann. »Sehr geschmackvoll.«

»Finde ich auch. Man könnte glatt hier drin Weihnachten feiern.« Die Kassiererin lachte und alle Anwesenden lachten mit.

Lena lachte ebenfalls. Nur ein bisschen lauter als die anderen.

# 14

Wieder auf der Straße, nahm Lena den allgegenwärtigen Geruch nach Glühwein wahr, der zu dieser Jahreszeit wie unsichtbarer Nebel durch die Stadt waberte.

Aber anstatt sie wie sonst in die Flucht zu jagen, weckte dieser typische Weihnachtsduft an diesem eigenartigen Abend alle möglichen Erinnerungen in ihr. Sie sah vor sich, wie Maxi und sie mit vierzehn heimlich eine Flasche Glühwein aus dem Schrank von Maxis Eltern stibitzt und vor lauter Panik, erwischt zu werden, kalt aus der Flasche getrunken hatten. Sie erinnerte sich, wie das quietschsüße Gebräu mit jedem Schluck besser wurde und die beiden Mädchen immer ausgelassener, bis Maxi irgendwann grün im Gesicht anlief und »Mir wird schlecht!« keuchte.

Dann kam ihr die Party bei jemandem aus ihrer Schule in den Sinn, als sie beide fünfzehn waren – also ein Jahr älter und somit lebenserfahrene und kultivierte junge Damen, die den Glühwein nicht mehr kalt aus der Flasche nuckelten, sondern heiß aus einer Tasse tranken. Und zwar draußen im Schnee bei den anderen Partygästen. Diesmal wurde ihnen nicht übel, sondern weihnachtlich zumute.

Dann fiel ihr der Glühwein aus dem Supermarkt ein, den Lena mit ihren Kommilitonen im Studentenwohnheim in der Mikrowelle erwärmt hatte. Ein Punsch nach kompliziertem und hochprozentigem Rezept, an dem sie sich irgendwann selbst versucht hatte und von dem alle Anwesenden nach dem Genuss von nur einem Glas einschliefen. Und schließlich erinnerte sie sich an den Moment, ab dem es dann keinen Glühwein mehr in ihrem Leben gab. Zu süß, zu prollig, zu gewollt weihnachtlich.

Berat mochte das Getränk auch nicht, das passte gut. Aber heute hatte es ihm offensichtlich vorzüglich geschmeckt. Bei dem Gedanken an Berat schlich sich wieder Traurigkeit in Lenas Herz. Was er wohl gerade machte? Tanzte er immer noch mit Saskia? Sie schlenderte gedankenverloren in Richtung der kleinen Weihnachtsbude, die in der Nähe des Parks schon seit fast einem Monat ihren Duft nach Nelken, Zimt und billigem Rotwein in die Welt verströmte. Glühwein konnte man hassen oder lieben, aber er symbolisierte Weihnachten, genau wie Tannengrün und Lebkuchen. Und deshalb würde Lena sich an diesem denkwürdigen Abend dieses Getränk gönnen und es genau wie alle anderen Leute trinken – an einem Stehtisch, den Jackenkragen bis zum Kinn gezogen und die heiße Tasse in den kalten Händen.

Sie bestellte und begab sich an einen der kleinen Tische. Im Moment war Lena die einzige Kundin, außer einem älteren Ehepaar, das zügig, aber ohne Hast seine Tassen leerte.

»Wärmt schön«, sagte die Frau.

»Ist ja auch kein Eiskaffee, Karin«, belehrte sie der Mann.

»Hätte ich nicht bemerkt.« Die Frau pustete in ihre Tasse.

Der Mann trank und verzog leicht sein Gesicht. »Der Glühwein hatte früher irgendwie mehr Potenz.«

»Du auch.« Seine Frau zog ihr Handy heraus und fing an darauf herumzuscrollen.

Lena lauschte amüsiert. Eigentlich war es viel spannender, echten Menschen zuzuhören, als ihre ausufernden Diskussionen und Beleidigungen in den sozialen Medien zu verfolgen.

Sie nippte an ihrem Glühwein, der allerdings so heiß war, dass sie sich die Zunge verbrannte, und so süß, dass es ihr fast einen Zuckerschock versetzte. Aber wie er duftete! Nach seinen engsten Verwandten – den gebrannten Mandeln vom Weihnachtsmarkt, nach dunklen und geheimnisvollen Winternachmittagen, nach knirschendem Schnee, nach dem Rascheln von Geschenkpapier und nach früher. Nach einer Welt, in der alles noch einfacher war und in der Lena noch Freude an Weihnachten gehabt hatte.

»Schmeckt's nicht? Sie gucken so traurig.« Die Stimme der Verkäuferin aus der Bude drang zu ihr herüber.

»Nein, nein«, versicherte Lena rasch. »Alles gut. Schmeckt lecker.« Sie trank schnell einen weiteren Schluck, um ihren Worten Nachdruck zu verleihen, und verbrannte sich erneut.

Die Verkäuferin nickte zufrieden. Ein bisschen sah sie aus wie Frau Holle, wie sie da aus ihrer Bude in die verschneite Welt hinaussah. Wollhandschuhe, Mütze und ein rundes, freundliches Gesicht mit roten Wangen. Die Glühweinbude war mit weißen Schneeflocken bemalt und an den Fensterläden hingen Tannenzweige. »Dass es wirklich mal zu Weihnachten schneit, was? Das ist heutzutage eine Seltenheit.«

Es dauerte eine Sekunde, ehe Lena begriff, dass die Frau sich mit ihr unterhalten wollte. Natürlich, wahrscheinlich war ihr ein bisschen langweilig. Sie stand den ganzen Tag hinter ihrem Verkaufstresen und nichts Bahnbrechendes passierte. Gäste kamen und gingen und redeten kaum mit ihr, sie redeten ja nicht mal untereinander. Das süffelnde Ehepaar schwieg sich jedenfalls immer noch beleidigt an.

Lena gab sich einen Ruck. »Ja, das ist mal schön mit dem Schnee«, bestätigte sie. Smalltalk zu betreiben, fühlte sich ungewohnt an, wie eine Fremdsprache, die es zu erlernen galt, oder ein vergessener Heimatdialekt, an den Lena sich erst wieder erinnern musste. »Haben Sie denn schon alles fertig für das Fest?«, gelang ihr schließlich eine Gegenfrage. »Ich meine …« Sie suchte nach den richtigen Worten. »Weil Sie doch sicher kaum Zeit haben, wenn Sie immer hier arbeiten.«

»Ach, mir gefällt es hier. Weihnachten ist eine Zeit, in der die Menschen zueinanderfinden, das mag ich«, antwortete die Verkäuferin. »Die Weihnachtsvorbereitungen macht mein Mann. Der ist ein Guter. Der kauft den Baum und schmückt ihn und kocht das ganze Essen. Da habe ich Glück gehabt. Nicht so wie andere Leute.« Ihr Blick streifte kurz das missmutige Ehepaar. Die Frau spielte immer noch mit ihrem Handy herum, der Mann sah glasig in die Ferne.

»Das ist schön.« Das meinte Lena ernst.

»Nur backen macht er nicht gern«, fuhr die Frau fort. »Das überlässt er mir, weil er weiß, dass es mir Spaß macht.«

»Ist doch so viel Arbeit. Und fast alles gibt es auch online.«

»Ja, man kann heutzutage alles kaufen, das ist wahr. Aber wissen Sie, es ist eben doch was anderes, wenn man selbst bäckt. Den Teig zubereiten und die Plätzchen ausstechen und dann der Duft, wenn sie im Ofen sind. Das kann man für kein Geld der Welt kaufen. Backen Sie denn nicht?«

»Nein. Ich bin nicht so der Weihnachtstyp«, gab Lena zu. Die Untertreibung des Jahrhunderts.

»Und doch stehen Sie hier und trinken Glühwein. Und ein Geschenk haben Sie auch gekauft.« Die Verkäuferin deutete auf Lenas Tüte, aus der das Geschenkpapier hervorlugte.

»Ich habe Weihnachten in den letzten Jahren ignoriert.« Und als Kinderkram und Kitsch abgetan. Als nervenden Eindringling in ihrem ereignislosen Alltag. »Aber heute …« Sie stockte.

Die Verkäuferin sah sie interessiert an. »Was war heute?«

»Es sind ein paar seltsame Dinge passiert. Es war ein sehr ungewöhnlicher Abend.« Wie sollte Lena dieser Frau in knappen Sätzen erklären, dass an diesem Abend ihr Leben wegen zwei *Geistern* aus seinen eingefahrenen Gleisen geraten war? Und nun mit Karacho auf ein unbekanntes Ziel zusteuerte? »Alles war ein bisschen unwirklich«, schob sie lahm hinterher.

Die Verkäuferin schien sich überhaupt nicht über Lenas Aussage zu wundern. Im Gegenteil, sie nickte zustimmend. »Ja, dieses Jahr zu Weihnachten geschehen mehr Wunder als sonst, das sag ich Ihnen. Man kriegt eine Menge mit, wenn man den ganzen Tag lang hier steht.« Sie senkte die Stimme. »Allerdings nicht bei denen dort.« Sie hob unauffällig das Kinn in Richtung des verdrießlichen Ehepaares. »Wenn die heute noch was Nettes zueinander sagen, gebe ich einen aus.«

»Wohl eher nicht.« Lena grinste in ihre Tasse. Dann blinzelte sie, weil ihr etwas ins Auge geflogen war. Sie rieb es mit dem Finger heraus. Eine einzelne glitzernde Schneeflocke aus Papier. Schneekonfetti. War das etwa …? Sie sah sich um. Auf den Wollmützen des Ehepaares glitzerte es jetzt ebenfalls verdächtig.

»Was hast du dir eigentlich zu Weihnachten gewünscht, Schatz?«, fragte der Mann unvermittelt.

»Dass du mich mal wieder in den Arm nimmst.« Die Frau sah ihn an.

»Mensch, Karin.« Der Mann rutschte ein Stück näher zu ihr und legte den Arm um ihre Schulter. »Mach ich doch gern.«

»Ich glaub's ja nicht.« Die Verkäuferin riss die Augen auf. »Haben Sie das eben gesehen?«

»Wahnsinn.« Lena versuchte sich an einem überraschten Gesichtsausdruck. Kitty schwirrte also immer noch fröhlich und für Menschenaugen unsichtbar hier herum.

»Wunder, ich sag's Ihnen. Überall Wunder dieses Jahr.« Die Verkäuferin langte nach einer neuen Tasse. »Da schulde ich Ihnen doch glatt einen Glühwein.«

»Oh, danke.« Lena spürte, wie ihr Handy in der Hosentasche vibrierte. Eine Nachricht. Garantiert von Berat, ihre Eltern meldeten sich um diese Zeit nicht mehr. Wollte er ihr etwa jetzt mitteilen, dass die Beziehung vorbei war? Konnte er nicht mal mehr bis nach Weihnachten warten? Sie beschloss, ihn zu ignorieren, aber ihr Handy vibrierte und summte und gab keine Ruhe. Wenn er so scharf darauf war, ihr den Laufpass zu geben, warum rief er sie dann nicht wenigstens an? War er dazu zu feige? Das Summen des Handys wurde immer lauter, als hätte es ein Eigenleben entwickelt, und entnervt zog Lena es aus der Tasche. Eigentlich hatte sie sich gerade ziemlich wohlgefühlt, trotz allem, was heute passiert war, und wollte sich nicht von Berat stimmungsmäßig wieder in den Keller ziehen lassen. Sie warf einen Blick auf das Display und runzelte die Stirn. Sie hatte zehn neue Nachrichten. Keine einzige davon war von Berat. Sie stammten alle von ein und demselben Absender, der sich nicht mal mehr die Mühe machte, peppige Namen à la *Partymaus* vorzuschieben. Dieser Absender wollte sich zu erkennen geben und kam sofort auf den Punkt. Die Nachricht lautete: *Der Geist der zukünftigen Weihnacht lädt dich zu einer Videokonferenz ein. Zeit: 22 Uhr.*

In einer Stunde. Lena wurde es trotz des wärmenden Getränks ganz kalt. Die Zukunft. Wollte sie die wirklich wissen? Natürlich war ihr der Satz: »Wenn man nur in die Zukunft sehen könnte!« schon x-mal in ihrem Leben über die Lippen gekommen, wie man das eben so dahinsagte. Aber jetzt war sie sich auf einmal nicht mehr sicher. Das Gesicht von Frau Hammerschmidt tauchte vor ihrem inneren Auge auf. Die mürrischen Züge, die nach unten gezogenen Mundwinkel, der bockige Stechschritt, mit dem sie durch die Straßen gezogen war, die Schultern so eingerollt, als ob sie in ihrem Rundrücken wie in einem Schneckenhaus verschwinden wollte. Würde Lena sich selbst in dreißig Jahren erblicken, wie sie wie ein später Zwilling von Frau Hammerschmidt ums Eck schlurfte und Kinder mit Kastanien nach ihr warfen? Lena leerte hastig ihre Tasse, auch wenn sich ihr Mund deswegen ganz taub anfühlte. Ein rebellischer Gedanke kam ihr: Was würde eigentlich passieren, wenn sie diese Einladung einfach ausschlug? Überhaupt nicht darauf einging? Kittys Worte über Geister fielen ihr ein. Die Vorstellung, dass der Geist der zukünftigen Weihnacht die ganze Nacht lang durch Lenas Fenster starren und sie beobachten würde, war mehr als ungemütlich. Lena wusste ja nicht mal, mit wem sie es zu tun hatte, unter Umständen war es diesmal ein Mann. Ein toter Mann! Schon halb vermodert oder gar gleich ein Skelett mit klappernden Knochen, ein Mordopfer oder ein Erhängter aus früheren Tagen oder ein Perverser, den vor hundert Jahren das schottische Hochmoor verschlungen hatte, oder …

»Alles in Ordnung?« Die Stimme der Verkäuferin.

»Was?« Lena schreckte auf. Sie hatte die Glühweintasse fallen gelassen. Ungläubig sah sie auf die Scherben zu ihren Füßen. »Oh, Gott, Entschuldigung. Ich weiß nicht, wie das passieren konnte. Ich bin ein bisschen durcheinander heute Abend und diese Nachricht eben …« Sie verhaspelte sich. »Ich bezahle Ihnen natürlich die Tasse.«

»Ach was, ist nicht so schlimm.« Die Verkäuferin winkte ab. »Die zerbrechen andauernd, wenn hier erst mal die richtigen Konsorten am Trinken sind. Oder sie landen gleich in der Handtasche, weil jemand der Meinung ist, dass er so eine Tasse unbedingt zu Hause braucht. Deswegen ist doch Pfand drauf. Wollen Sie eine neue?«

»Nein, danke, ich muss los.« Lena hatte soeben beschlossen, sich dem Geist der zukünftigen Weihnacht zu stellen. Dann erfuhr sie wenigstens, mit wem sie es zu tun hatte. Schlimmstenfalls konnte sie wieder die Verbindung unterbrechen wie bei Kitty oder einfach aufstehen und das Zimmer verlassen. Ja – wovor hatte sie eigentlich Angst? Sie hob die Scherben auf und warf sie in den Mülleimer.

»Na dann. Schönen Abend.« Die Verkäuferin nickte ihr zu. »Und frohes Fest.«

»Ihnen auch.« Und dann segelte ganz ohne Lenas Zutun noch ein »Und einen guten Rutsch!« aus ihrem Mund. Grundgütiger. Hatte sie das tatsächlich eben gesagt? Fassungslos über sich selbst machte Lena sich auf den Weg nach Hause.

Als sie von der Hauptstraße abbog, wurde es ruhiger. Es schneite nicht mehr, aber der Schnee vom Nachmittag war liegen geblieben und hatte alles in eine weiße weiche Decke gehüllt. Noch unzerstört vom Getrampel tausender Schuhe breitete sich der Fußweg vor ihr aus. Wie sauber alles auf einmal wirkte. Der ganze ätzende Dreck der Großstadt, die Kippen und Chipstüten, benutzte Fahrscheine und Hundehaufen, all das war wenigstens für den Moment verschwunden. Ihre Schritte knirschten im Schnee, sonst war nichts zu hören. Ein Stück vor ihr lief ein Pärchen, eng aneinandergeschmiegt. Sie verschwanden in einem Hauseingang und Lena war wieder allein. Sie trottete weiter, die Schultern hochgezogen, doch da bohrte sich ein Geräusch in ihre Ohren. Ein hoher Ton, fast ein Fiepen. Nach einer Pause erneut, diesmal lauter. Es klang kläglich, geradezu verzweifelt. Wie ein kleines Kind. Lena blieb stehen.

»Hallo?«, fragte sie unsicher.

Als Antwort erklang wieder das Fiepen. Es kam von links. Dort führte eine Treppe zu einer Souterrainwohnung. Die Straßenbeleuchtung war viel zu weit weg und es dauerte einen Moment, ehe Lena in der Dunkelheit die Umrisse eines kleinen Wesens ausmachen konnte. Oh, Gott, was war das? Rasch zerrte sie ihr Handy heraus und schaltete die Taschenlampenfunktion an. Das Wesen jaulte. Lena richtete das Licht darauf und hielt erschrocken die Luft an. Ein kleiner Hund. Einer von der zotteligen Sorte, dem das Fell in die Augen hing. So eine Salz-und-Pfeffer-Mischung mit dünnen Beinen. Was machte der denn hier? Gassi gehen? Lena sah sich um. Es war niemand zu sehen, kein Mensch, der dazugehörte und unter der Laterne wartete, bis der Hund endlich fertig war. Nein, der kleine Kerl war allein.

»Bist du irgendwo abgehauen?« Lena trat einen Schritt auf das Tier zu. Sofort tapste es in ihre Richtung. Bloß nicht. Lena trat augenblicklich den Rückzug an, denn auch kleine Hunde konnten beißen. Der hier wirkte allerdings nicht aggressiv.

Ganz im Gegenteil. Er zog ein Hinterbein nach und gab wieder dieses klägliche Geräusch von sich. »Ähm, bleib mal lieber dort, okay?« Wahrscheinlich gehörte er zu den Leuten in der Souterrainwohnung, entschied Lena. Die hatten ihn zum Pinkeln rausgelassen und dann vergessen. Ja, so musste es sein. Dann würden sie es sicher bald merken und ihn wieder reinholen. Sie ging weiter, drehte sich nach ein paar Metern aber wieder um. Alle Fenster der Souterrainwohnung waren dunkel. Da war entweder niemand zu Hause oder wer immer da wohnte, lag bereits im Bett. Aber wer schlief abends um neun schon tief und fest? Ach, egal, es war nicht ihr Problem. Mit festen Schritten lief Lena zu ihrer Haustür und holte ihren Schlüssel heraus. Sie sah ein letztes Mal zurück. Der Hund saß immer noch an derselben Stelle. Sein kleines Wimmern stieg auf und blieb als einziger dünner Ton in der dunklen Nacht hängen. Trotz der Grabeskälte um sie herum stieg eine Erinnerung in Lena hoch, die heiß und beschämend war. *Ralfi,* ihr rundlicher kleiner Hund mit dem verwunderten Blick. Das war zu viel.

»Ach, Mensch.« Lena kehrte um.

# 15

Sie ging vor dem kleinen Hund in die Hocke und sofort fing er an mit dem Schwanz zu wedeln. Jetzt erst bemerkte sie die dünne Nylonleine, mit der ihn jemand am Pfosten des Treppenaufgangs festgebunden hatte. Sollte der Hund hier auf jemanden warten? Um diese Zeit? Bei der Kälte? Lena strich ihm vorsichtig über das verstrubbelte Fell. Sonderlich gepflegt sah er nicht aus. Und an seinem Halsband befand sich keine Hundemarke, die eine Adresse oder Telefonnummer oder wenigstens einen Namen verraten hätte.

»Wie heißt du, hm?«, fragte Lena leise. »Und warum musst du hier warten?«

Der Hund gab natürlich keine Antwort, vielmehr drehte er seinen Kopf zu ihr hin, weil er offenbar zwischen den Ohren gekrault werden wollte. Lena ließ sich vorsichtig auf der kalten Treppe nieder. Der Hund tapste sofort zu ihr und schmiegte sich an sie. Er zitterte.

»Meine Güte, du frierst ja wie verrückt!« Lena nahm ihren Schal ab und wickelte den Hund damit ein. Nach einer Weile jedoch kroch ihr selbst die klirrende Kälte in alle Glieder und sie stand auf und klingelte an der Tür. Kein einziges Geräusch war zu hören. Sie versuchte es erneut, pochte sogar mehrmals ans Fenster. Nichts.

»Da können Sie lange klopfen, da wohnt keiner«, erklang eine Stimme. Ein älterer Mann war auf dem Fußweg stehen geblieben, einen großen Strauß Tannengrün im Arm. »Die Wohnung steht leer. Können Sie mieten, wenn Sie wollen. Da stand was in der Zeitung.«

»Ach.« Damit löste sich Lenas Theorie vom vergesslichen Hundebesitzer in Luft auf. »Kennen Sie den Hund hier?«

»Nee.« Der Mann warf einen flüchtigen Blick auf das Tier und eilte bereits weiter. Und da dämmerte es Lena schließlich: Niemand würde kommen, um den Hund abzuholen. Niemand hatte ihn vergessen und es war auch kein Zufall, dass er kein Adressschild am Halsband trug.

»Ey, das gibt's doch nicht!« Sie war fassungslos. »Welcher grausame Idiot hat dich denn hier ausgesetzt? In der kältesten Nacht des Jahres!« Was gab es nur für Menschen? Eine Woge der Wut schoss in ihr hoch. Statt des fremden Hundes sah sie Ralfi vor sich. Die Vorstellung, dass er mutterseelenallein in der kalten Dunkelheit irgendwo angebunden wartete, dass niemand kam, um ihn zu erlösen, dass er nicht mal eine kleine Decke hatte, um sich zu wärmen – es zerriss ihr das Herz! Sie bückte sich und hob den Kleinen auf. Sein Fell war nass von all dem Schnee und jetzt erst merkte sie, wie dünn er war. »Du kommst mit«, entschied sie.

Der Hund legte den Kopf schief und sah sie an.

»Wohin ich dich bringe?« Lena seufzte. »Keine Ahnung. Aber hier lasse ich dich auf keinen Fall.«

Erneut ging sie zu ihrem Haus, schloss die Tür auf und trat ein. Selbst das kalte Treppenhaus fühlte sich nach der Eiseskälte draußen wie ein warmer Ofen an. Nur, das blöde Licht im Erdgeschoss funktionierte schon wieder nicht und das im ersten Stock zuckte und blinkte wie die Diskokugel in der Schule. Lena setzte den Hund ab. Hoffentlich kam nicht ausgerechnet jetzt Frau Wenz wieder aus ihrem Bau gekrochen. Aber abends nach neun würde ja selbst diese Putzkönigin ihr Tagespensum geschafft haben. Der Hund schnüffelte an der Treppenstufe herum und hob ein Bein.

»Hey!« Lena hob ihn erschrocken wieder hoch. »Auf gar keinen Fall, hörst du? Das hättest du weiß Gott draußen erledigen können.« Jetzt erst entfaltete sich die ganze Problematik dieser Operation vor ihr. Sie konnte den fremden Hund gar nicht mit hoch in ihre Wohnung nehmen. Vielleicht war er nämlich nicht stubenrein. Oder er bellte und jammerte die ganze Nacht lang und lockte sämtliche Mieter zu Lenas heiligem Refugium unter dem Dach.

»Wie alt bist du eigentlich?«, erkundigte sie sich bei dem Hund, der ihr als Antwort die Hand ableckte. Sie setzte ihn wieder auf der Treppe ab und da entdeckte sie etwas. Eine Spur aus Körnern, die Frau Wenz wohl übersehen hatte. Und wo führte die Spur hin? Genau vor die Tür von diesem Hüttich, der mit seiner Menagerie im zweiten Stock hauste. Diese Entdeckung eröffnete eine ganz neue Dimension. Der tierliebende Herr Hüttich war die Lösung!

Sekunden später stand Lena bei ihm vor der Tür. Sollte sie einfach klingeln? Er war definitiv zu Hause, sie konnte das leise Geplapper aus dem Fernseher hören. Andererseits hatte sie mit dem Mann noch nie ein Wort gewechselt. Unter Umständen würde er sie für verrückt erklären oder die Tür gleich wieder zuknallen. Aber auf derlei Befindlichkeiten konnte sie im Moment keine Rücksicht nehmen. Es wäre überdies nicht das Schlimmste, was ihr an diesem Abend widerfahren würde. Sie konnte es ja wenigstens probieren.

»Ich schaffe dich jetzt zu Dr. Dolittle«, erklärte sie dem Hund. Dann drückte sie auf den Klingelknopf.

Ein Schlurfen war zu hören, die Tür ging auf. Vor Lena stand ein alter Mann mit Nickelbrille und Strickweste. Überrascht wanderte sein Blick von Lena zu dem kleinen Hund.

»Guten Abend, Herr Hüttich.« Exzellente Einleitung. Wie weiter? Sie entschied sich für eine Vorstellung. »Sie kennen mich wahrscheinlich nicht, mein Name ist Engel und ich wohne ganz oben und ...«

»Oh, ich weiß, wer Sie sind.« Herr Hüttich lächelte freundlich. »Frau Schulz hat mir oft von Ihnen erzählt. Und ich sehe Sie ja auch manchmal zur Arbeit gehen. Immer in Eile.« Das Lächeln wurde breiter.

»Ja. Ähm ...« Etwas aus dem Konzept gebracht, suchte Lena nach einem eleganten Übergang. »Also, der Grund, warum ich bei Ihnen klingele, und das so spät am Abend, entschuldigen Sie bitte vielmals, ist ... ähm ... dieser Hund.« Sie deutete auf das Bündel in ihrem Arm, für den Fall, dass Herr Hüttich es noch nicht als Hund identifiziert hatte und für eine kanadische Fellmütze oder so hielt. »Nicht meiner«, schob sie sofort hinterher. »Ich hab ihn vorn an der Straßenecke gefunden. Vor zehn Minuten. Jemand hatte ihn dort angebunden und sitzen gelassen. Können Sie sich das vorstellen?« Vor lauter Empörung redete Lena immer schneller. »Ich meine – wer macht so was? In so einer kalten Nacht! Und der Hund hat nicht mal eine Adresse am Halsband, ich weiß also nicht, wie er heißt oder wo er wohnt oder ob er überhaupt ein *Er* ist und ...«

»Jetzt kommen Sie doch erst mal rein.« Herr Hüttich trat zur Seite. »Sie sind ja ganz aufgewühlt. Und unser kleiner Freund hier ist halb erfroren.«

»Was? Oh. Danke.« Lena trat so vorsichtig über die Türschwelle, als ob sie durch ein Minenfeld waten sollte. Wo waren die ganzen Tiere? Was, wenn gleich ein grellbunter hektischer Papagei auf ihrem Kopf landete und seine Krallen in ihre Haare grub? Nicht, dass es an ihrer Frisur an diesem Abend noch etwas zu versauen gab, aber der Gedanke war dennoch beunruhigend. Sie ließ ihren Blick durch den Flur von Herrn Hüttich schweifen. Es sah eigentlich völlig normal aus hier. Ein Kleiderständer, darunter mehrere Paar Schuhe, ordentlich aufgereiht wie geparkte Autos. An der Wand ein Ikea-Regal und ein Bild mit Kornblumen. Und es roch auch nicht so abartig, wie sie erwartet hätte. Ehrlich gesagt roch es nach gar nichts. Nur ein aromatischer Duft hing in der Luft, als hätte jemand vor einer Weile Kuchen gebacken. Etwas berührte Lenas Wade und sie machte erschrocken einen Satz zur Seite. Eine schwarze Katze sah zu ihr auf.

»Das ist Mohrle«, stellte Herr Hüttich die Katze vor. »Den Namen darf man heutzutage wahrscheinlich gar nicht mehr sagen, aber sie heißt nun mal so, seit zwölf Jahren schon. Da werde ich sie jetzt nicht umbenennen. Das kapiert sie nicht.«

»In der Tat.« Lena bezweifelte, ob die Katze überhaupt eine Ahnung von ihrem Namen hatte.

»Mohrle interessiert sich für unseren kleinen Gast«, freute sich Herr Hüttich. »Es stimmt nämlich gar nicht, dass Katzen keine Hunde mögen. Na gut, die meisten setzen nicht unbedingt einen Partyhut auf, wenn sie einen treffen, das ist wahr. Aber eben nicht alle. So, Mohrle, und nun verzieh dich mal, damit du unserem kleinen Freund hier keine Angst einjagst.«

Die Katze miaute und verschwand lautlos, als hätte sie begriffen, was der Mann von ihr wollte.

»Hier, setzen Sie sich doch.« Herr Hüttich führte Lena in ein Wohnzimmer, in dem ein gemütlicher Sessel vor einem Bücherregal zum Schmökern einlud. Ein kleiner Weihnachtsbaum stand bereits geschmückt in der Ecke, davor türmten sich zahllose Geschenke. Auf dem Boden lag ein Hundebett, in dessen Mitte ein Dackel sich wie ein Bagel zusammengerollt hatte. Er blinzelte leicht, als er Lena wahrnahm, machte aber keine Anstalten, sich zu erheben.

»Das ist Paulchen«, stellte Herr Hüttich den Dackel vor. »Er ist nicht mehr der Jüngste. Genau wie ich.« Er lachte.

»Tag, Paulchen«, murmelte Lena, auch wenn sie sich etwas einfältig vorkam.

»Ja, dann wollen wir uns den Kleinen mal ansehen.« Herr Hüttich streckte die Arme aus und Lena überreichte ihm den fremden Hund wie einen Staffelstab. Der ließ sich willenlos übergeben und schmiegte sich nun an den alten Mann.

»Na, du bist mir ja ein Feiner.« Herr Hüttich begutachtete den Hund. »Aber gar nicht mehr so jung, was? Wollten sie dich deshalb loswerden? Weil du ein Rentner bist und nur noch Geld kostest? Das kommt mir doch bekannt vor.« Er streichelte das Tier sanft. Der Hund hörte auf zu zittern und sah sich interessiert um. Sein Blick blieb an einem Teller mit Plätzchen hängen, der auf einem kleinen Beistelltisch stand.

»Was, das da willst du? Kekse? Na, ich weiß nicht. Das ist nicht das Gesündeste für Hunde.« Herr Hüttich schüttelte in gespielter Entrüstung den Kopf. »Na, ich schau mal, was ich für dich habe. Hungrig bist du auf jeden Fall.« Herr Hüttich stand auf.

»Der Hund, den ich früher hatte, mochte Butterkekse über

alles.« Lena wusste nicht, woher diese Worte gekommen waren. Sie waren auf einmal da, wie all die Erinnerungen an Ralfi in der heutigen Nacht.

»Alle Hunde sind scharf auf Gebäck. Aber gut ist es nicht für sie. Ist wie bei uns, was? Wenn es nach meinem Arzt ginge, sollte ich mich nur von Sellerie und Seefisch ernähren. Dann würde ich zehn Jahre länger leben. Missgelaunt und hungrig.« Herr Hüttich winkte ab. »Wie hieß denn Ihr Hund?«

»Ralfi.« Lena räusperte sich. »Er lebt schon seit über zwanzig Jahren nicht mehr. Er ist …« Sie zwang sich dazu, den Satz zu vervollständigen. »Er ist an einem Heiligabend gestorben.«

All die Traurigkeit von damals stand plötzlich im Raum. Herr Hüttich, der im Begriff war, aus dem Zimmer zu gehen, hielt inne. »Ach. Das tut mir leid. Das muss schlimm gewesen sein.«

»Ja.« Es kam als Flüstern heraus. »Es war schrecklich.«

»Gab es denn nach Ralfi noch andere Hunde in Ihrem Leben?«

»Nein. Gar keine Tiere mehr.« Lena starrte auf ihre Schuhe.

Der alte Mann fragte nicht nach dem Grund. »Das ist schade«, meinte er nur. Er begab sich in die Küche und kam mit einer Knabberstange für Hunde zurück, die er dem Kleinen reichte. »Kann ich Ihnen etwas anbieten? Ich hätte einen Tee und auch was zu knabbern. Was für Menschen, natürlich.« Er kicherte. »Ich habe gestern Stollen gebacken.«

»Sie backen?« Diese Eröffnung verblüffte Lena nun doch.

»Natürlich. Für mein Leben gern. Was dachten Sie denn? Dass ich mich von Vogelfutter ernähre? Ich weiß, was Frau Wenz so über mich erzählt.«

»Tee wäre super«, hörte Lena sich sagen. »Und Stollen esse ich für mein Leben gern.« Als ob. Normalerweise machte Lena einen großen Bogen um dieses schwere Gebäck, das einen in der Vorweihnachtszeit wie der Fluch des Pharaos überallhin verfolgte. Aber dieser alte Mann hier war so nett und hilfsbereit und voller Fürsorge, sein Angebot konnte sie nicht einfach so abwimmeln.

Sie nahm an dem kleinen Tisch Platz und wurde alsbald mit einem Stück des butterigsten und saftigsten Stollens belohnt, das sie je gegessen hatte.

»Wahnsinn.« Sie musste sich richtig zügeln, nicht alles auf einmal in den Mund zu schieben. »Sie können fantastisch backen. Ihre Familie kann sich glücklich schätzen.« Ihr Blick glitt zu den vielen Päckchen unter dem Baum. Herr Hüttich erwartete garantiert morgen all seine Kinder und Enkel hier.

»Meine Familie? Ach, Sie meinen, wegen der Geschenke da? Nein, da liegen Sie falsch. Meine Frau lebt nicht mehr und wir hatten keine Kinder. Die Päckchen dort sind für meine Tiere. Die sollen schließlich auch was zu feiern haben. Jetzt halten Sie mich wahrscheinlich für verrückt, Sie können es ruhig zugeben.«

»Überhaupt nicht.« Lena schluckte den letzten Bissen Stollen herunter. »Ich hatte auch ein Geschenk für Ralfi an dem Abend. Ein Quietschtier. Er hat es nicht mehr gesehen.« Etwas Nasses lief ihre Wange herunter. Lena wischte sich rasch mit dem Ärmel über das Gesicht. »Entschuldigung.«

»Weinen Sie nur. Wenn einer den Schmerz um ein Tier versteht, dann der alte Willi.« Er bemerkte Lenas Verwirrung. »Das bin ich, der alte Willi. Kannst ruhig du sagen.«

»Lena.« Sie schniefte.

»Und wie wollen wir den hier nennen?« Willi wuschelte dem kleinen Hund über den Kopf, der seine Knabberstange mit der Kraft eines Bengalischen Tigers bearbeitete. »Er kann ja nicht Norbert Namenlos bleiben.«

»Charles.« Der Name schoss wie ein Komet aus Lenas Mund. »Wie Charles Dickens.«

»Charles? Na, eher ein Charly, was?« Willi setzte den Hund auf den Boden. »Wie kommst du auf den Namen?«

»Wegen der Weihnachtsgeschichte. Ich muss heute ...«, Lena brach ab und setzte erneut an, »... dauernd daran denken.«

»Aha.« Willi musterte sie aufmerksam.

»Und was ist nun eigentlich in den ganzen Geschenken?«, lenkte Lena ab. Sie hätte ewig hier sitzen bleiben können. Tee trinken und Stollen essen und Willi zuhören, wie er liebevoll aufzählte, was er für Mohrle und Paulchen und all die anderen Tiere an Überraschungen besorgt hatte.

Doch offenbar sollte sie das nicht. Ihr Handy vibrierte mit einer neuen Nachricht: *Nicht vergessen, deine Videokonferenz beginnt in fünfzehn Minuten!*

# 16

Noch fünfzehn Minuten Aufschub. Die gedachte sie bis zur letzten Sekunde hier bei Willi zu verbringen, in ihrer Wohnung würde sie vor Nervosität nur durchdrehen.

»Und der Salat ist für Kassiopeia, das ist meine Schildkröte, und hier das, was wie ein Müsliriegel mit Schleife aussieht, das ist für Harry, meinen Hamster. Den borgt sich manchmal die kleine Isabel von oben, die Eltern erlauben ihr kein Tier.« Willi stand immer noch vor dem Geschenkeberg.

Lena steckte ihr Handy schnell wieder weg. »Der Vater erlaubt es schon. Nur seine Freundin will nicht«, korrigierte sie. »Wie kommt es eigentlich, dass du so viele Tiere hast?«

»Weil ich Tiere liebe. Du nicht?«

Lena lief flammend rot an. Zum zweiten Mal innerhalb weniger Tage hatte ihr jemand diese Frage gestellt. »Doch, doch. Sicher«, beteuerte sie und vermied dabei, Willi in die Augen zu sehen.

»So viele Tiere landen ja heutzutage im Tierheim. Wenn sich die Leute überhaupt die Mühe machen, ihren Hund oder ihre Katze dort abzuliefern. Nicht wahr, mein Kleiner?« Willi strich Charly über den Kopf. »Aber das Tierheim hier in der Gegend ist pleite, das hast du sicher mitbekommen.«

»Nein. Wie sollte ich?«

»Na, die haben doch in den letzten Tagen nonstop gesammelt. Du hast sie bestimmt gesehen, lauter junge Leute in lustiger Verkleidung. Richtige Kämpfernaturen, die setzen sich mit ganzem Herzen für die Tiere ein.«

»Sind mir nicht aufgefallen.« Lena senkte den Kopf und ließ ihre Haare wie einen Vorhang ins Gesicht fallen. Hoffentlich sah Willi ihr die Lüge nicht an. Ihre Ohren glühten vor Scham und ihre Stimme klang belegt. Zum Glück war es im Zimmer ziemlich dunkel.

»Aber das Traurige ist ja, dass die meisten Leute nichts geben. Habe mich mit einem von denen unterhalten. Manche werden sogar richtig grantig und unhöflich. Dabei hilft jeder Euro.«

»Unmöglich, diese Leute«, piepste Lena. Sie fing an zu schwitzen. Hatte Willi sich etwa mit dem *Hamster* unterhalten? Der ihr von der unfreundlichen Kuh von neulich berichtet hatte? Am liebsten wäre sie unter Willis Sofa gekrochen. »Wo kann man denn was spenden?« Welch erlösender Einfall.

»Na, direkt bei denen. Einer davon, so ein netter junger Mann, läuft jeden Nachmittag hier die Straße auf und ab. Den triffst du bestimmt selbst morgen am Heiligabend noch an.«

»Lieber woanders«, quäkte Lena. Würde sie auf ewig im siebten Kreis der Hölle mit diesem Hamster zusammentreffen? »Geht es auch online oder so?«

»Oh, das weiß ich gar nicht.« Willi dachte nach, sichtlich verwirrt. »Höchstens im Tierheim selbst. Weißt du, wo das ist?«

»Ehrlich gesagt, nein.« Lena hielt sich an Charly fest, der kleine warme Hund gab ihr Halt. »Da führt mein Weg nie lang.«

»Ist klar, du bist berufstätig und hast nicht endlos Zeit, so wie ich geschwätziger alter Mann, der den ganzen Tag lang spazieren geht. Wie dumm von mir.«

»Kein Problem, wirklich.« Jetzt entschuldigte sich der sanftmütige Willi auch noch, dabei war Lena doch hier die Schuldige. »Wo ist es denn?«

»In der Kantstraße. Hinter dem OBI.«

»Da komme ich nie hin.« Das war die hundertprozentige Wahrheit und Lenas Stimme klang etwas fester. Ein Baumarkt entsprach ihrer Vorstellung von Straflager. Menschenmassen mit schwerfälligen Einkaufswagen, in die sie Wasserhähne, Bohrmaschinen und Schraubenzieher packten, Männer im Blaumann, die fachmännisch Rohre oder Kabel inspizierten und lässige Kommentare über die Vorzüge von Bauschaum und Klemmfilz fallen ließen. Nichts davon relevant in Lenas Welt. »Und mein Arbeitsweg führt dort auch nicht vorbei.«

»Was arbeitest du eigentlich?«

»Ich …« Mit einem Mal kam es ihr unsagbar lächerlich vor, sich mit ihrem Titel der *Projektmanagerin* zu schmücken. Der Verdacht lag nahe, dass Willi ohnehin nichts damit anfangen konnte. »Im IT-Bereich.«

»Aha. Und was macht man da? Den Leuten die Daten aus den Einkaufskörbchen fischen?« Willi grinste und wirkte einen Moment lang ganz jung.

»So gemein bin ich nicht. Nein, ich mache …« Sie stockte. »Es ist ein bisschen schwierig zu erklären. Also ehrlich gesagt sitze ich die meiste Zeit oben an meinem Computer und rede mit irgendwelchen Leuten in Onlinemeetings. Über Dinge, die völlig belanglos sind und weder die Menschheit irgendwie voranbringen noch die Welt verbessern. Darüber streiten wir uns und schicken E-Mails hin und her und verzetteln uns und kriegen Kopfschmerzen, weil wir immer nur auf einen Bildschirm starren.« Die Worte flossen, als hätte sich ein Damm geöffnet. »Und wenn wir dann wochenlang über irgendein Projekt geredet haben, wird es auf einmal gecancelt, weil es zu teuer ist oder jemand, der sich profilieren will, eine neue Schnapsidee hat. Und dann geht alles wieder von vorn los, wie ein Reigen. Irgendjemand verdient irrsinnig viel Geld damit. Allerdings nicht ich.« Sie verstummte. Genau so war es. Nur, dass sie es nie zuvor so formuliert hatte.

Willi hatte sich interessiert vorgebeugt. »Es ist also ein richtiger Traumjob.«

Eigentlich war es gar nicht lustig, eher deprimierend, aber Lena musste trotzdem lachen. Lachen tat gut, es verschaffte ihr Distanz. Fast, als ob sie auf einer Wolke schwebte und sich selbst dabei zusah, wie sie täglich in ihrem kleinen Hamsterrad wuselte. Sich einloggte, ausloggte, Tee kochen ging, sobald Kjong anfing, schwerfällig etwas zu erklären, in ihren Einhorn-Hausschuhen aufs Klo schlurfte, Statistiken verglich, Kopfschmerztabletten einwarf, Pizza bestellte. Ihr Leben war das eigentliche Straflager.

»Es ist egal, was du im Job machst«, drang Willis Stimme wieder zu ihr vor. »Viel wichtiger ist, dass du ein guter Mensch bist. Davon gibt es nicht so viele.«

Bestürzt sah Lena ihn an. Es hat sie seit Jahren keiner als guten Menschen bezeichnet. Eigentlich noch nie. »Das bin ich nicht.«

»Natürlich bist du das. Du hast Charly gerettet.«

»Ich habe auf einmal meinen Ralfi vor mir gesehen. Er hat auch ein bisschen gehumpelt in seinen letzten Lebensjahren.« Lenas Hand ruhte auf Charlys Rücken. Er war nicht so rundlich wie Ralfi und ehrlich gesagt roch er auch ein bisschen streng oder es war das nasse Fell. Auf jeden Fall verspürte sie auf einmal das dringende Bedürfnis, seine kleine Pfote zu halten. Ihr Handy summte erneut.

»Ich muss.« Lena löste sich von dem kleinen Hund. »Ich erwarte einen Anruf. Es ist ziemlich wichtig.« Mit einem Mal konnte sie es gar nicht erwarten, etwas über ihre Zukunft zu erfahren. Würde sie dann möglicherweise einen neuen Job haben? Einen interessanten, der wirklich etwas Positives in der Welt bewirkte? Sie stand auf. »Ist es okay, wenn Charly heute bei dir bleibt? Ich kann ihn morgen ins Tierheim schaffen.«

»Da ist sowieso kein Platz mehr. Natürlich kann er hierbleiben. Erst mal.« Willi zwinkerte ihr zu. »Unter Umständen ergibt sich ja noch was anderes.«

Wie meinte er das? Ihr Handy summte wieder. Der Geist der zukünftigen Weihnachten drängelte wie ein ungeduldiges Kleinkind. »Danke, Willi. Ich wünsche dir fröhliche Weihnachten. Und all deinen Schützlingen.«

»Ich dir auch. Jetzt hast du mir gar nicht erzählt, wie du morgen feierst.«

»Ganz traditionell. Nichts Besonderes.« Es fühlte sich nicht richtig an, den alten Mann anzulügen, aber Lena brachte es nicht fertig, ihn jetzt mit »schlafen und Pizza essen« abzufertigen.

Die Beleuchtung im Treppenhaus hatte endgültig den Geist aufgegeben. Lena stapfte wie in einem dunklen Bergwerksstollen zu ihrer Wohnung hinauf. Erst auf dem letzten Absatz schimmerte ein mageres Licht und sie entdeckte Isabel, die auf der obersten Stufe saß, einen Stift und einen Block Papier vor sich. Aus der Wohnung hinter ihr erklang der übliche Lärm, diesmal mischte eine dunkle Männerstimme mit. Lena erkannte sofort ihren Nachbarn. Die Wohnungstür war nur angelehnt und Lena hatte das Gefühl, genau neben den Streitenden zu stehen.

»Haben sie dich schon wieder nach draußen verbannt?« Lena blieb stehen.

Isabel schüttelte den Kopf. »Da drin ist es so laut. Ich sitze lieber hier, da hab ich meine Ruhe und kann malen.«

Laut war es in der Tat. »Marina, so geht das nicht«, hörte Lena den Mann rufen. »Er ist doch noch so klein!«

»Ach ja? Wenn du mich fragst, hat er es faustdick hinter den Ohren!«, giftete Marina zurück.

»Johannes hat Saft über ihren Pulli gekippt«, informierte Isabel Lena. »Da ist sie ausgerastet.«

»Absichtlich?« Lena konnte sich lebhaft vorstellen, wie die Fassade der lieben Stiefmama angesichts eines versauten Kaschmirpullis in Windeseile zerbröckelte. »Das mit dem Saft, meine ich.«

»Kann sein.« Isabel sah nicht auf, sie klang aber zufrieden.

»Gut gemacht«, rutschte es Lena heraus. »Weißt du, ihr müsst eurem Papa mal sagen, wie sie euch behandelt. Das ist nicht in Ordnung.«

»Ich hab es ihm gesagt. Aber er hat gar nicht richtig zugehört. Oder mir nicht geglaubt. Er hat immer so viel Stress. Wir haben auch keinen Weihnachtsbaum.«

»Ich weiß«, rutschte es Lena heraus. Oh, Mist. Das wusste sie ja nur von ihrer Beobachtungsrunde mit Kitty. Isabel schöpfte aber zum Glück keinen Verdacht. Lena fiel etwas ein. »Weißt du was? Es gibt einen Beweis. Wenn er den sieht, muss er dir einfach glauben.«

Das Mädchen hob den Kopf.

»Johannes sucht doch seinen Plüschaffen, stimmt's?«

»Bertie. Den hat Marina ihm weggenommen.«

»Ganz genau. Und zu deinem Papa hat sie gesagt, sie wüsste nicht, wo er ist.«

Zum Glück hakte Isabel nicht nach, woher Lena diese Information bezog. »Ja, sie hat ihn irgendwohin gelegt. Und jetzt weiß sie nicht mehr wo, und Johannes weint deshalb.«

»Viel schlimmer. Sie hat ihn in den Müll geschmissen.«

Isabel öffnete erschrocken den Mund.

»Der Plüschaffe liegt in eurem Mülleimer in der Küche, unter Eierschalen und Kaffeesatz. Eingewickelt in eine Tüte.« Jetzt war es heraus.

»Woher weißt du das?«

Diese Frage war natürlich zu erwarten gewesen und Lena kam ein wenig ins Schlingern. »Hat mir das Christkind verraten.« Hoffentlich brach Isabel jetzt nicht in Gelächter aus. Glaubte sie mit ihren acht Jahren noch daran? Lena und Maxi hatten es in dem Alter getan.

Das Mädchen runzelte nachdenklich die Stirn. Lena konnte sehen, dass das Kind mit sich rang, die Christkind-Frage war offenbar nicht völlig geklärt.

»Wie dem auch sei«, fuhr Lena eilig fort. »Sag es deinem Papa. Marina hat Bertie im Müll entsorgt wie ein vergammeltes Stück Käse. Johannes kann in der Wohnung suchen, bis er blau anläuft, er wird ihn nicht finden.« Sie umfasste die Schultern des Mädchens. »Und ihr werdet morgen einen Weihnachtsbaum haben, versprochen.« Es hatte schon die ganze Zeit in Lenas Unterbewusstsein gearbeitet und die Idee kam nun zum richtigen Zeitpunkt aus ihrem Versteck. Morgen würde Lena einen Baum für Isabel kaufen. Einen ganz kleinen, so viel Platz gab es in der Wohnung ja nicht, aber das war egal. Ein niedliches kleines Bäumchen, das Lena einfach vor die Tür stellen würde.

»Echt?« Isabel freute sich. »Ich sag jetzt Papa, wo Bertie ist.« Sie sprang auf. Das Blatt, auf das sie gemalt hatte, rutschte aus dem Block und fiel auf den Steinfußboden.

Lena hob es auf. »Was ist denn das?«

»Das ist ein schönes Weihnachtsfest. Siehst du – mit Kerzen am Baum und mit vielen Geschenken und hier ist ein Gecko in seinem Aquarium.«

»Terrarium. Und das hier bist du und deine Freundin?«

»Nein, die mit den langen Haaren bist du. Und die mit den kurzen Haaren ist deine beste Freundin. Ihr feiert zusammen Weihnachten.«

»Ach, Isabel …« Lena schluckte. Ihre Hand, die das Bild hielt, zitterte leicht. Jetzt bloß nicht losheulen. »Das ist lieb von dir. Ein wunderschönes Bild.«

»Schenk ich dir.« Isabel lächelte, dann huschte sie zurück in die Wohnung. »Papa! Ich muss dir was sagen.«

Lena schloss ihre Wohnungstür auf und befreite sich als Erstes von ihren durchnässten und matschigen Einhorn-Hausschuhen. Das Licht brannte, weil sie ja vorhin völlig überstürzt davongelaufen war, aber dennoch wirkte es in den Räumen nicht gemütlich. Einen Moment lang blickte sich Lena mit den Augen ihrer nie eintreffenden Besucher um. Alles war funktional und nüchtern, selbst ihre Topfpflanzen sahen aus, als wären sie aus Plastik. Natürlich gab es keinerlei Weihnachtsdekoration, wenn man mal von der angebrochenen Packung Weihnachtstee und der albernen Weihnachtsmütze absah, die im Wohnzimmer auf dem Boden lag. Und es gab auch kaum persönliche Fotos. Nur der eine Schnappschuss von ihr und Berat, der eingerahmt auf ihrem Schreibtisch stand. Sie studierte ihre Gesichter darauf. Nein, so richtig verliebt und glücklich sahen sie beide nicht aus, auch wenn Lena ein Lächeln andeutete und ihren Kopf in Richtung Berat neigte. Sie wirkten so lässig und unverkrampft wie jemand, der dringend pinkeln musste. Entschlossen stopfte sie den Rahmen samt Foto in die Schreibtischschublade und pinnte stattdessen Isabels Bild an die Wand. Außerdem zündete sie ein paar Kerzen an. Noch zwei Minuten.

Anders als vor der letzten Videokonferenz nahm Lena rechtzeitig auf ihrem Stuhl Platz. Sie würde nett zu dem nächsten Geist sein, alles klaglos mitmachen und nicht so viel herumdiskutieren wie bei Kitty. Lena hatte schließlich längst begriffen, dass alles, was sich da gerade ereignete, dazu gedacht war, sie wachzurütteln. Es geschah zu ihrem Besten und sie war wild entschlossen, sich leiten zu lassen. Dieser letzte Geist konnte hoffentlich all ihre Fragen beantworten, und Lena hatte eine Menge Fragen. Vielleicht kannte er sogar Maxi? Unter Umständen konnte Lena einen Gruß an Kitty ausrichten lassen und sich dafür entschuldigen, dass sie die Verbindung so brutal gekappt hatte. Im Nachhinein tat es ihr leid, Kitty hatte schließlich nur ihren Job gemacht, wenn man das so sagen konnte.

Lena schob die Keksdose weg, die vor dem Bildschirm stand. Sie stutzte. Auf dem Deckel klebte ein kleiner Sticker, den sie zuvor gar nicht bemerkt hatte. *Fröhliche Weihnachten für die liebe Lena von Veronika. Lass es dir schmecken!*

Lena zog den Sticker ab und glättete ihn mit den Fingern. Veronika. Von Lena ignoriert, belächelt und nie so richtig ernst genommen. Veronika, die Lena heute als Einzige vor den anderen Kollegen verteidigt und sich auch durch Lenas abweisende Art nicht hatte abhalten lassen, ihr ein frohes Weihnachtsfest zu wünschen. Veronika war einer dieser guten Menschen, von denen Willi vorhin geredet hatte. Nicht Lena.

»Es tut mir leid, Veronika«, flüsterte Lena. »Deine Plätzchen sind lecker.«

Und dann war es zweiundzwanzig Uhr und Lena klickte sich über den Link in ihre letzte Videokonferenz. Das Fenster auf dem Bildschirm öffnete sich sofort.

# 17

Eine Frau um die vierzig mit offenen dunklen Haaren, rötlich schimmernder Brille und heller Bluse saß an einem Schreibtisch in einem schicken Büro, dessen hohe Fenster einen spektakulären Panoramablick auf die Münchener Altstadt boten, wie an den beiden Türmen des Doms sofort zu erkennen war. Die Frau war von der Seite zu sehen, sie sah konzentriert auf ihren Bildschirm, tippte etwas auf die Tastatur, las wieder.

Ein freudiges Kribbeln durchfuhr Lena. Handelte es sich hier um ihren zukünftigen Arbeitsplatz? Und wenn ja, was für eine hochkarätige Firma war das? Dieses Büro war Lichtjahre von der miefigen Enge des *Bubble*-Großraumbüros entfernt. Keiner schlappte im Hintergrund mit Birkenstocks an den Füßen und einem Teller aufgewärmter Suppe durch den Raum oder rief: »Willst du mal ein Foto von unserem Tomatenbeet sehen?«

War das ihre zukünftige Kollegin? Chefin? Mitarbeiterin? »Hallo?«, machte Lena sich bemerkbar. »Hier ist Lena. Ich bin jetzt online.«

Die Frau reagierte nicht. Stattdessen griff sie zum Telefonhörer. »Sorry, es ist etwas dazwischengekommen«, informierte sie ihren unbekannten Gesprächspartner. »Ich fahre in zehn Minuten los und bin dann ungefähr in zwei Stunden da. Die Adresse haben Sie ja, warten Sie einfach dort. Ich melde mich von unterwegs, falls etwas dazwischenkommt. Alles klar, bis dann.« Sie legte auf und begann einige Unterlagen zu sortieren.

»Ähm, hallo?«, versuchte Lena es erneut. »Lena Engel hier. Sie haben mit mir diese Onlinekonferenz vereinbart? Ich nehme an, Sie sind der dritte … also … Geist? Der zukünftigen Weihnacht?«

Keine Reaktion.

Sehr seltsam. Normalerweise müsste sie ihre Gesprächspartnerin doch auch frontal sehen. Lena biss sich auf die Lippe. So was. War sie etwa aus irgendeinem Grund in das falsche Meeting geraten? Das wäre ja der Gipfel der Peinlichkeit, wenn sie hier etwas von Weihnachtsgeistern stammelte und diese Person überhaupt nichts damit zu tun hatte. War das technisch möglich? Lena hatte noch nie gehört, dass jemand sich aus Versehen in das falsche Meeting zugeschaltet hatte. Und selbst wenn – müsste diese Frau da nicht wenigstens reagieren? Erstaunt den Kopf heben und »Wer sind Sie denn bitte?« fragen.

Dann begriff Lena. Natürlich – der Ton war offenbar nicht an. Und die Kamera garantiert auch nicht. Lena saß genau wie Frau Schulz vor ihrem Bildschirm und konnte sich nicht verständigen.

»Das haben wir gleich«, murmelte sie und inspizierte die Kameraeinstellung und die Lautstärke. Sie drehte sie hoch und runter, schaltete die Kamera aus und wieder ein. Nein, da war alles in Ordnung, das Internet funktionierte, das Bild war kristallklar.

»Entschuldigung«, rief sie. »Können Sie mich hören?«

Täuschte sie sich oder hatte die Frau einen kurzen Blick auf ihren Bildschirm geworfen, ganz, als ob dort Lena in einem kleinen Fensterchen zu sehen war?

»Ich bin's, Lena. Sie hatten mir doch den Link geschickt. Diesen Link hier.« Lena tastete nach ihrem Handy und hielt es als Beweismaterial hoch. »Der Geist der zukünftigen Weihnacht lädt dich zu einer Videokonferenz ein. Zeit: 22 Uhr«, las sie vor. In ihrer Stimme klang ein Hauch von Verunsicherung mit. Sie hasste es, sich zu blamieren.

Die Frau blätterte in aller Seelenruhe weiter durch ihre Dokumente. Nein, die konnte Lena nicht hören. Oder – dieser Gedanke war äußerst befremdlich – *wollte* sie nicht? Was ging hier vor?

Dann schrieb die Frau etwas in großen schwungvollen Buchstaben auf ein Blatt Papier. Im nächsten Moment drehte sie sich völlig überraschend auf ihrem Stuhl um und sah direkt in die Kamera.

Lena blieb fast das Herz stehen. »Ha… hallo«, gab sie einen verzweifelten Quäker von sich.

Die Frau antwortete nicht, sondern drehte lediglich das Blatt Papier um. Nun konnte Lena lesen, was dort stand:

ANSEHEN!

Was genau sollte sie ansehen? Panik machte sich in Lena breit. Was, wenn sie nicht kapierte, was dieser Geist von ihr wollte, und somit alles verdarb? Egal, sie musste sich jetzt kooperativ zeigen.

»Okay, alles klar«, beeilte sie sich zu sagen. »Ansehen. Logisch. Ich sehe mir alles an, was immer es ist. Mich interessiert meine zukünftige Weihnacht. Danke für das Schild.

Wirklich sehr aufmerksam von Ihnen. Die Handschrift ist auch gut leserlich.« Ihre Worte sprudelten immer schneller heraus. »Im Gegensatz zu meiner, haha. Ich dachte schon, Sie hätten mich gar nicht bemerkt. Wenn Sie mir Ihren Namen verraten könnten?«

Die Frau stand auf, ohne sich im Geringsten um Lenas gestammelte Unterwürfigkeit zu kümmern. Sie schritt zu einem Wandschrank, holte einen teuer aussehenden Wollmantel heraus und zog ihn über. Dann schnappte sie sich ihre Handtasche.

»Oh, wohin jetzt? Kann ich mit?« Lena bemühte sich um einen gefälligen Plauderton, aber es klang anbiedernd. Als wäre sie wieder fünfzehn und verzweifelt darum bemüht, in Lisa Wenzels Dunstkreis vorzudringen, damit etwas von deren Glamour und Popularität auf sie abfärbte. Nicht, dass die Frau sich daran störte. Sie öffnete die Tür und trat hinaus in den Gang. Das Licht in dem Büro ging aus und einen Moment lang schien es Lena, als säße sie in völliger Dunkelheit da. Ihr Puls raste. Bildete sie es sich nur ein oder war es in ihrem eigenen Zimmer in der Zwischenzeit kalt geworden?

Der Bildschirm wurde nach wenigen Sekunden wieder hell. Die Frau trat jetzt aus einem verglasten Bürogebäude. Am Eingang stand ein livrierter Portier, neben ihm eine Bodenvase, gefüllt mit samtroter Amaryllis. Eilfertig hielt er die Tür auf, die Frau nickte ihm kurz zu und begab sich mit klackernden Stakkato-Schritten zielstrebig zu einem kleinen Parkplatz. Mit einem Klick entriegelte sie einen dunkelblauen Audi. Was immer der Job dieser Person war – er lohnte sich ganz offensichtlich.

Gebannt verfolgte Lena, wie sich der Audi anschließend

durch den Verkehr schlängelte. Eine Zeitlang durch München, doch bald fuhr der Wagen auf die Autobahn und immer weiter aufs Land hinaus. Schneebedeckte Berge erschienen, hier und da standen lichtergeschmückte Tannenbäume in Vorgärten. An einer Tankstelle hielt der Audi an und Lena konnte die Frau endlich wieder von Nahem verfolgen. Sie telefonierte schon wieder, das Handy zwischen Ohr und Schulter geklemmt, während sie gleichzeitig tankte.

»Okay. Reich, erfolgreich, kann Multitasking«, murmelte Lena. »Aber was hat das mit mir zu tun?«

Die Frau begab sich in den kleinen Laden an der Tankstelle und gab dadurch den Blick auf ein Plakat frei, das auf dem Grünstreifen hinter den Zapfsäulen zu sehen war. *Große Silvesterparty im Industriepark Wimmen. Disco Kings und Fat Flamingos. Mit DJ Herb Krause! Kartenvorverkauf ab 18.12.!*

Industriepark Wimmen, ganz in der Nähe von Lenas alter Heimat. Der war doch noch gar nicht eröffnet? Soweit Lena informiert war, befand sich das Ding noch im Rohbau. Eröffnet werden sollte er erst nächstes Jahr zur Weihnachtszeit. Sie blickte hier tatsächlich in die Zukunft. Natürlich – das war ja der Sinn der Sache, dennoch überkam Lena jetzt ein leichter Grusel. Das Bewusstsein, als wahrscheinlich einziger Mensch der Welt so etwas zu sehen, lähmte sie regelrecht, sodass sie beinahe verpasst hätte, wie die Frau wieder einstieg und weiterfuhr. Über die Landstraße, vorbei an der alten Schuhfabrik, der Brücke und der Bäckerei Hellmann. Alles Orte, die Lena bestens vertraut waren. Es bestand gar kein Zweifel – der Audi fuhr durch Lenas Heimatstadt Leschenberg.

Jetzt parkte die Frau und stieg aus, wobei sie einen Moment lang mit ihrem rechten Stöckelschuh im Kopfsteinpflaster stecken blieb. Sie sah sich um.

Lena wagte kaum zu blinzeln. Die Frau wartete genau vor Lenas Elternhaus.

Das Haus stand düster in der einsetzenden Dämmerung. Neben all den anderen weihnachtlich geschmückten Häusern der Straße wirkte es wie eine dunkle Zahnlücke. Kein Teddy im Weihnachtspulli saß im Fenster, kein Stern leuchtete hinter den Gardinen, kein Schwibbogen breitete seine Schwingen auf dem Fensterbrett aus. Was war da los? Lenas Mutter fing doch manchmal bereits im November an, das Haus zu schmücken, um sich dann wohlig in die Couch zu kuscheln und bereits vor dem ersten Advent bei Tee und Lebkuchen einen Weihnachtsfilm-Marathon hinzulegen. Dann verdrehte Lenas Vater die Augen und beklagte sich zum Spaß darüber, dass sie das ganze Wochenende lang den Fernseher gekidnappt hatte. Lena stutzte. Und was war das? Direkt vor dem Haus, neben dem winzigen Gartentor, stand ein Schild.

ZU VERKAUFEN
info@rütimmobilien.de
Tel: 089-124986878

Wie bitte? Lena glaubte ihren Augen nicht zu trauen. Was zum Teufel hatte das zu bedeuten? Wieso wollten ihre Eltern ihr Haus verkaufen, waren sie jetzt völlig übergeschnappt?

»Herr Reimann!« Die Frau winkte einem sportlichen Mann von Ende dreißig zu, der aus der entgegengesetzten Richtung angeschlendert kam. Er trug einen teuer aussehenden dunklen Mantel und hatte die Haare zu einem Buzz Cut geschoren, der ihm wohl trotz Kaschmirlook einen Hauch jugendlicher Coolness verleihen sollte. »Da sind Sie ja. Haben Sie schon lange gewartet?«

»Nein, nein, kein Problem. Habe mir ein bisschen die Nachbarschaft angesehen. Tag.« Der Mann hielt der Frau die Hand hin. »Ich bin schon gespannt.«

»Ein interessantes Objekt, das versichere ich Ihnen. Exzellente Lage, Nähe zum Stadtzentrum und trotzdem mitten in der Natur.« Die Frau lächelte.

Lena zog scharf die Luft ein. Eine Maklerin war das, nicht Lenas zukünftige Teamkollegin, die das Objekt vertrat, und zwar …

»Das Haus meiner Eltern.« Die Worte kamen stockend, als weigerte sich Lenas Gehirn, sie freizugeben. *Das* war der Zusammenhang. Deshalb sollte sie das ansehen. Aber anstatt für Klarheit zu sorgen, stürzte die Erkenntnis Lena in einen Strudel aus komplettem Unverständnis. Was war in ihre Eltern gefahren? Das Häuschen, wenn auch nur ein schnödes kleines Reihenhaus aus den dreißiger Jahren, war ihr ganzer Stolz. Ihr Leben lang hatten sie daran herumgebaut, es renoviert und ausgebessert.

»Dann wollen wir mal«, meinte die Maklerin munter und zog einen Schlüssel aus der Tasche. »Das hier ist ein Schnäppchen, so viel kann ich Ihnen schon mal versichern. Es passiert nicht oft, dass wir so was reinkriegen.« Sie schloss die Tür auf.

»Gibt es denn viele Interessenten?« Der Mann namens Reimann strich prüfend über den Verputz am Haus und wischte sich dann die Finger an seinem Mantel ab.

»Noch nicht. Sie sind der Erste, weil es gerade erst seit zwei Tagen auf dem Markt ist. Aber wenn andere Investoren die Chance wittern, dann …« Sie ließ den Rest des Satzes unausgesprochen in der Luft hängen und zwinkerte dem Mann verschwörerisch zu. »Die Häuser in der Gegend gehen weg wie warme Semmeln. Im Sommer wird ein nicht unbekannter globaler Onlinehändler hier Büros mit Arbeitsplätzen für dreihundert Leute schaffen, die alle gut verdienen und irgendwo wohnen müssen.«

»Verstehe.« Ein gespanntes Glitzern erschien in Herrn Reimanns Augen und ersetzte den leicht blasierten Ausdruck.

»Die alte Schuhfabrik wird umgemodelt und in Lofts und Büroräume umgebaut. Schuhe werden sowieso nur noch in Asien hergestellt.« Die Maklerin betrat den Flur und schaltete das Licht an.

Herr Reimann schnaubte überrascht auf. »Oje, diese Tapete!«

»War halt mal modern.« Die Maklerin zuckte mit den Schultern. »Vor dreißig Jahren oder so. Wenn Sie 'ne Weile warten, kommt alles wieder.«

»Na, so was Grusliges hoffentlich nicht.« Herr Reimann lachte und die Maklerin zog ebenfalls kurz die Mundwinkel nach oben.

Die Tapete im Flur hatten Lenas Eltern gemeinsam aus einem englischen Katalog ausgesucht. Ein blasses Lindgrün mit hellen Ranken, gelegentlich eine zartblaue Pfauenfeder dazwischen. »Mein Gott, ist das schön«, hatte Lenas Mutter geschwärmt. »Wie in einem englischen Landhaus, was?«

»Wunderschön«, hatte Lenas Vater bestätigt. »Da können wir bald ein Hotel aufmachen. *Biggis Bed & Breakfast.*« Sie hatten beide gekichert wie Teenager, voller Vorfreude auf diese extravagante Tapete, die ihr kleines schmales Reihenhaus natürlich nie im Leben in einen Ableger von *Downton*

*Abbey* verwandeln würde. Aber den Traum vom eigenen englischen Cottage in Leschenberg konnte ihnen schließlich keiner nehmen.

»Flur«, informierte die Maklerin ihren Klienten, wohl für den Fall, dass er annahm, sich in der Speisekammer zu befinden. »Ist etwas dunkel, könnte man durch ein Skylight im Dach aufhellen. Geradeaus ist die Küche.« Sie stöckelte voran.

Herr Reimann folgte und sah sich in der Küche um. Er legte den Kopf in den Nacken. »Bisschen niedrig, die Decke.«

»Das ist in all diesen Häusern so.«

»Ja, ist klar. Aber wenn man den ganzen Bauernkitsch hier rausschmeißt und klare moderne Möbel reinbringt, dann hätte es schon Potenzial. Schöner Blick auf den Garten.«

»Absolut.« Die Maklerin band rasch einen kleinen Holzengel mit Trompete ab, der als Fensterschmuck diente. Lenas Vater hatte ihn vor Jahren einmal als Laubsägearbeit gefertigt. Jetzt flog der Engel achtlos auf einen Haufen alter Kochzeitschriften in der Ecke.

»Ähm … hallo?«, versuchte Lena sich bemerkbar zu machen. »Können Sie das bitte sein lassen? Das gehört meinen Eltern!«

»Hier geht es dann zum Esszimmer.« Die Maklerin begab sich durch eine offene Tür in das nächste Zimmer. »Hier könnte man natürlich die Wand durchbrechen und eine große Küche schaffen, mit breiten Türen zur Terrasse und so weiter.«

»Ja, das Zimmer geht gar nicht.« Herr Reimann zupfte amüsiert an der Weihnachtstischdecke, die den großen Esstisch bedeckte. Eine Zeitung lag ausgebreitet darauf, die Seite mit den Kreuzworträtseln aufgeschlagen. Lenas Mutter betrieb ihre Leidenschaft für Kreuzworträtsel so intensiv wie einen Nebenjob. »Wort mit sechs Buchstaben für unnütze Dinge«, las Herr Reimann ab. »Ramsch.« Er lachte wiehernd los. »Wundert mich, dass die Leute hier das Wort nicht kannten.«

»Das Wohnzimmer.« Die Maklerin mit ihrem Pokergesicht schritt voran. »Ach, Gott.«

»Was denn?« Herr Reimann folgte ihr neugierig.

»Der Weihnachtsbaum. Ich habe vergessen, ihn wegräumen zu lassen.«

In der Tat stand im Wohnzimmer ein komplett geschmückter Baum, an derselben Stelle wie jedes Jahr. Und auch diesmal handelte es sich um ein eher weniger perfektes Exemplar. Vorn viel zu buschig, hinten etwas kahl, erinnerte der Baum an die überkämmten Halbglatzen bei Männern eines gewissen Alters. Nichtsdestotrotz hatten Lenas Eltern ihn mit Inbrunst geschmückt – dieselben Glaskugeln wie immer, das alle Jahre wieder hervorgekramte Lametta, die roten Schleifchen, die zerknickten Strohsterne, der einbeinige Engel. Unter dem Baum lagen zahllose bereits eingewickelte Geschenke, auf der Anrichte saß wie eh und je eine Armee weihnachtlich eingestrickter Teddybären.

»Du lieber Himmel.« Herr Reimann sah sich um, dann hob er eins der Geschenke hoch und betrachtete es.

»Was fällt Ihnen ein!« Lenas Verblüffung über das, was sie sah, entwickelte sich langsam zu einer ausgewachsenen Empörung. »Finger weg!«

»Wieso ist das ganze Zeug hier?«, wollte Herr Reimann wissen.

Das interessierte Lena allerdings auch brennend.

»Na ja, die Besitzer hatten alles schon vor über zwei Wochen aufgestellt, bevor sie in den Urlaub gefahren sind. Sie wollten wohl erst kurz vor Weihnachten zurückkommen und dann nicht den ganzen Stress haben. Kann man ja verstehen.«

Etwas Kaltes, Schweres legte sich auf Lenas Brust. Unvorstellbar, dass ihre Eltern das Haus so hinterlassen hätten, wenn sie es verkaufen wollten. Allerdings war es natürlich noch unvorstellbarer, dass sie es überhaupt verkaufen wollten.

»Für Lena, frohe Weihnachten«, las Herr Reimann laut von einem kleinen Anhänger ab, der an dem Geschenk baumelte.

»Das Geschenk war sicher für die Tochter. Die Engels haben offenbar gehofft, dass sie zu Weihnachten zu Besuch kommt. Haben mir die Nachbarn nebenan erzählt. Sie wissen ja, von solchen alten Leutchen erfährt man alles, was man wissen will, und noch tausend Sachen mehr. In den letzten Jahren war die Tochter nie zu Weihnachten hier, aber die Eltern haben wohl jedes Jahr aufs Neue darauf gewartet. Aber das hat sich ja nun erledigt, denn stattdessen …« Die Maklerin brach ab.

»Was genau ist eigentlich passiert?«, erkundigte sich Herr Reimann. Er legte das Geschenk zurück.

Die Maklerin seufzte. »Ich will nicht drum herumreden, auch wenn es manche Käufer sicher abschreckt. Die Besitzer wollten Urlaub in Österreich machen, so hat man es mir gesagt. Weihnachtsmarkt in Salzburg oder Skifahren, keine Ahnung. Mit so einem Reisebus. Und dann gab es das schwere Busunglück, davon haben Sie ja sicher gehört.«

Herr Reimann nickte. »Ich erinnere mich. Glatteis, Schneesturm und Busunfall oder so, stimmt's?«

»Genau. Und vier Leute sind dabei ums Leben gekommen. Darunter das Ehepaar Engel, dem das Haus hier gehört hat.«

# 18

Rauschen. Nichts als Rauschen in Lenas Ohren. Und der dunkle Rhythmus, mit dem ihr Herz Blut durch ihren Körper pumpte. Sie sah, wie die Maklerin den Mund öffnete und etwas sagte, aber sie hörte nichts. Herr Reimann, dieser lächerliche Kaschmir-Gangster, hatte sich einen Teddy gegriffen und untersuchte gründlich dessen Weste, als ob er nach versteckten Geheimnachrichten suchte.

Einatmen. Ausatmen. Die Grabeskälte in ihrem Zimmer schien wie durch Osmose in Lenas tiefstes Inneres zu dringen. Ihr Verstand versuchte zu verarbeiten, was sie gerade gesehen hatte. Nächstes Jahr um diese Zeit würden ihre Eltern nicht mehr leben. Umgekommen bei einem Busunfall auf der Fahrt nach Österreich. Was zum Teufel wollten ihre Eltern dort? Nie zuvor waren sie in der Vorweihnachtszeit irgendwohin gefahren. Wozu auch? Leschenberg war im Dezember ein malerischer Ort. Meist lag schon Schnee, das mittelalterliche Stadtbild und die Wälder und Berge im Hintergrund boten eine romantische Kulisse, wie ein Jahrhundertsymbol stand auf dem Markt ein großer Weihnachtsbaum, die vielen Kränze aus Tannengrün an den Haustüren wirkten einladend und heimelig.

Lena schnappte nach Luft wie eine Ertrinkende. »Wieso«, krächzte sie. »Wieso muss das alles passieren? Warum muss ich mir das ansehen? Das kann nicht wahr sein.«

Weder die Maklerin noch dieser hochgradig nervende Herr Reimann reagierte in irgendeiner Weise auf sie.

»Tja, so schnell kann es gehen«, bemerkte die Maklerin weise wie ein Spruch aus dem Poesiealbum. »Und die Tochter will das Haus nicht. Hat kein Interesse. Sie wohnt in der Großstadt und hat nicht vor, hierher zurückzuziehen. Sie will nur eins – einen schnellen Verkauf.«

Herr Reimann nickte verstehend. »Deswegen also …«

»… der Schnäppchenpreis.« Die Maklerin bekam bei diesem Wort sichtbar gute Laune. »Ein schneller Verkauf ist natürlich im Sinne aller Beteiligten, sag ich mal. Wenn wir alle fix in die Gänge kommen, sind Sie Anfang des neuen Jahres glücklicher neuer Hausbesitzer. Dann können Sie bald einziehen.«

»Oh, ich habe nicht vor, hier einzuziehen.« Herr Reimann lachte herzlich angesichts dieser putzigen Vorstellung. »Das Ding wird entkernt oder am besten gleich abgerissen. Ich glaube nicht, dass man heutzutage potenziellen Mietern noch solch niedrige Decken und derart enge Räume zumuten kann. Und dann kommt hier ein Bürogebäude hin. Vierstöckig. Hat natürlich auch den Vorteil, dass es die anderen Anwohner, nun ja …« Er überlegte. »Ich will es mal vorsichtig formulieren: zu einem Umzug anregt.« Ein Lachen, das wohl spitzbübisch sein sollte, aber etwas Diabolisches hatte.

»Sie erwähnten, dass hier in der Straße hauptsächlich ältere Leute wohnen? Das ist perfekt. Da gibt es sicher großes Interesse seitens der Anwohner. Für das Geld aus dem Verkauf geht's ab ins Seniorenheim und, zack, kann hier das neue Geschäftsviertel entstehen.« Er blickte verträumt aus dem Fenster. Draußen schlug die Kirchturmuhr zur vollen Stunde und in Lenas Brust schlug ihr Herz zum letzten Mal. So fühlte es sich zumindest an. Sie konnte einfach nicht glauben, wovon sie hier Zeuge wurde.

»Was ist mit den ganzen Sachen hier, die Möbel und so weiter. Hätten Sie bei einem Kauf daran Interesse?« Die Maklerin deutete auf die Anrichte im Wohnzimmer und schloss mit einer Geste das Regal mit den Weihnachtsteddys mit ein.

»Wie?« Herr Reimann verzog ungläubig das Gesicht, als hätte sie ihm vorgeschlagen, nackt mit ihr um den Block zu radeln. Er gab ein schnorchelndes Geräusch von sich, das seine Belustigung über diesen absurden Gedanken andeuten sollte. »Ich habe dafür keine Verwendung. Will die Tochter das Zeug nicht haben?«

»Die will nur ihre Ruhe. Es gibt auch kaum Wertsachen, soweit ich das überblicke. Oder wenn, dann hat die Tochter schon alle mitgenommen.«

»Ich habe eine gute Entsorgungsfirma an der Hand, die kann den ganzen Krempel hier abholen.« Herr Reimann ließ den Blick durch den Raum schweifen. An den Gläsern in der Vitrine blieb er hängen. »Obwohl … darf ich mal?« Er trat vor den Schrank und öffnete die Glastür. »Das hier ist zweifarbiges Bleikristall. Hässlich wie die Nacht, wenn Sie mich fragen, aber der eine oder andere Sammler hat manchmal Interesse daran. Ich würde gern kurz durch alle Zimmer gehen. Man weiß nie, was für Schätze die Leute besitzen, von denen sie gar nichts wissen. So manches Werk eines alten Meisters wurde schon beim Bauern im Hühnerstall gefunden. Unter Umständen gibt es hier noch die eine oder andere Überraschung im Haus.« Er berührte ein Bild an der Wand. Lena hatte es als Zwölfjährige mit Pastellfarben gemalt, es stellte den Wald und die Berge rund um Leschenberg dar. Ihre Eltern hatten es über den grünen Klee gelobt und seitdem hing es im Wohnzimmer als Aushängeschild für das überragende Talent ihrer Tochter. »Na ja, das hier zählt eher nicht dazu.« Wieder das schnorchelnde Lachen.

»Finger weg, du Clown!«, zischte Lena voller Wut. Dieser Typ regte sie so was von auf! Und auch die Maklerin, die kalt wie eine Hundeschnauze durch Lenas Elternhaus zog und all die Erinnerungen an das gemeinsame Leben darin mit ihren Stöckelschuhen durchlöcherte. »Haut ab! Alle beide! Das ist unser Haus, das geht euch nichts an.«

Ihre Worte verhallten im Nichts und in stummer Ohnmacht musste sie mit ansehen, wie die beiden die Treppe hinaufstiegen und sich dann schamlos im Elternschlafzimmer umsahen. Kurz inspizierte Herr Reimann das Regal, das Lenas Vater in wochenlanger Arbeit selbst gebaut hatte. Heimlich und als Überraschungsgeschenk für Lenas Mutter, die damit endlich Platz für all ihre Nähsachen hatte. »Oh, Heiner, dass du so was kannst!«, hatte sie sich gefreut.

»Miese Qualität«, kommentierte Herr Reimann. »Nee, hier ist nichts Brauchbares. Was ist nebenan?«

»Kinderzimmer.« Die Maklerin schritt voran. »Vorsicht, hier ist eine lose Diele.«

Die lose Diele. Der Fluch aller Samstagabende in Lenas Jugend. Jedes Mal, wenn sie mit sechzehn nachts viel zu spät aus irgendeinem Klub nach Hause gekommen war, hatte das Ding verräterisch geknarrt und dadurch Lenas Mutter auf den Plan gerufen. Lena sah sie vor sich, wie sie in ihrem geblümten Schlafanzug mitten im Flur stand, die Arme vor der Brust verschränkt und trotz ihrer verstrubbelten Haare eine ernst zu nehmende Größe. »Und wo kommen wir jetzt bitte schön her?«, hatte sie Lena gefragt.

»Na, du aus dem Bett. Woher auch sonst«, hatte Lena geantwortet und war sich in ihrem pubertären Größenwahn unheimlich schlagfertig und clever vorgekommen. Oft hatte Lenas Mutter ihr Vorwürfe gemacht und einmal sogar geweint und Lena hatte genervt die Tür hinter sich zugeknallt. Dabei waren ihrer Mutter in der Sorge um ihre Tochter einfach nur die Nerven durchgegangen. Weil sie Lena liebte.

»Nirvana«, bemerkte Herr Reimann. Er stand mitten in Lenas Zimmer und betrachtete die Poster an den Wänden. »Ich konnte mit denen ja nie so richtig was anfangen. Die waren so laut und schmuddelig.«

Das glaubte Lena ihm aufs Wort.

Herr Reimann beäugte mehrere Medaillen, die an der Wand hingen. Trophäen aus Lenas Zeit im Handballteam der Schule. »Wie alt, sagten Sie, ist die Tochter?«

»Mitte dreißig, glaube ich.« Die Maklerin zog das Rollo hoch. »Ich mach mal ein bisschen Licht.«

»Das heißt, die Eltern haben alles unverändert gelassen, seit die Tochter ausgezogen ist?« Herr Reimann schüttelte den Kopf. »Wer macht denn so was? Sie hätten sich doch anders einrichten können. Ein … keine Ahnung … Zimmer für den ganzen Teddykram? Dann wäre es unten nicht so voll.«

Die Maklerin zuckte mit den Schultern. »Wer weiß. Als Erinnerung an bessere Zeiten?«

Das Blut schoss Lena ins Gesicht. Ausgerechnet diese blöde Maklerziege traf den Nagel auf den Kopf. Ja, mit Lenas Auszug zum Studium hatte sich vieles in der Beziehung zu ihren Eltern geändert. In der großen weiten Welt kamen ihr die eigenen Eltern auf einmal so provinziell vor. So peinlich. So unwissend. Ungern brachte sie Freunde mit nach Hause, und wenn sie selbst zu Besuch kam, schielte sie oft auf die Uhr. Der Kartoffelsalat ihrer Mutter war keine Delikatesse mehr, sondern ein fetter Angriff auf ihre Figur, die Witze ihres Vaters kamen ihr bemüht und altbacken vor. Ihre Eltern hatten nie verstanden, warum Dinge, die Lena früher begeistert hatten, auf einmal nicht mehr genügten. Und wie sollten sie auch? Lena hatte sich verändert, die anderen nicht. Ihre Eltern waren das geblieben, was sie immer gewesen waren – freundliche, gutmütige, einfache Leute, an denen die technischen Spitzfindigkeiten der modernen Welt abprallten wie an Panzerglas.

Oh, wie Lena sich jetzt wünschte, in der Zeit zurückzureisen. An irgendein Weihnachten ihrer Kindheit oder Jugend. Dort mit ihren Eltern nachmittags auf der Couch sitzen, dem kleinen Lord bei seiner Charme-Offensive zusehen, Plätzchen knabbern, Glühwein trinken, sich gemütlich räkeln, im Schein des krüppeligen Weihnachtsbaumes zu dritt glücklich sein. Es würde nie wieder stattfinden. Nie, nie wieder würde Lena mit ihren Eltern zusammen Weihnachten feiern, denn in diesem Jahr hatte sie deren Wunsch abgeschmettert und im nächsten Jahr würden sie tot sein.

»Es tut mir so leid, Mama und Papa«, flüsterte Lena, während ihr Tränen über das Gesicht liefen. »Es tut mir alles so verdammt leid.«

Herr Reimann und die Maklerin hatten sich jetzt wieder hinaus auf den Flur in der oberen Etage begeben, wo sie einen Blick auf die Familienfotos der Engels an der Wand warfen. Das Ehepaar Engel auf der einzigen Kreuzfahrt ihres Lebens, schüchtern lächelnd auf dem Oberdeck. Lena als pausbäckiges Kleinkind, Lena im Faschingskostüm als Rotkäppchen, Lena mit Ralfi auf einem Wanderweg. Das schwarz-weiße Hochzeitsfoto ihrer Eltern, beide blutjung und ein bisschen verschämt. Ein Foto von Lena mit ihrem Diplom in der Hand, in Gold gerahmt und größer als alle anderen Fotos. Der ganze Stolz ihrer Eltern.

»Tja«, bemerkte die Maklerin. »Das kommt dann auch alles weg.« Ihr Handy klingelte. Sie wirkte erleichtert über die Unterbrechung. »Hallo?«, meldete sie sich.

Herr Reimann nutzte die Chance, um schnell eine Nachricht zu schreiben. Lena musste ihm notgedrungen dabei zusehen, denn die Kamera zoomte genau darauf.

*Hallo, Liebling, kann es kaum erwarten, dich heute Abend zu sehen. Ich liebe dich!*

*Ich dich auch. Wann sagst du es endlich deiner Frau?*

*Bald.*

*Wann???? Das erzählst du seit zwei Jahren!*

*Es ist nicht so einfach, Nadine. Ich verspreche dir, es wird bald geschehen, okay?*

*Es liegt an dir. Sonst …*

»Alles in Ordnung?«, erkundigte sich die Maklerin, die ihr Gespräch beendet hatte. »Sie sehen so erschrocken aus.«

»Alles bestens.« Er steckte das Handy weg. »Also, von mir aus geht das hier klar. Sie bekommen das Angebot schriftlich, und ich hoffe, wir können uns rasch einigen. Es sieht nicht so aus, als ob die Tochter da Schwierigkeiten machen würde.«

»Absolut nicht. Sie ist zwar ein bisschen seltsam, geht irgendwie kaum unter Leute, aber wie gesagt, sie ist froh, wenn der Verkauf schnell über die Bühne geht.«

»Meine Großtante war genauso.« Herr Reimann nickte. »Sie hat mit fünf Katzen in einer Einzimmerwohnung gelebt und kaum noch das Haus verlassen. Ihr Gesicht war voller Warzen, das war sicher ein Grund.«

»Na egal«, machte die Maklerin dem Gespräch ein Ende, »es kann uns ja nur recht sein. Ich freue mich, wenn wir den Deal eintüten können.«

»Ganz meinerseits. Wenn der ganze Schrott hier erst mal weg ist, bietet das Grundstück erstaunlich viel Platz, da kenne ich mich aus.«

»Schrott?« Jetzt reichte es Lena. »Was sagst du da, du arroganter Kleinstadt-Casanova?« Ihre Stimme wurde lauter. »Das ist kein Schrott! Und auch kein Ramsch mit sechs Buchstaben und auch kein Krempel. Das ist mein Leben und das meiner Eltern. Unsere Erinnerungen, unsere Möbel und unser Weihnachtsbaum! Unter dem mein Geschenk liegt, verstanden, du hirnloses Weichtier? Meins! Und ich will wissen, was darin ist und was meine Mutter mit Liebe für mich eingepackt hat, bevor sie … bevor sie …« Lenas Stimme versagte, dicke schwere Schluchzer stiegen in ihrer Kehle hoch. Sie hasste diesen Typen in seinem geschniegelten Outfit. »Und dich hasse ich auch, Frau Maklerin«, rief Lena. Ihre Stimme kippte vor Zorn. »Ich weiß, dass du mich hören kannst, ob du nun tot oder lebendig oder untot bist! Du bist kein Weihnachtsgeist, du bist eine verdammte Hexe! Ich will mein Leben zurück, hast du mich verstanden?« Sie stand auf und baute sich in aller Größe vor ihrem Bildschirm auf. »Hier wird überhaupt nichts verkauft oder abgerissen!«

»Rufen Sie mich an, wenn noch irgendwas ist«, bemerkte die Maklerin in aller Seelenruhe zu Herrn Reimann. »Hier ist meine Karte.« Sie zog eine Visitenkarte aus der Manteltasche, doch das Kärtchen flatterte aus ihrer Hand, flog hoch und blieb mitten in der Luft stehen, sodass Lena lesen konnte, was darauf stand:

*Der Geist der zukünftigen Weihnacht.*
*Alles im Leben kommt so, wie es kommen muss.*

»Nein«, schrie Lena. »Nein, nein, nein!« Das Zimmer schien sich um sie herum zu drehen, schneller und schneller, als wollte es abheben und ins All fliegen. Ihr wurde schwindlig, mit letzter Kraft hielt sie sich an ihrem Schreibtisch fest und glitt zurück auf ihren Stuhl. Vor ihren Augen wurde es schwarz und ihr Kopf schlug hart auf die Tastatur des Computers.

# 19

Mit einem Ruck wachte Lena auf. Es war dunkel um sie herum, allerdings hatte die Dunkelheit eine andere Qualität als zuvor. Sie war mit einem rötlichen Schimmer durchmischt. Morgengrauen? Verwirrt rappelte Lena sich hoch. Das Display ihres Handys zeigte sieben Uhr. Du lieber Himmel, hatte sie die ganze Nacht lang auf ihrem Schreibtischstuhl geschlafen? Mit dem Kopf auf der Tastatur? Die Tasse mit einem winzigen Rest Tee stand immer noch neben ihr. Sie sah sich um. Auf dem Bildschirm waberte friedlich die Wüste Gobi. Nichts deutete mehr auf das Drama hin, das sich gestern Abend hier abgespielt hatte. Reflexartig schaltete Lena den Computer aus. Nie wieder wollte sie diese gruselige Maklerin sehen.

Bei der Erinnerung an den Geist der Zukunft, den schrecklichen Herrn Reimann und die abfällige Art und Weise, wie die beiden durch Lenas Elternhaus getrampelt waren, wurde ihr ganz schlecht. Sie brauchte dringend frische Luft und riss das Fenster auf. Unten auf der Straße fuhr ein Mann im Schein der Straßenlaternen mit dem Fahrrad zur Arbeit, eine Frau führte ihren Hund aus, er pinkelte kleine gelbe Pfützen in den frischen Schnee. Ein ganz normaler Morgen. Lena erschrak. Was für ein Tag war eigentlich? War Weihnachten etwa schon vorbei und sie hatte es verschlafen?

»Hallo?«, rief sie nach unten. »Hallo, Sie da, mit dem Hund?«

Es dauerte eine Weile, ehe die Frau kapierte, dass die Stimme von oben aus einem der Fenster kam. Endlich sah sie hoch. »Ja?«

»Guten Morgen. Können Sie mir sagen, welcher Tag heute ist?«

»Was?« Die Frau verzog ungläubig das Gesicht. »Na, Sie sind gut. Es ist Heiligabend. Der vierundzwanzigste Dezember.«

»Tatsächlich? Oh, mein Gott, ich danke Ihnen! Das ist fantastisch. Weihnachten ist noch nicht vorbei.«

»Natürlich nicht.« Die Frau schüttelte belustigt den Kopf. »Gestern zu sehr gefeiert, was?«

»Sie sagen es. Und heute feiere ich noch mehr. Ich wünsche Ihnen fröhliche Weihnachten!«

»Danke gleichfalls.«

»Und Ihrem Hund. Und überhaupt allen auf der Welt!« Lena winkte ausgelassen und schloss das Fenster wieder. Es war noch nicht zu spät. Sie konnte noch etwas retten. Nein – sie konnte *alles* retten. Der Spruch auf der Visitenkarte fiel ihr wieder ein.

*Alles im Leben kommt so, wie es kommen muss.*

Gestern Nacht hatte sie den Satz als besiegeltes Schicksal interpretiert, als etwas, dem sie ausgeliefert war wie ein Papierschiffchen im Rinnstein. Aber das stimmte gar nicht. Je mehr sie darüber nachdachte, umso klarer wurde ihr, dass man den

Spruch genauso gut auch in sein Gegenteil umkehren konnte. Alles in ihrem Leben lag in ihrer Hand. Alle Entscheidungen, die sie von nun an treffen würde, konnten die Dinge ändern und in andere Bahnen leiten. Sie mochte nicht in der Lage sein, in die Vergangenheit zu reisen, aber sie konnte durch die Zeit greifen und die Zukunft ändern. Es war eine einzigartige zweite Chance, die sich ihr bot. Ein Geschenk, wie sie nie zuvor eins bekommen hatte. Lena hatte keine Ahnung, warum ausgerechnet ihr all dies widerfahren war. Weil sie ein guter Mensch war, wie Willi behauptet hatte? Nun, sie würde auf jeden Fall ab heute einer sein. Sie würde die alte, missmutige und eigenbrötlerische Lena abstreifen wie ein Winterfell.

»Danke!«, sagte Lena laut in ihr dunkles Zimmer hinein. Es war ja möglich, dass Kitty auf dem Fensterbrett lümmelte und ihr zuhörte. »Danke für alles.«

Ihre Stimme schallte viel zu laut in dem eher kahlen Wohnzimmer. Weihnachtsstimmung war etwas anderes. Wie hatte sie nur so lange in dieser trostlosen Hütte hocken können? Hier fehlten Gemütlichkeit, funkelnde Lichterketten, Kerzen und Tannengrün, nein, am besten gleich ein ganzer Weihnachtsbaum! Dazu Plätzchenduft, selbst so ein paffendes Räuchermännlein würde sich gut machen.

Lena wurde von einer nie zuvor verspürten Energie angetrieben. Sie schnappte sich einen Zettel und einen Stift und schrieb sich eine To-do-Liste.

- *Punkt 1 – Berat*

Das war die schwierigste Angelegenheit und sie saß eine Weile da und überlegte. Er schlief sicher noch. Mit Saskia neben sich? Egal. Schließlich flogen ihr die Worte wie von allein zu:

*Lieber Berat,*
*was ich jetzt schreibe, kommt sicher einerseits überraschend für dich. Andererseits auch nicht. Die letzte Nacht war die seltsamste in meinem ganzen Leben. Vielleicht erzähle ich dir irgendwann mal davon. Wenn wir alt sind und ein bisschen mehr Zeit haben und so viel im Leben gesehen haben, dass uns nichts mehr überrascht. In dieser Nacht ist mir eine Menge klar geworden. Ich habe mein Leben bislang überhaupt nicht wertgeschätzt, dabei ist es doch schön und kostbar und will mit all seinen Facetten erfahren werden. Ich werde viele Dinge ändern, aber vor allem will ich mich selbst ändern. Und dazu gehört auch, dass wir beide uns trennen. Ich weiß, dass du auch darüber nachgedacht hast. Wir passen einfach nicht zusammen, ehrlich gesagt haben wir das nie. Ich glaube, jetzt bist du erleichtert, stimmt's? Ich denke …*

Es wurde eine sehr lange Nachricht. Aber es tat gut, all die Dinge aufzuschreiben, die ihr durch den Kopf gingen. Sie empfand auch keine Traurigkeit mehr wie gestern. Ganz im Gegenteil – hier bot sich die Chance für sie und für Berat, unabhängig voneinander endlich richtig glücklich zu werden. Sie wünschte ihm ein frohes Weihnachtsfest, ja, das würde ihn jetzt überraschen, aber sie meinte es ernst. *Frohe Weihnachten, Berat. Und ein wunderbares neues Jahr!*

Einen Moment lang saß Lena reglos auf ihrem Stuhl. Dann drückte sie auf *Senden*. Geschafft. Eine wunderbare Leichtigkeit machte sich in ihr breit. Es war halb acht am Morgen und es gab irre viel zu tun und das Verrückte war – sie freute sich darauf.

Nach einer heißen Dusche und einem starken Kaffee ging Lena in die Spur. Sie schaltete das Radio an, suchte einen Sender mit Weihnachtsmusik heraus, was nicht schwer war, da nahezu nichts anderes lief, kniete sich vor ihr Bücherregal und fing systematisch an zu suchen. Hier zwischen Krimis und alten Lehrbüchern aus dem Studium musste das kleine Büchlein stecken, sie war sich hundertprozentig sicher. Nicht bei den wenigen Kochbüchern, die Lena besaß, sondern irgendwo bei den verblassten alten Taschenbüchern aus den fünfziger Jahren, die sie mal eine Weile lang gesammelt hatte. Da! Mit einem glücklichen Seufzer zog sie das unscheinbare graue Büchlein heraus.

*»It's beginning to look a lot like Christmas«*, sang eine warme Männerstimme aus dem Radio, während Lena vorsichtig über das kleine Buch strich. *Backrezepte von Rosemarie Engel, 1958.* Omas gesammelte Plätzchen, Stollen, Printen, Kuchen.

Lena schlug das Buch auf, während sie leise mitsang, und stellte erleichtert fest, dass die Schrift noch immer lesbar war. Spitzbuben, Haselnusskipferl, Mandelmakronen, Schokosternchen ... Allein beim Lesen lief Lena das Wasser im Mund zusammen. Sofort sah sie ihre Oma wieder vor sich, wie sie mit geübten Händen den zähen Lebkuchenteig knetete. Oma hatte kein Krafttraining gebraucht. Da Lena eher Pudding in den Armen hatte, sollte sie allerdings besser ein simpleres Rezept wählen. Nur hatte sie selbst für die einfachsten Sachen nicht die notwendigen Zutaten im Haus. Außer einem kläglichen Rest Zucker, einer Packung Mehl, die verstaubt wie ein Artefakt aus Pompeji im Regal lag, sowie einem einsamen Butterwinzling im Kühlschrank gab es nichts, das sie verwerten konnte, von solchen Raffinessen wie Vanillezucker, Marzipan, Zimt oder Haselnüssen ganz zu schweigen. Aber der kleine Supermarkt öffnete zum Glück bald. Der Weihnachtsbaumhändler war garantiert auch schon da, denn wann, wenn nicht in den letzten Stunden vor Heiligabend, wurde er die letzten Bäume los? Das würde ein großer Einkauf werden und ihr schon früh am Morgen Gelegenheit geben, ihre Armmuskulatur zu trainieren.

Lena schnappte sich ihren Schlüssel und warf einen Blick in den Spiegel. Ihre Augen leuchteten wie schon seit Jahren nicht mehr. Es war acht Uhr. Ob ihre Eltern schon auf waren? Sie schickte ihnen eine kurze Nachricht.

*Mama und Papa, fröhliche Weihnachten! Seid ihr schon wach? Ich muss euch unbedingt sprechen!*

Ihre Mutter musste direkt neben ihrem Handy gesessen haben, denn es klingelte nahezu sofort.

»Lena, Mama hier. Ist was passiert?« Die Stimme ihrer Mutter klang alarmiert.

Ja, eine Menge. Maxi lebte nicht mehr. Und Lenas ganzes Leben war in der vergangenen Nacht in einem irren Tornado herumgewirbelt worden, um bei Tagesanbruch eine Bruchlandung auf ihrem Wohnzimmerteppich zu machen. Aber Lena würde wie ein Phönix aus der Asche aufsteigen.

»Nein, keine Sorge. Ich wollte nur eure Stimmen hören.« Ihre eigene versagte kurz. Die Erinnerung an das traurige leere Elternwohnzimmer im nächsten Dezember brannte noch zu frisch in Lenas Erinnerung. »Geht es euch gut?«

»Natürlich geht es uns gut. Ich hab gerade den Kartoffelsalat fertig gemacht, Papa fummelt am Baum herum. Du kennst ihn ja, irgendwie ist er nie zufrieden damit. Ich weiß nicht, was er damit anstellt, aber das Ding ist jedes Jahr wieder aufs Neue schief. Heiner, wenn man den Kopf schräg hält, dann geht es.« Ihre Mutter lachte, im Hintergrund war das Grummeln von Lenas Vater zu hören.

Wie ahnungslos sie waren. Lenas Herz zog sich zusammen. »Mama«, platzte sie heraus. »Ich hab euch so lieb und ich möchte mit euch Weihnachten feiern. Habt ihr vielleicht Lust, zu mir zu kommen?«

»Was?« Es kam nicht oft vor, dass es Lenas Mutter die Sprache verschlug. »Ist alles in Ordnung?«, erkundigte sie sich vorsichtig. »Wir sollen zu dir kommen?«

»Ja, das wäre schön. Ich plane ein tolles Weihnachtsfest. Mit allem Drum und Dran.«

»Aber …«, stammelte ihre Mutter perplex, »aber du hast doch immer gesagt, dass bei dir nicht genug Platz ist und man sich in deiner Gegend abends nicht auf die Straße trauen kann.«

»Ja, das habe ich. Aber ich habe eingesehen, dass meine Wohnung völlig ausreichend ist, wir sind ja keine Elefantenkinder. Natürlich haben wir hier alle Platz. Und meine Gegend ist nicht gefährlich, sondern einfach nur gut durchmischt. Keine reichen Snobs oder Immobilienmakler.« Sie spuckte das letzte Wort beinahe aus.

»Nicht wie im Tannenviertel.« Lenas Mutter konnte das Tannenviertel nicht leiden, denn da wohnten die neureichen Leschenberger in ihren elektronisch verriegelten Villen mit Blick auf die Berge.

Lena musste an Willi und Frau Schulz denken. »Definitiv nicht. Nicht ein einziger neureicher Villenbesitzer weit und breit. Es wird einfach Zeit, dass ihr endlich mal zu mir kommt. Ihr sollt sehen, wie ich lebe, hier in meinem Haus. Die Leute sind nett.« Eine Idee formte sich in Lenas Kopf.

»Nun …« Sie vernahm aufgeregtes Tuscheln im Hintergrund. Dann kam ihr Vater an den Apparat.

»Lena, du, mein Auto ist in der Werkstatt, das können wir nicht nehmen. Und bei der Bahn ist mal wieder Schienenersatzverkehr, da dauert es vier Jahre, ehe man ankommt. Aber Mama meinte gerade, wir könnten mit dem Bus kommen.«

»Um Himmels willen, auf gar keinen Fall mit dem Bus!« Lena hatte so laut gebrüllt, dass ihr Vater vor Schreck verstummt war. »Entschuldigung«, schob sie etwas leiser hinterher. »Ich habe kein gutes Verhältnis zu Bussen. Zu … quietschend. Und zu … äh … umweltschädlich.« Sie hustete künstlich. »Wisst ihr was? Ich hole euch nachmittags ab, einverstanden? Dann kann Mama auch ihren Kartoffelsalat mitbringen. Und alles, was ihr so zubereitet habt.« Sie holte tief Luft. »Dieses Weihnachten soll genau so werden, wie es immer war. Nur noch schöner.«

Hinter Isabels Wohnungstür war alles ruhig. Die Familie schien noch zu schlafen. Bald würde die Kleine voller Vorfreude aufwachen, aber was für ein tristes Weihnachten erwartete sie? »Keine Sorge, Isabel«, murmelte Lena, als sie nach unten hastete. »Super-Lena kümmert sich drum. Die ist nämlich mit Zombie-Girl verwandt. Sieht auch so ähnlich aus, jedenfalls, was die Haare angeht, und hilft allen Kindern dieser Welt.«

Im zweiten Stock traf sie auf Frau Wenz, die gerade ihre Zeitung geholt hatte.

»Guten Morgen«, grüßte Lena überschwänglich. »Und frohes Fest!«

»Tag. Ihnen auch.« Frau Wenz blinzelte überrascht. »Sie sehen so anders aus. Waren Sie beim Friseur?«

»Nein. Beim Weihnachtsmann.« Lena erfreute sich am verdutzten Gesichtsausdruck der Frau. »Übrigens glänzt Ihre Treppe wie der Stern der Heiligen Drei Könige. Es ist schön, dass sich jemand darum kümmert, dass hier nicht alles verdreckt. Das wollte ich Ihnen schon lange mal sagen. Danke.«

Der Mund von Frau Wenz formte ein überraschtes kleines O, dann schlich sich ein verwirrtes Lächeln in ihr Gesicht. »Also … ja. Danke auch. Und übrigens, der Herr Hüttich, der hat schon wieder …«

»… einem Tier das Leben gerettet, ich weiß. Er ist ein wunderbarer Mensch. Bis später, Frau Wenz.«

Lena riss die schwere Haustür mit Schwung auf. Die Morgenluft war klar und frisch und anders als sonst. Es duftete so nach …

»Weihnachten«, sagte Lena voller Freude. »Es duftet nach Weihnachten.«

Im Supermarkt an der Ecke war es um diese Zeit gähnend leer. Erst später würde die Stunde der vergessenen Zutaten kommen und die Leute würden in den Laden hetzen, um auf den letzten Moment dieses und jenes zu besorgen. Fast bedauerte Lena, dass sie niemanden antraf, dem sie ein frohes Fest wünschen konnte, und so entlud sich ihre geballte Vorfreude auf die pummelige Angestellte, die schläfrig das Tiefkühlregal auffüllte. Sie trat dienstbeflissen zur Seite, als Lena sich näherte.

»Oh, ich will nichts daraus.« Lena lächelte. »Heute wird richtig gekocht und gebacken. Haben Sie noch eine Ente? Und Rotkohl? Und frisches Obst? Ich weiß, ich bin ein wenig spät dran, aber gibt es eventuell auch Lichterketten für den Baum?«

»Na, Ihre Energie möchte ich haben.« Die Angestellte signalisierte Lena, ihr zu folgen. »Sie brauchen keine Lichterkette, Sie strahlen doch selbst genug.«

»Finden Sie? Danke.« Was für ein nettes Kompliment. »Was gibt es bei Ihnen zu Weihnachten zu essen?«

Während der nächsten zehn Minuten erfuhr Lena alles, was diese Frau für das Weihnachtsfest geplant hatte. Als hätte jemand eine Schleuse geöffnet, sprudelten die einzelnen Gänge des Festmenüs und die Geschenke und Namen aller beteiligten Verwandten aus ihr heraus. Sie gab Tipps zur Zubereitung der Ente, eine der letzten frischen, da hatte Lena Glück, und den Hinweis, auch die Vegetarier zu bedenken.

»Wie viele Gäste erwarten Sie denn?«, erkundigte sich die Frau.

»Oh, das weiß ich ehrlich gesagt nicht. Es gibt keine Obergrenze.« Das stimmte. Lena hatte nicht die leiseste Ahnung.

»Mutig.« Die Frau nickte. »Dann wird es sicher schön. Brauchen Sie sonst noch was?«

»Das Lama dort.« Lena deutete auf ein kleines Plüschlama mit karierter Weste. Zwar kein Affe wie Bertie, aber trotzdem süß. »Und auch das Zombie-Lego da.« Die riesige Packung Lego war als einzige im Spielzeugregal übrig. Es gab sogar ein winziges Zombie-Girl mit grünen Haaren, feuerroten Augen, blutigen Zacken im Gesicht und einem zahnlosen Grinsen.

»Es kostet fast achtzig Euro. Sind Sie sicher?«

»Todsicher. Mehr als das. Zombiesicher, sozusagen.«

»Na, dann. Fröhliche Weihnachten. Kaufen Sie oft hier ein? Ich habe Sie noch nie gesehen.«

Jede Woche. Allerdings konnte man das kapuzenvermummte Wesen, das an seinem Handy hing wie an einem Tropf, mürrisch Pizzas in seinen Korb schmiss und sich beim Anblick von Bekannten hinter Dosenpyramiden versteckte, nicht mehr mit Lena in einen Topf werfen. »Nein, ich war das erste Mal hier. Fröhliche Weihnachten und vielen Dank!«

Beim Weihnachtsbaumverkauf auf der anderen Straßenseite besorgte Lena einen kleinen Weihnachtsbaum für Isabel und ihren Bruder und einen etwas größeren und wunderbar schiefen für sich selbst.

»Den wollen Sie?« Der Verkäufer rückte erstaunt seine Brille zurecht. »Ich habe noch bessere. Die sind gerader und voller, hier sehen Sie mal.«

»Nein, der hier ist perfekt. Also, er ist alles andere als perfekt, aber genau das ist gut. Er passt hervorragend zu meiner Familie.«

»Na, wenn Sie meinen. Können Sie denn das alles tragen?«

»Geht schon«, keuchte Lena. Mist, das war jetzt wirklich etwas zu viel. Zwei kleine Bäume, drei Einkaufstüten und dann die riesige Legokiste. Außerdem musste sie aufpassen, dass Isabel sie nicht zu Gesicht bekam, denn es sollte ja eine Überraschung werden. Lena arbeitete sich wie ein Lastesel vorwärts und ging in Gedanken die nächsten Schritte durch. Den Baum aufstellen und dann dank ihrer neuen Freundin im Supermarkt mit der einzigen noch im Laden auffindbaren Lichterkette schmücken. Dazu kamen rote Schleifchen an den Baum, so wie früher an Omas Tanne vor dem Haus. Weiter im Programm: den kleinen Baum vor Isabels Tür stellen, Plätzchen backen, Lego und Lama einpacken, Glühwein zubereiten. Bei Willi klingeln, ihn einladen und sich erkundigen, wie es Charly ging. Das Geschenk zu Frau Schulz bringen. Nachmittags nach Leschenberg fahren und ihre Eltern abholen. Mist, hatte sie jetzt überhaupt Eierlikör für ihre Mutter und Würstchen für ihren Vater besorgt? Lena blieb abrupt stehen und einer der beiden kleinen Bäume fiel herunter.

»Hoppla«, sagte eine Stimme. »Vorsicht.«

Jemand drückte ihr den Minibaum wieder in den Arm. »So, schön festhalten. Und frohes Fest.«

»Danke.«

»Könnten Sie sich vorstellen, auch den Tieren im Tierheim zu einem wunderbaren Weihnachtsfest zu verhelfen?«, fragte die Stimme.

Was? Lena hatte es geschafft, ihr Gesicht durch eine Lücke zwischen ihren Paketen und Bäumen zu schieben. Vor ihr stand der Hamster.

»Ach, du Scheiße, ich glaub's ja nicht«, sagte er. »Und ich Idiot helfe auch noch.«

»Sorry. Danke. Wirklich, ganz lieben Dank.« Verdammt, wie peinlich war das denn jetzt?

»Jaja, schon gut.« Der Hamster wandte sich ab.

»Halt«, rief Lena. Es kam lauter heraus als beabsichtigt. »Warte doch. Es tut mir leid wegen neulich. Ich war eine total arrogante Kuh.«

»Korrekt. Im Übrigen sind Kühe nicht arrogant.«

»Es tut mir trotzdem leid. Ich würde es gern wiedergutmachen und etwas spenden.« Sie nestelte nach ihrem Portemonnaie, allerdings steckte das hinten in ihrer Hosentasche. »Komme nur leider nicht an meine Geldbörse.«

Der Hamster schnaubte verächtlich. »Aber sicher doch. Schönen Tag noch.«

»Herrgott, jetzt stell dich nicht so an«, rutschte es Lena heraus. »Ich will gern helfen. Willi hat mir erzählt, dass es dem Tierheim nicht gut geht. Und gestern habe ich einen kleinen Hund gefunden, den irgendein Arschloch ausgesetzt hat.

Ich bin auf deiner Seite, okay? Ich komme nur wortwörtlich nicht an mein Geld, weil mein Portemonnaie in meiner rechten Hosentasche steckt. Ich muss erst mal kurz ... Moment.« Sie setzte die Bäumchen und die Kiste mit Lego ab und ließ vorsichtig die drei Tüten auf den Boden gleiten, aber natürlich kippte eine davon um und der Rotkohl im Glas rollte über den Fußweg.

»Hab's gleich«, japste Lena, doch in dem Moment preschte ein Radfahrer an ihnen vorbei, wich in letzter Minute dem Rotkohl aus und fuhr über den ohnehin schon schiefen Baum.

»Idiot!«, rief der Hamster ihm hinterher. »Kannst du nicht aufpassen?« Er bückte sich, um den Rotkohl aufzuheben. »Mann, ey, nur Verrückte unterwegs. Und in dem Kostüm geht echt gar nichts.« Ächzend schob er den plüschigen Hamsterkopf hoch. »Puh, ich brauche frische Luft. Da.« Er reichte Lena den Rotkohl und versuchte, den zerquetschten Baum etwas zu richten.

»So siehst du also aus. Danke. Und hier.« Lena reichte ihm einen Geldschein. »Hilft das?«

Der Hamster strich sich eine verschwitzte Strähne aus dem Gesicht. So von Nahem sah er gar nicht übel aus. Kluge Augen, Bartschatten, dunkle, leicht zerwühlte kurze Haare. »Ein bisschen.« Er musterte sie. Es war immer noch ein Hauch Misstrauen in seinem Blick, als ginge er davon aus, dass Lena ihm den Geldschein gleich wieder entreißen und mit einem »April, April« hysterisch lachend im Hauseingang verschwinden würde.

»Was denn? Du sammelst für das Tierheim. Und die wenigsten Leute geben was, das hat mein Nachbar mir erzählt. Dann muss dich das doch jetzt freuen. Ich hab mich geändert, glaub es mir. Ich meine es ernst. Ich liebe Tiere.«

»Aha. Ja, es freut mich. Aber weißt du, was viel, viel nützlicher wäre? Wenn du mitsammeln würdest. Heute ist nämlich wieder einer von uns abgesprungen, weil er keine Lust mehr hatte, sich anmotzen zu lassen, besonders am Heiligabend. Also, wenn du Tiere wirklich so sehr liebst, wie du behauptest, warum sammelst du nicht 'ne Runde mit?«

»Wa… was jetzt?« Lena glaubte nicht richtig zu hören.

»Du, ich kann gleich mal meinen Terminkalender checken, aber ich glaube, absolut jeder Zeitpunkt heute ist noch frei.«

»Ich? Im Hamsterkostüm? Machst du Witze?«

»Nein. Und du kannst dich natürlich auch als du selbst von den Leuten beleidigen lassen, kein Problem. Ein Kostüm macht es einfacher. Und Kinder fahren darauf ab. Aber lass gut sein, ich sehe schon, dass das nichts wird. Danke für die Spende.« Er wandte sich ab.

So leicht kam er ihr nicht davon. Lena hatte sich geändert. Sie wollte helfen. Sie war seit heute Morgen ein neuer Mensch und keine herzlose Zicke mehr. Und das würde sie beweisen, jawohl!

»Warte.« Und dann sagte Lena tatsächlich den Satz, von dem sie niemals, aber auch wirklich absolut niemals geglaubt hätte, dass er ihr je über die Lippen segeln würde. »Okay, ich mach's. Was für ein Kostüm krieg ich?«

Seine Mundwinkel zuckten kurz. »Ferkel ist noch frei.«

# 20

Oh, verdammt. Warum hatte sie das gesagt? Lena stand in ihrer Küche und bearbeitete den armen Plätzchenteig, als ob sie mit einem Monster kämpfte. Sie schielte auf die Uhr. Um zwölf würde der Typ unten vor dem Haus warten. Aber nicht länger als fünf Minuten, hatte er angedroht. Worin natürlich mitschwang, dass er nicht vorhatte, sich auch nur eine Sekunde länger als nötig für sie zum Affen zu machen. Zum Hamster. Was auch immer.

Sie formte den Teig zu kleinen Kipferln und legte sie auf ein Blech, das sie in den Ofen schob. Während diese langsam bräunten, klebte sie die Linzer mit Himbeergelee zusammen und bestrich die Engelchen mit weißem Zuckerguss. Ihr Wohnzimmer wirkte völlig verändert. Lena hatte den entzückend schiefen Baum aufgestellt und geschmückt sowie überall im Raum Kerzen in leere Weinflaschen gesteckt. Alle Weihnachtskarten waren aus ihrem Exil im Papierkorb befreit und auf einer Schnur an der Wand aufgehängt worden. Sie hatte die Geschenke für Isabel und ihren Bruder verpackt und auch die Schneekugel für Frau Schulz mit einer glitzernden Schleife versehen. Für ihre Eltern hatte Lena je ein Lebkuchenherz gebacken, genau die Gleichen wie damals als Fünfzehnjährige. *Für Mama – von deiner Lieblingstochter. Für Papa – vom Christkind. Haha!* Ob die beiden sich wohl daran erinnerten?

Die Zutaten für den Glühwein standen bereit, die Ente wartete auf ihre Füllung und vor lauter Panik über ihren unmittelbar bevorstehenden Einsatz als Ferkel hatte Lena sich bereits einen Eierlikör genehmigt. Okay, genau genommen, zwei. *Drei.* Sie würde als besoffenes Schwein durch die Straßen ziehen, das war doch endlich mal etwas Revolutionäres. Lena kicherte vor sich hin, es klang ein wenig schrill und wie eine dieser verrückten Verwandten, die man vor hundert Jahren immer in die Dachkammer gesperrt hatte.

»Soll ich das ernsthaft machen?«, fragte sie laut in den Raum hinein. »Als Ferkel verkleidet die Leute um Geld anhauen? Kitty? Maxi? Seid ihr hier? Gebt mir ein Zeichen!«

Mit einem Knall fiel der Wandkalender von Lieferino von der Wand.

Lena erschrak sich so sehr, dass sie beinahe die Schüssel mit dem Zuckerguss umgeschmissen hätte. »Mensch«, keuchte sie. »Geht es auch dezenter?« Und was genau bedeutete das jetzt? Bedeutete es überhaupt irgendwas? Der Kalender lag auf dem Boden, die letzte Seite war aufgeschlagen. *Ein Frohes Neues Jahr wünscht Ihnen Lieferino* stand dort. Und daneben abgebildet – ein kleines Glücksschwein.

Lena schluckte. »Okay. Okay, ich mach's.«

Nachdem sie alle Plätzchen aus dem Ofen geholt, mit Puderzucker bestäubt und mit Guss verziert hatte, war es kurz vor zwölf. Lena warf der Eierlikörflasche einen sehnsüchtigen Blick zu. Lieber nicht. Sie war so schon nervös genug.

»Du kannst das«, sprach sie sich selbst Mut zu. »Auf geht's. Du Ferkel.«

Bei den Nachbarn war es immer noch verdächtig still, als Lena aus ihrer Wohnung trat. Aber der winzige Baum, den sie vorhin vor Isabels Tür abgestellt hatte, war nicht mehr da. Und in dem Moment lugte auch schon ein kleines Gesicht aus der Tür.

»Hallo, Lena«, sagte Isabel. Sie sah kurz über die Schulter nach hinten und flüsterte: »Marina ist weg. Sie ist gestern Nacht voller Wut davongerauscht und hat die Tür hinter sich zugeknallt.«

»Sag bloß.« Lena unterdrückte ein triumphierendes Grinsen. »Wieso?«

»Papa hat Bertie im Müll gefunden, weil ich es ihm gesagt habe. Und dann hat Johannes geweint und Papa alles erzählt, was Marina immer gemacht hat. Und ich auch. Ich hab Papa noch nie so wütend gesehen. Er hat sie rausgeschmissen.«

»Mit wem redest du denn da?«, erklang eine Stimme hinter dem Mädchen. Ihr Vater kam hinzu.

»Hallo«, grüßte Lena. »Ich bin Ihre Nachbarin.«

»Ach ja. Isabel hat mir von Ihnen erzählt. Ich hoffe, wir waren gestern Abend nicht zu laut. Es gab eine kleine … äh … Auseinandersetzung.«

»Hab geschlafen wie ein Stein«, log Lena.

»Uns hat jemand einen kleinen Baum vor die Tür gestellt, wissen Sie zufällig, wer das war? Haben Sie jemanden gesehen?«

»Keine Ahnung. Der Weihnachtsmann?« Lena zwinkerte Isabel zu. »Oder Ihre Freundin?« Das konnte sie sich jetzt nicht verkneifen.

»Die bestimmt nicht«, sagten Isabel und ihr Vater wie aus einem Mund.

»Wir müssen ihn noch schmücken, Papa.« Isabel trippelte

vor Aufregung herum. »Bäckst du jetzt doch Plätzchen, Lena? Das duftet so lecker aus deiner Wohnung.«

»Ja, das wollte ich auch gerade sagen. Was backen Sie denn Schönes?«, erkundigte sich Isabels Vater.

»Alles Mögliche. Ich habe das Rezeptbuch meiner Oma wiedergefunden. Kipferl und Linzer und welche mit Schokolade und Makronen und kleine Engelchen und …« Sie hielt inne. Die beiden hingen ihr an den Lippen. Wie blöd von ihr, Isabels Familie hatte überhaupt kein Weihnachtsgebäck. »Ich bringe Ihnen nachher einen Schwung. Oder wissen Sie was?« Eine viel bessere Idee kam ihr. »Kommen Sie doch heute Abend einfach mit Ihren Kindern rüber.« Ich weiß zufällig, dass Sie nichts vorbereitet haben, hätte sie beinahe noch hinzugefügt. Sie verlieh ihrer Stimme einen geheimnisvollen Ton. »Ich glaube, ich habe nämlich vorhin auch das Christkind durch meine Wohnung huschen sehen.«

Isabels Augen wurden groß. »Oh, Papa, bitte. Können wir zu Lena gehen?«

»Das ist nett von Ihnen. Na, mal sehen«, murmelte der Vater. »Jetzt komm mal wieder rein, wir haben zu tun. Papa muss noch mal ins Café und ihr müsst mit.«

Isabel zog einen Flunsch und ging rein und ihr Vater wandte sich mit leiser Stimme an Lena. »Ach, sagen Sie mal, Sie wissen nicht zufällig, wo ich heute noch einen Gecko herbekomme?«

»Nein, das weiß ich leider nicht. Aber ich denke mir, dass Sie sich da keine Sorgen machen müssen. Der Gecko trifft heute bestimmt bei Ihnen ein.«

»Wie meinen Sie das?«

»Ich habe da so eine Ahnung. Und überlegen Sie es sich wegen heute Abend, ich würde mich freuen. Ich muss los.«

»Eine Ahnung? Ja … äh. Okay.« Der Mann kratzte sich verwirrt am Kopf. »Ich bin übrigens Konrad«, rief er ihr hinterher.

»Lena«, rief sie zurück und eilte die Treppe hinunter. Nur vor der Tür von Frau Schulz hielt sie kurz an und legte das Geschenk vor die Tür.

Der Hamster stand tatsächlich um Punkt zwölf Uhr und bereits verkleidet vor der Haustür. In der Hand hielt er seine Sammelbüchse und unter den Arm hatte er ein rosa Bündel geklemmt. Das Kostüm. Jetzt wurde es ernst.

»Willkommen im Klub«, begrüßte er sie und reichte ihr das Bündel.

»Ähm …« Lena hielt das Ding auf Armlänge von sich. Es war plüschig und roch ein bisschen wie ein feuchter Badvorleger. Der Kopf wirkte riesig, genau wie der vom Hamster. Das Schweinsgesicht lachte begeistert mit roten Bäckchen. »Wie soll ich da was sehen? Und atmen?«

»Durch den Mund vom Ferkel, siehst du? Da ist ein großes Loch für dein Gesicht.«

»Ah ja. Okay.« Lena zögerte den Moment bis zur absolut letzten Sekunde hinaus, aber es half nichts. Sie würde sich nun umziehen müssen. Tapfer stieg sie in das Kostüm und schob die plüschigen Schweinefüße über ihre Schuhe. Wenigstens war das Teil warm. Mit einem letzten kleinen Seufzen stülpte sie sich den Kopf über. Tatsächlich war das Loch groß genug für Nase und Augen, allerdings konnte sie sich nur schwerfällig bewegen. Sie tappte ein paar Schritte vorwärts.

»Gut so.« Der Hamster kicherte. »Du gewöhnst dich schon dran. Wenn du an der Leine innen ziehst, kannst du sogar mit deinem Ringelschwanz wackeln.«

»Welch ein Bonus.« Lena schwitzte jetzt schon.

»Wollen wir los? Ich bin übrigens Jakob.«

»Lena.« Es klang dumpf. Weil sie kaum etwas sah, trat sie als Erstes in eine tiefe Pfütze.

»Jetzt sehen deine Füße richtig schweinsmäßig aus.« Doch dann knuffte Jakob sie freundlich in die Seite. »Toll, dass du mitmachst. Hätte ich echt nicht gedacht. Also, es ist eigentlich ganz einfach. Alle Leute anquatschen, freundlich sein, natürlich ein frohes Fest wünschen und, wenn es geht, in ein Gespräch verwickeln. Wer einmal anfängt, sich zu unterhalten, gibt auch meistens etwas.«

»Außer mir neulich.«

»Außer dir.«

Obwohl sie sein Gesicht nicht sah, hätte sie schwören können, dass er vor sich hin grinste.

Die ersten zwanzig Minuten waren einfach fürchterlich. Nicht nur, weil Lena völlig unkoordiniert herumtorkelte und gleich ihr erster »Kunde« sie als *blödes Fettschwein* bezeichnet hatte. Lena fiel es schwer, die Leute einfach anzusprechen, es war so völlig gegen ihre Natur. Doch nach einer Weile wurde sie mutiger und entspannte sich. Es erkannte sie ja niemand. Es war völlig egal, wie doof die Leute sie fanden. Eigentlich war es sogar ganz wunderbar, so inkognito durch die Gegend zu ziehen.

»Hallo!«, rief Lena übermütig einer jungen Familie zu. »Frohe Weihnachten euch allen. Hättet ihr Lust, auch den Tieren in unserem Tierheim ein bisschen Weihnachtsfreude zu bringen?« Die beiden Kinder stürzten sofort auf Lena zu und berührten ihre plüschige Hülle.

»Papa, ich will ein Schwein zu Weihnachten«, sagte das

kleine Mädchen. Alle lachten und Lena bekam zwei Euro für ihre Sammelbüchse. Davon ermuntert, wagte sich Lena nun auch an schwierigere Mitmenschen – gestresste Last-Minute-Shopper, gereizte Familienväter, Weihnachtshasser, wie sie selbst bis vor nicht allzu langer Zeit einer gewesen war. Mehr als sie anmeckern konnten die Leute nicht. Und siehe da – ein bisschen plaudern, ein bisschen Smalltalk und ein paar Weihnachtswünsche und der eine oder andere gab doch etwas. An der Ecke von Jussufs Döner traf sie nach einer Stunde wieder auf Jakob. Sie grüßten sich schon von weitem mit ihren riesigen Plüschhänden wie zwei lange verschollene Verwandte.

»Ich habe einiges zusammenbekommen«, verkündete Lena stolz.

»Echt? Super? Mehr als ich?«

»Keine Ahnung. Wenn ich mehr habe, musst du mir nachher einen Kaffee ausgeben.« Oh. Warum hatte sie das jetzt gesagt? Es war ihr einfach so herausgerutscht.

»Okay. Ich mach dir einen Gegenvorschlag. Wenn es dir gelingt, von dem Typen da drüben eine Spende zu ergattern, gebe ich dir nicht nur einen Kaffee aus, sondern auch eine Brezel. Wenn nicht, bist du dran.«

»Kein Problem.« Lena fühlte sich so richtig, richtig gut. Sie machte hier etwas Nützliches und sie hatte Freude daran. Sie tänzelte regelrecht auf den Mann zu, auf den Jakob eben gezeigt hatte. Er trug eine dunkle Wildlederjacke und einen weinroten Schal und suchte gerade irgendwas in seiner Aktentasche.

»Hallo und frohe Weihnachten«, rief Lena ihm zu. »Hätten Sie denn Lust auf …« Sie verschluckte sich fast. Der Mann, der vor ihr stand, war kein anderer als der unsägliche Herr Reimann. Derselbe, der nächstes Jahr um diese Zeit durch das Haus ihrer toten Eltern stolzieren und herablassende Bemerkungen von sich geben würde.

»Habe ich Lust auf was? Schweinebraten?« Herr Reimann lachte über seinen eigenen Witz.

»Lust auf eine Spende. Fürs Tierheim«, krächzte Lena. Das durfte doch nicht wahr sein. Ausgerechnet dieser geschniegelte Kotzbrocken musste ihr über den Weg laufen!

»Definitiv nicht.« Herr Reimann schob sie zur Seite wie eine lästige Fliege.

Die gesammelte Wut, die Lena bereits gestern Nacht bei seinem Anblick empfunden hatte, loderte erneut in ihr auf. »Ich finde, Sie könnten ruhig etwas spenden«, sagte sie leise, aber bestimmt. »Sie haben doch genug Geld.«

»Wie bitte?«

»Sie haben mich gehört.«

»Was fällt Ihnen eigentlich ein, Sie lächerliches Geschöpf?« Herrn Reimanns Stimme quäkte wie ein empörtes Nebelhorn, die ersten Passanten sahen sich schon nach ihnen beiden um.

Na, warte. »Was mir einfällt? Eine ganze Menge. Zum Beispiel, was Ihre Frau sagen wird, wenn Sie von Nadine erfährt. Mit der Sie sie betrügen!«

Herrn Reimanns Mund öffnete und schloss sich mehrmals lautlos wie das Maul eines Goldfischs. »Was?«, presste er heraus. Sein Blick flackerte gestresst auf. »Woher … Wer sind Sie eigentlich?« Mit einer schnellen Bewegung griff er nach Lenas plüschigem Ferkelkopf und zerrte daran herum, aber in dem Moment stand schon Jakob neben ihr.

»Gibt's Probleme?«, fragte er.

»Nein. Der Herr wollte uns nur gerade eine große Spende zukommen lassen.« Lena hielt Herrn Reimann die Sammelbüchse unter die Nase. Der schielte sie beide furchtsam an, griff folgsam in seine Jackentasche und zog zwei Scheine heraus. Hektisch stopfte er sie in die Büchse.

»Vielen herzlichen Dank. Die Tiere werden sich freuen.« Lena zog an der Leine, damit ihr Ringelschwanz wackelte. »Und frohes Fest. Auch für Ihre Familie. Und alle anderen, die es in Ihrem Leben so gibt.«

Herr Reimann raffte seinen Schal zusammen und preschte davon. An der Ecke sah er argwöhnisch über die Schulter zu ihnen zurück, dann verschwand er im Straßengewühl.

»Total krass. Wie viel hat der dir gegeben?« Jakob schnappte sich Lenas Sammelbüchse und öffnete sie. »Zwei Fünfziger. Ich fasse es nicht. Wie hast du das gemacht? Im ersten Moment dachte ich, der will dir eine reinhauen.«

»Durch gutes Zureden.« Innerlich platzte Lena fast vor Lachen. »Was ist jetzt mit Kaffee?«

»Ich arbeite als Programmierer bei einer Softwarefirma«, erzählte Jakob ihr, als sie endlich bei einem dampfenden Kaffee an einem der Stehtische vor der Imbissbude am Park standen. Dafür hatte sie sich entschieden, damit sie nicht in ihren Kostümen in einem Café sitzen mussten. Sie erregten auch so schon genug Aufsehen miteinander. »Aber so richtige Lust habe ich nicht mehr. Ich würde gern irgendwas anderes machen. Etwas, bei dem ich was in der Welt bewirke. Sozial, meine ich.«

»Das geht mir ganz genauso«, platzte Lena heraus. »Ich habe auch gerade eine Jobkrise. Ich muss unbedingt etwas anderes finden.« Lena schilderte ihm eine Kurzversion ihres idiotischen Jobs. In einer wilden Pantomime stellte sie dar, wie sie den ganzen Tag vor dem Computer hockte und glasig hineinstarrte, wie Gordon aus London bei der Weihnachtsparty im Büro keine Miene verzog und wie Uwe aus Berlin sich immer heimlich den Glühwein nachfüllte. Jakob lachte so sehr, dass er aus Versehen den Ärmel seines Hamsterkostüms in den Kaffee tauchte.

»Du bist witzig«, sagte er. »Das hätte ich gar nicht erwartet. Ich dachte, du bist eine blöde Kuh.«

»Kühe sind nicht blöd«, versetzte sie. »So was in der Art hat mir erst neulich jemand gesagt.«

»Hey!« Er stupste sie an.

»Und ich habe gedacht, du machst das Spendensammeln als Job.«

»Hauptjob Hamster? Wäre auch nicht das Schlimmste.«

»Nein.« Es entstand eine verlegene kleine Pause. Jakob musterte sie, ein kleines Lächeln umspielte seinen Mund. Dann redeten sie beide wie auf Kommando gleichzeitig los.

»Ich …«

»Also …«

»Ich habe noch eine Menge zu erledigen«, entschuldigte sich Lena. »Für heute Abend, meine ich.«

»Kein Problem. So viel wie du hat in den letzten drei Tagen keiner gesammelt. Also dann – frohe Weihnachten, Ferkelchen. Ich meine – Lena.«

Sie standen sich gegenüber. »Dir auch«, erwiderte sie. Irgendwie fand sie es schade, dass ihre Bekanntschaft jetzt schon zu Ende sein sollte. »Was machst du eigentlich heute Abend?«, erlaubte sie sich einen winzigen Vorstoß.

»Nichts Besonderes. Fernsehen gucken. Futtern. Meine Geschenke öffnen. Ich bin alleine, meine Eltern wohnen im Ausland, die konnten dieses Jahr nicht kommen.«

Das war *die* Chance und die neue Lena ergriff sie sofort.

Die alte Lena wäre jetzt stumm davongestapft, ihr Handy wie einen Herzschrittmacher an sich gepresst, aber diese Zeiten waren vorbei.

»Hättest du Lust, zu meinem Weihnachtsfest zu kommen?«, lud sie ihn ein. Ihre Stimme klang vor Nervosität ein wenig kieksend. Hoffentlich fand er sie jetzt nicht aufdringlich. Aber da war etwas zwischen ihnen, sie konnte es spüren. »Also ehrlich gesagt essen wir einfach nur. Wir tanzen nicht um den Baum oder suchen goldene Nüsse oder machen Hausmusik oder so was. Wir flechten auch keine Kränze oder gießen Kerzen.« Sie redete immer schneller.

»Und nur meine Eltern und ich. Und hoffentlich ein paar Nachbarn. Und der kleine Hund von gestern, wir haben ihn Charly genannt. Und …«

»Klar. Gern. Warum nicht?«

»Du weißt ja, wo ich wohne.«

»Wie könnte ich das vergessen.« Er grinste sie an. »Abgemacht.«

Sie umarmten sich ein wenig unbeholfen in ihren lästigen dicken Kostümen.

»Schwein und Hamster lieben sich, na, das gibt herrlichen Nachwuchs, haha«, lallte ein Mann vom Glühweinstand.

Lena lief feuerrot an. Aber das sah ja zum Glück keiner.

# 21

Beschwingt lief Lena nach Hause. Sie trug immer noch das Ferkelkostüm, weil es so befreiend war, dass niemand sie erkannte, und weil sämtliche kleinen Kinder, denen sie unterwegs zuwinkte, in begeistertes Quietschen ausbrachen. Nach Weihnachten würde sie es zurück ins Tierheim bringen und dort gleich mal nachfragen, ob sie ab und zu dort aushelfen konnte. Sie nahm einen kleinen Umweg durch das Schillerviertel, um sich an den eleganten Jugendstilhäusern und den schön geschmückten Schaufenstern der kleinen Läden dort zu erfreuen. So langsam ließ die Endspurthektik des Vormittags nach, die Straßen leerten sich. Aufgeregte Kinder wurden hier und da trotz der feuchten Kälte an die frische Luft gezwungen, wahrscheinlich, um den Eltern eine kleine Verschnaufpause zu gönnen. Wie der Vater mit seinem kleinen Sohn dort, die hoch zu einem Fenster in der Straße sahen.

»Das sieht schön aus«, hörte sie das Kind sagen, als sie näher kam. »Jetzt weiß der Weihnachtsmann, wie er uns findet.«

»Na, das wollen wir doch hoffen, Frieder.« Der Mann drehte sich zu Lena um. Es war Robin. Ach ja, der wohnte im Schillerviertel, das hatte sie völlig vergessen.

Lena blieb wie angewurzelt stehen.

»Hallo.« Robin nickte ihr freundlich zu. Er erkannte sie natürlich nicht.

»Das Bild hat dir Lena geschenkt, die ist von Papas Arbeit«, erklärte er seinem Sohn.

Bild? An einem Fenster im dritten Stock klebte das Santa-Bild, das Lena aus dem Adventskalender im Büro gezogen und sofort an Robin weitergereicht hatte.

»Danke, liebe Lena«, sagte der kleine Frieder artig.

Lenas Herz schmolz dahin. »Sie haben ein so süßes Kind«, sagte sie. »Frohe Weihnachten.«

»Kennen wir uns?« Robin runzelte die Stirn. »Ihre Stimme kommt mir so bekannt vor.«

»Nicht, dass ich wüsste.« Sie nuschelte absichtlich und ging schnell weiter.

»Papa, das ist doch ein Schwein«, hörte sie Frieder hinter sich sagen. »Woher willst du das kennen?«

Wieder zu Hause, zog Lena sich noch im Hausflur das Kostüm aus. Darunter war sie völlig verschwitzt. Wie hatte Jakob das nur den ganzen Advent über ausgehalten, stundenlang damit herumzulaufen? Ihre Bewunderung für seine Ausdauer wuchs immer mehr. Sie lief an der Tür von Frau Schulz vorbei, das Schneekugel-Geschenk lag immer noch davor. Oben in der zweiten Etage klingelte Lena bei Willi, um nach Charly zu sehen und Willi und ihn für den Weihnachtsabend zu sich einzuladen. Der alte Mann wollte seine ganzen Tiere nicht so lange allein lassen, versprach aber, mal kurz vorbeizuschauen. Lena eilte die Treppe zu ihrer Wohnung hoch, doch auf dem halben Absatz blieb sie stehen und sah durch die Brüstung nach unten, als ob sie erwartete, dass Frau

Schulz just in diesem Moment aus ihrer Wohnung kommen und vor Freude die Hände über dem Kopf zusammenschlagen würde. Es kam niemand. Und plötzlich wurde Lena klar, dass Frau Schulz keine Schneekugel brauchte, sondern etwas ganz anderes. Sie drehte um und ging zurück ins Erdgeschoss. Hinter der Wohnungstür von Frau Schulz blieb alles still, auch als Lena mehrmals klingelte. Schließlich klopfte sie laut und rief: »Frau Schulz? Sind Sie da?« Der alten Frau war doch hoffentlich nichts passiert? Endlich regte sich etwas, die Tür öffnete sich langsam und da saß Frau Schulz in ihrem Rollstuhl. Sie trug wieder ihre Gummizughosen und dazu das Sweatshirt und ihre Haare hingen in den üblichen grauen Kräusellocken vom Kopf. Die Brille fehlte, ihr Blick war müde und traurig und schien dem zu entsprechen, was sie war. Eine alte Frau auf dem Abstellgleis des Lebens, fernab vom Trubel und der Freude dieses Tages, allein und ohne Aussicht auf irgendeine Art von Verbesserung.

»Frau Schulz.« Lena hätte sie am liebsten an sich gedrückt. »Geht es Ihnen gut?«

»Ach, Sie sind es. Ich hab sie gar nicht erkannt. Meine Brille …« Frau Schulz brach ab. »Ja, es geht mir gut«, fuhr sie tapfer fort. »Ich wünsche Ihnen schöne Weihnachten.«

»Ich Ihnen auch. Darf ich reinkommen?«

»Ja, natürlich«, erwiderte Frau Schulz ein wenig zögerlich. Es war ihr unangenehm, das konnte Lena sehen. »Wissen Sie, bei mir ist es heute nicht besonders ordentlich.«

»Frau Schulz, bei mir ist es nie ordentlich, das können Sie mir glauben.« Lena legte der alten Frau die Hand auf die Schulter, weil sie es einfach nicht mehr aushielt. »Aber das ist auch völlig egal. Ich bin ja nicht vom Ordnungsamt.«

Ein kleines Lächeln.

»Ich bin aus einem anderen Grund hier. Wenn Sie möchten, also wenn Sie Zeit haben …« Was für eine idiotische Bemerkung, natürlich hatte Frau Schulz Zeit. Es sah jedenfalls nicht so aus, als ob sie auf dem Weg zum Zumba oder zu einem Date war. »Also kurz gesagt – ich würde Ihnen jetzt gern mal zeigen, wie das mit Zoom geht.«

»Ach, das blöde Zeug, das funktioniert nicht. Ich hab es gestern probiert.« Eine Träne glitzerte in Frau Schulzes Augenwinkel. »Diese neumodische Technik ist nichts mehr für mich.«

»Doch, das funktioniert, glauben Sie mir. Es ist sogar ganz einfach. Darf ich?«

Lena klaubte als Erstes die Brille vom Boden. Sie war in einen Spalt zwischen Schreibtisch und Teppich gerutscht, kein Wunder, dass Frau Schulz sie nicht hatte aufheben können. Dann schaltete sie den Computer der alten Dame an und schrieb in Großbuchstaben jeden einzelnen Schritt auf ein Blatt, damit Frau Schulz jederzeit darauf zurückgreifen konnte.

»Hier ist die Kamera, sehen Sie? Und hier, das ist das Mikrofon. Sonst sieht oder hört Sie keiner.«

»Ach so«, staunte Frau Schulz. »Ja, das muss der Mensch erst mal wissen. Aber ob ich mir das alles merke?«

»Das kriegen Sie nach einer Weile schon hin. Wissen Sie was? Ich gehe jetzt hoch in meine Wohnung und dann probieren wir das gleich mal aus. Zoom mit Lena in zehn Minuten? Sind Sie bereit? Und dann üben wir das jeden Tag. Sie können mich jederzeit anrufen, wenn Sie etwas brauchen.« Auf diese Weise konnte Lena auch immer gleich checken, ob es Frau Schulz gut ging, aber das behielt sie für sich.

»Es funktioniert super!«, rief Frau Schulz wenig später auf Lenas Bildschirm. Die alte Frau war wie ausgewechselt. »Sie werden sehen, ich werde noch zum Hacker.«

»Ich freu mich drauf, Frau Schulz. Dann kann China einpacken, was? Rufen Sie mich bald wieder an, okay?«

»Ja, das mach ich. Frohe Weihnachten, Sie Gute!« Frau Schulz hielt den Daumen hoch und dann war sie weg.

Erst jetzt fiel Lena ein, dass sie gar nicht gefragt hatte, was die alte Frau am Heiligabend vorhatte. Andererseits – was sollte es schon sein?

Leschenberg tauchte tief verschneit hinter der letzten Straßenbiegung auf. Im Radio lief *Driving home for Christmas* und Lena sang aus vollem Hals mit. Im Schneckentempo fuhr sie durch die Stadt, um alles richtig wahrzunehmen. So lange war sie nicht mehr in der Weihnachtszeit hier gewesen. Da vorn am Marktplatz erstrahlte der große Christbaum wie jedes Jahr. Daneben befand sich die Bäckerei, Frau Hellmann, oder mittlerweile eher ihre Tochter, schloss gerade den Laden zu und grüßte einen Mann, der seinen vor Freude jauchzenden kleinen Sohn im letzten Tageslicht auf dem Schlitten nach Hause zog. Tom und sein gemeinsames Kind mit Lisa Wenzel?

Da hinten ging es zum Fluss, dort zu Lenas ehemaliger Schule. Nach der lärmenden Großstadt fiel ihr auf, wie still es in ihrem Heimatort war. Eine heimelige Vorfreude lag in der Luft und ein Strahlen in den Gesichtern der Leute, die um diese Zeit unterwegs waren. Lena bog in die Straße ein, in der Maxis ehemaliges Elternhaus stand. Es sah völlig anders aus, die neuen Besitzer hatten es hellgelb gestrichen und den Dachboden als drittes Stockwerk ausgebaut. Im Vorgarten lag ein umgekipptes Kinderfahrrad, im Schnee daneben wankte ein zwei Meter großer Gummi-Weihnachtsmann, bei dessen Anblick Maxis kleinkarierte Mutter wahrscheinlich einen Anfall bekommen hätte. Lena hielt davor an, in Gedanken versunken. Wie viel Zeit hatte sie in diesem Haus verbracht, wie viel Gelächter, wie viele glückliche Erinnerungen hingen in den Räumen.

»Haben Sie sich verfahren?« In der Tür stand auf einmal eine junge Frau mit einem Baby im Arm.

»Was? Nein.« Lena kam sich vor wie ein Stalker. »Ich suche nur eine Adresse auf meinem Handy.« Sie hielt es als Beweis hoch. »Hab sie gefunden. Frohes Fest.«

»Ihnen auch. Ist es nicht herrlich, dass wir mal wieder weiße Weihnachten haben?«

»Es ist wunderbar.«

Lena parkte das Auto vor dem Haus ihrer Eltern. Bevor sie klingelte, lehnte sie ihre Stirn einen Moment lang an das kühle Glas der Haustür. Dieser Ort war ihre Heimat, ihre Familie. Von hier stammte sie, hier hatte sie ihre Wurzeln und dafür war sie unendlich dankbar. Drinnen lief der Fernseher, Lena hätte wetten können, dass der kleine Lord wieder seinen Auftritt hatte. Und dass der Baum sich schief, wie der Turm von Pisa, zur Seite neigte, der Kartoffelsalat zu fettig war und man im Wohnzimmer kaum atmen konnte, weil die gesammelten Räuchermännchen der Familie Engel um die Wette pafften. Und noch nie hatte sie sich so sehr auf all das gefreut wie heute. Sie drückte auf den Klingelknopf.

Ihre Mutter öffnete die Tür. Sie sah älter aus, als Lena sie in Erinnerung hatte, aber das war ja kein Wunder, schließlich hatten sie sich ewig nicht gesehen.

»Lena, komm rein, mein Schatz. Wir freuen uns ja so.« Ihre Mutter breitete die Arme aus und nun erst begriff Lena das volle Ausmaß dessen, was in den letzten vierundzwanzig Stunden geschehen war.

»Mama«, sagte sie. »Ich bin der glücklichste Mensch auf der Welt.« Sie fiel ihrer Mutter um den Hals und drückte sie an sich, bis diese sich lachend befreite.

»Du zerquetschst mich ja, Kind. Ist alles in Ordnung?« Ihre Mutter sah sie prüfend an. »Du wirkst so anders. Fröhlicher. Hat der Borat dir etwa einen Antrag gemacht?«

»Ach, Mama.« Lena vergrub ihr Gesicht erneut an der Schulter ihrer Mutter. Sie lachte und weinte gleichzeitig. »Hat er nicht. Wird er auch nicht. Aber das ist völlig in Ordnung«, fügte sie hinzu, als ihre Mutter einen erschrockenen Kiekser von sich gab. »Ich erzähle es dir alles nachher in Ruhe.«

»Lena!« Ihr Vater kam hinzu, er trug eine schöne Strickweste und hielt einen gusseisernen Bräter in den Händen. »Diese Ente hier bringen wir mit. Die ist sogar koscher. Hat zumindest der Mann im Supermarkt behauptet, den habe ich extra gefragt. Du weißt ja, wegen deinem Freund.«

»Ach, Papa.« Jetzt war ihr Vater dran, umarmt zu werden, während Lenas Mutter ihm hektisch Zeichen gab, damit er das Thema Berat fallen ließ. Aber Lenas Vater kapierte mal wieder nichts und dann schwappte ihm auch noch Bratensauce auf seine neue Weste und irgendwas im Wohnzimmer fiel klirrend um.

»Ach, du meine Güte«, sagte Lenas Mutter, während der kleine Lord im Fernsehen »Ich muss sagen, Aristokrat sein ist wirklich eine komplizierte Sache!« rief. Und Lena wusste instinktiv, dass ihre Erinnerungen an Weihnachten und Glück für immer und ewig in diesem einen Moment festgehalten wurden.

# 22

Lenas Mutter stand vor dem Foto, das ihre Tochter zusammen mit Maxi an einem sorglosen Sommertag zeigte. Beide Mädchen waren ungefähr zehn Jahre alt und lachten in die Kamera, die Haut gebräunt, die Haare vom Baden nass, im Hintergrund glitzerte ein See. Voller Hunger und Freude auf ihr Leben, das für eine von beiden vierundzwanzig Jahre später mit einem Wimpernschlag vorbei sein würde. Lena hatte das Foto auf ihren Schreibtisch gestellt, damit Maxi von nun an immer bei ihr war.

»Ich kann es immer noch nicht glauben.« Lenas Mutter schluchzte leise. »Sie war so ein fröhliches Mädchen.«

»Ja, das war sie.« Lena strich ihrer Mutter sacht über den Rücken. Auf der Fahrt hatte sie ihren Eltern von Maxis Unfalltod erzählt. »Ich werde sie nicht vergessen.« Nie wieder. Einmal im Leben hatte Lena ihre beste Freundin schon fallen gelassen. Es würde nicht ein zweites Mal passieren. Zum Glück klingelte es jetzt an der Tür, bevor die Stimmung ins Traurige kippte.

»Lena, war das Christkind schon bei dir?«, rief eine helle Stimme. Isabel drängte in die Wohnung, kaum dass diese die Tür geöffnet hatte.

»Jetzt sag doch erst mal guten Tag«, ließ sich Isabels Vater vernehmen. Er betrat hinter seiner Tochter die Wohnung, den kleinen Johannes im Schlepptau. »Also – hier sind wir! Ich hoffe, das ist immer noch in Ordnung? Wie ich sehe, hast du Besuch.«

»Natürlich ist es in Ordnung. Das hier sind meine Eltern. Mama und Papa, das sind meine Nachbarn.« Sie drückte Isabel an sich. »Das Christkind war noch nicht da. Und bei dir?«

Das Mädchen schüttelte bekümmert den Kopf. »Vielleicht kommt es ja gar nicht.«

»Na, doch, bestimmt!« Lena wechselte einen raschen Blick mit Isabels Vater Konrad. Der nickte unmerklich. Also hatte er ein paar Geschenke besorgt, Gott sei Dank.

»Wow, das sieht ja großartig aus.« Konrad betrachtete Lenas Plätzchenorgie. Überall in der Wohnung hatte sie Teller aufgestellt. »Was ist das alles?«

»Ach, einfach alles. Probiert euch durch. Es gibt auch Stollen, den bringt Willi mit.« In diesem Moment klingelte es an der Tür, begleitet von einem kurzen Bellen. »Da ist er schon.«

Diesmal öffnete Isabel die Tür und Charly schoss wie eine Rakete in die Wohnung herein. Nichts war mehr von dem zitternden kleinen Bündel von gestern Abend zu sehen, das hier war ein Hund mit nur einer Mission: Weihnachten feiern, futtern und mit allen Anwesenden spielen. Im Nu war die leichte Verlegenheit aller verschwunden, sie redeten durcheinander, die Kinder lagen auf dem Fußboden und tollten mit Charly. Lenas Vater spielte mit der Fernbedienung herum, bis er ein Weihnachtskonzert fand, bei dem gerade vier fröhliche Matrosen die Seemannsweihnacht besangen. Es wurde so laut, dass Lena beinahe nicht das Klingeln gehört hätte, das den nächsten Besucher ankündigte. Jakob. Er stand vor der

Tür, ein kleines Geschenk unter dem Arm und eine Weihnachtsmütze auf dem Kopf.

»Ganz ohne Verkleidung geht es bei mir nicht«, sagte er und schenkte ihr ein verschmitztes Lächeln.

»Steht dir gut. Komm rein. Das sind meine Eltern, meine Nachbarn, Willi, der Retter aller Tiere, und Charly. Charly ist …« Lena holte tief Luft »… mein Hund.« Die Entscheidung kam spontan und fühlte sich doch wie das Natürlichste auf der Welt an. Selbstverständlich würde sie Charly behalten. Ihre Wege hatten sich gestern nicht ohne tieferen Sinn gekreuzt, so viel war klar.

»Ich wusste es!« Willi stieß triumphierend eine Faust in die Luft. »Hab ich es dir nicht gesagt, mein Kleiner?« Er wuschelte dem Hund durchs Fell.

»Oh, er ist jetzt dein Hund?« Isabel freute sich. »Darf ich dann immer kommen und mit ihm spielen? Und mit ihm spazieren gehen?«

»Na klar darfst du das.« Lena sah sich um. »Ich glaube, jetzt sind wir vollzählig. Wer mag was essen?«

Dem lauten Geschrei nach hatte jeder Hunger und so begaben sich alle in die Küche. Lena hatte den runden Esstisch das erste Mal in seinem vernachlässigten Tischleben ausgezogen. Alle acht fanden Platz. Es war ein wenig eng, aber gerade das machte es so gemütlich, fand Lena.

»Jonas, setzen Sie sich doch.« Lenas Mutter klopfte auf den freien Platz neben sich, nachdem sie Jakob schon die ganze Zeit interessiert beäugt hatte. Als er sich tatsächlich neben ihr niederließ, häufte sie ihm sofort eine Ladung Kartoffelsalat auf den Teller. »Ist meine Spezialität«, erklärte sie.

Jakob kostete. »Köstlich.« Er sah sich um. »Das ist ja ein üppiges Festmahl, Wahnsinn. Fast wie in dem Weihnachtsfilm mit dem kleinen Jungen und dem grantigen alten Mann zu Weihnachten.«

»*Der kleine Lord*.« Lenas Mutter hing an seinen Lippen. »Dass Sie den Film kennen!«

»Biggi, den kennt jeder.« Lenas Vater verdrehte in gespielter Entrüstung die Augen.

»Die Plätzchen sind absolut top.« Konrad hielt den Daumen hoch. »Woher kannst du so gut backen, Lena?«

»Von meiner Oma. Sie hat für ihr Leben gern gebacken und ich durfte ihr immer helfen. In ihrem Haus hatte sie so eine richtige Bauernküche mit großem Holztisch. Dort durften meine Freundin und ich immer die Lebkuchenmänner ausstechen. Oma hat uns sogar mit dem heißen Ofen hantieren lassen, weil sie wollte, dass ich das lerne. Sie war …« Jetzt bloß nicht losheulen. Am Tisch war es still geworden, alle lauschten Lenas Erinnerungen. Lenas Mutter schniefte ein bisschen vor Rührung.

»Sie war eine wunderbare Frau«, fuhr Lena fort. »Und sie hat mir ihre ganzen Rezepte hinterlassen. Eigentlich wollte ich mal Bäckerin werden.«

»Warum nicht?« Konrad nickte bedächtig. »Ich könnte händeringend jemanden in meinem Café gebrauchen, der gut backen kann. Im Moment fehlt mir an allen Ecken das Personal. Hättest du Interesse?«

»Ja, warum nicht?«, meinte Jakob, noch ehe Lena antworten konnte. Ihre Blicke trafen sich quer über den Tisch. Heute Morgen erst hatte sie ihm gebeichtet, dass sie in ihrem Job nicht mehr glücklich war. Und nun bot sich hier eine völlig unerwartete Chance.

»Ja, warum eigentlich nicht?« Lena lächelte Jakob an. »Ich denke drüber nach. Und jetzt frohe Weihnachten, alle miteinander. Ich bin so glücklich, dass ihr alle hier seid.« Sie hob ihr Glas zu einem Toast, als ihr etwas ins Auge flog.

»Huch, was ist denn das?«, ließ Lenas Mutter sich vernehmen.

»Das glitzert!« Isabel hielt die Hände auf. »Ist das Konfetti?«

»Wo kommt das her?« Lenas Vater sah sich erstaunt um. Der ganze Raum war mit einem Mal voller Schneekonfetti. Fast schien es in der Luft zu stehen und sich wie ein kleiner Sternenhimmel über ihnen auszubreiten.

Lena wurde es warm ums Herz. Ein Gruß von Kitty. Weihnachtswunder gab es also wirklich. »Das, meine Lieben, ist Weihnachtsfreude.«

Als Lena sich etwas später die zweite Portion Kartoffelsalat auf den Teller lud, summte ihr Handy mit einer neuen Nachricht. Dabei hatte sie es vorhin ausgeschaltet, wie konnte das sein? Sie ignorierte das Ding, aber das Summen wurde immer lauter, bis es schließlich sogar die Gespräche am Tisch übertönte. Die anderen sahen auf.

»Erwartest du noch jemanden?«, erkundigte sich Lenas Mutter.

»Nein …« Lena warf einen raschen Blick auf das Display. Einladung zu einer Onlinekonferenz. Ihr Herz setzte beinahe aus. Der nächste Geist? Jetzt und hier? Aber wozu? Oder etwa gar Berat, der glaubte, dass sie allein zu Hause saß und Trübsal blies? »Es ist …« Dann sah sie es. »Es ist Frau Schulz. Von unten aus dem Parterre. Sie sitzt im Rollstuhl und ich habe ihr heute gezeigt, wie sie mit Zoom ihre Enkel in Neuseeland anrufen kann. Moment.« Lena öffnete den Link und drehte das Handy so, dass alle es sehen konnten. »Hallo, Frau Schulz! Frohes Fest!«

Die alte Frau erschien in dem kleinen Fenster und winkte glücklich. »Ihnen auch! Und lassen Sie es sich schmecken!«

»Sie auch. Was gibt es bei Ihnen?« Lena bereute die Frage augenblicklich, denn was es bei Frau Schulz gab, das konnte man im Hintergrund sehen. Eine Tasse Tee und ein Käsebrot. »Wissen Sie was?«, preschte sie vor, ehe Frau Schulz antworten konnte. »Warum kommen Sie nicht zu uns herauf?«

Meine Güte, warum war ihr das nicht eher eingefallen? Frau Schulz war klein und schmächtig, es würde kein Problem für zwei junge Männer sein, sie die Treppe hochzutragen. »Wir holen Sie ab. Ich schicke jemanden runter. Sie feiern mit uns, Frau Schulz!« Lena wandte sich an Jakob und Konrad. »Macht ihr das?«

Zehn Minuten später hatten sie Frau Schulz in die Wohnung gebracht. Lenas Vater hatte den Rollstuhl zusammengeklappt und ebenfalls nach oben getragen. Die Freude im Gesicht der alten Frau war das beste Weihnachtsgeschenk, das Lena je bekommen hatte.

»Na, so was«, sagte Frau Schulz immer wieder beglückt. »Dass das geht, wer hätte das gedacht. Und das viele schöne Essen und so ein hübscher Baum. Und wie die Luft hier glitzert, wie haben Sie das nur gemacht?«

»Geheimnis.« Lena blies ein glitzerndes kleines Konfettiteilchen von ihrem Arm. »Und im Übrigen war, glaube ich, eben das Christkind im Wohnzimmer.«

Das Zombie-Lego war ein voller Erfolg. Und Konrad war am Vormittag offenbar ebenfalls noch extrem in die Spur gegangen, denn er hatte etliche Geschenke für seine Kinder besorgt. »Das hier hat heute Nachmittag schon das Christkind gebracht. Es ist nur etwas … äh … Moment.« Konrad stand auf und ging hinüber in seine Wohnung. Kurz darauf kam er mit einem großen viereckigen Glas wieder, in dem etwas Kleines saß.

Johannes riss die Augen auf. »Papa, ist das ein Gecko? Oh, wie toll!« Der Junge ließ alles andere stehen und liegen und rannte zu seinem Vater. »Ich dachte, es gibt nirgendwo welche, das hast du doch gesagt!«

»Ja, das dachte ich auch. Aber irgendwie hat das Christkind … äh …«, Konrad kratzte sich verwirrt am Kopf, »… doch einen gefunden.«

Während Johannes das kleine Tierchen vorsichtig mit einem Finger berührte, drehte Konrad sich zu den Erwachsenen um. »Ich habe keine Ahnung, wo das herkommt«, formte sein Mund. Er hob die Schultern hoch.

Aber ich, dachte Lena. Berat und Saskia hatten ganze Arbeit geleistet. Sie waren ein gutes Team, besser, als Lena und Berat es je gewesen waren. Sie schoss ein Foto von dem kleinen Gecko und dann noch eins von ihnen allen zusammen.

»Postest du das wieder auf Instagram?«, fragte Isabel.

»Nein. Das ist zu schön.« Und zu echt, fügte Lena in Gedanken hinzu. Und echtes Glück, das begriff sie jetzt, war alles, was man mit anderen teilte. Wirklich teilte, nicht nur als Foto. Gefühle, die man mit anderen teilte, verdoppelten und verdreifachten sich, wurden von den feinen Antennen der Menschen um einen herum aufgefangen und tausendfach multipliziert. Allein kicherte man leise bei einem lustigen Film, schaute man ihn mit anderen Menschen zusammen an, dann brüllte man vor Lachen. Freude zu teilen, machte die Herzen glücklicher, Leid zu teilen, machte sie leichter. Allein saß man im Dunkeln, erst mit anderen Menschen kam Licht und Farbe in das Leben. Sie betrachtete ihre Gäste voller

Liebe – die quirligen Kinder, der süße Hund, der nette Nachbar Konrad, die vor Glück fassungslose Frau Schulz, der freundliche Willi, der sein Leben allen Tieren dieser Welt gewidmet hatte. Dann Jakob, der immer wieder zu ihr sah und in dessen Blicken sich etwas andeutete, das ihr Herz schneller schlagen ließ. Ihre beiden lieben Eltern, die nächstes Jahr nicht sterben würden, weil Lena von nun an jedes Weihnachten mit ihnen feiern und ihnen für den Rest ihres Lebens jeden Gedanken an eine Busreise sofort austreiben würde. Und zum Schluss Lena selbst, die Weihnachten wieder in ihr Herz gelassen hatte und es nie wieder verlieren würde. Die Erinnerung an alle drei Weihnachtsgeister würde sie für den Rest ihres Lebens bei sich tragen, genau wie ihre Vergangenheit, Gegenwart und Zukunft auf immer fest miteinander verknüpft waren.

»Frohe Weihnachten«, sagte Lena leise zu sich selbst. »Für immer.«

Zwei Tage später saß Lena mit ihren Eltern am Frühstückstisch. Sie würde sie in einer halben Stunde zurück nach Hause bringen und anschließend den Rest des Tages mit Jakob und Charly verbringen. Spazieren gehen, reden, einen Schneemann bauen. Die Weihnachtspost beantworten und das erste Mal seit Jahren auf den Brief ihrer Kommilitonin eingehen. Nach Frau Schulz sehen und ihr ein paar Plätzchen vorbeibringen.

»Jetzt hört euch das mal an, das ist ja berührend.« Lenas Mutter hatte die Zeitung vor sich liegen. »Sagenhaft. Wirklich ein Weihnachtswunder.«

»Was denn?« Lenas Vater sah interessiert von seiner eigenen Lektüre – dem Sportteil der Zeitung – auf.

»Na, das hier.« Lenas Mutter räusperte sich und las vor: »Zu einem wahren Weihnachtswunder kam es in der Nacht des Heiligen Abend im Klinikum Neustadt. Dort lag die fünfundzwanzigjährige Katharina B. bereits seit einer Woche im Koma. Die junge Frau hatte in einem Nachtklub zu viele Partydrogen konsumiert und seitdem um ihr Leben gekämpft. Nachdem die Ärzte die Hoffnung bereits aufgegeben hatten, erholte sich die Patientin völlig unerwartet in der Weihnachtsnacht. Sie erwachte mit voller Funktionsfähigkeit aus eigener Kraft. ›Ich kann mich an absolut nichts erinnern‹, erzählte die junge Frau ihren überglücklichen Eltern.« Lenas Mutter ließ die Zeitung sinken. »Was es nicht alles gibt.«

Kitty. Und sie lebte. Lena fiel ein Stein vom Herzen.

Sie brachte ihre Eltern zurück nach Leschenberg, umarmte sie beim Abschied und versprach, ganz bald wieder vorbeizukommen.

»Und grüß mir den Jonathan«, sagte Lenas Mutter. »So ein netter junger Mann. Den kannst du ruhig mitbringen, wenn du uns das nächste Mal besuchst. Meinst du, was wird was mit euch?«

»Biggi, nun lass das doch, das geht uns nichts an«, ging Lenas Vater dazwischen.

»Wieso denn, ich mache mir halt nur meine Gedanken. Ich fand ihn sehr sympathisch und er passt gut zu unserer Lena.«

»Er heißt Jakob. Und ich bringe ihn mit.« Wenn er will. Lena drückte ihre Mutter an sich. »Versprochen.«

Die beiden winkten ihr nach, als sie wegfuhr. Sie wurden kleiner und kleiner im Rückspiegel, aber sie winkten so eifrig, bis Lenas Auto um die Ecke bog. Ihre Eltern. Sie waren weiß Gott nicht perfekt, aber wer war das schon? Sie waren immer für Lena da gewesen und nun würde sie immer für ihre Eltern da sein.

Auf der Rückfahrt machte Lena an einer Tankstelle eine kurze Pause und dort sah sie es. Das kleine silbergraue Kätzchen aus Plüsch, das zwischen Kalendern und Schokoladenweihnachtsmännern auf einem Regal saß und einen Rabattsticker am Bauch hatte. Lena kaufte es sofort. »Du wirst Weihnachten vollkommen machen«, erklärte sie dem Spielzeug. Anstatt direkt zurück nach Hause zu fahren, nahm Lena einen Umweg, um nach Nürnberg zu gelangen. Genau genommen, zum Johannisfriedhof, denn dort hatte Maxi ihre letzte Ruhestätte.

Maxis Grab befand sich im hinteren Teil des Friedhofs. Jemand hatte offenbar erst vor kurzem Blumen abgelegt. Frische, rote Amaryllis, passend zu Weihnachten. Sie leuchteten im Weiß des Schnees, der alles hier wie eine samtweiße Decke umhüllte. Lena wischte mit dem Handschuh den Schnee vom Grabstein, damit sie die Inschrift lesen konnte.

»Hallo, Maxi«, sagte sie leise. »Ich habe dir etwas mitgebracht. Das Kätzchen, das du immer wolltest und nie bekommen hast. Ich hoffe, du kannst es sehen, wo auch immer du jetzt bist. Ich vermisse dich und ich wünschte, ich wäre dir eine bessere Freundin gewesen. Es tut mir unendlich leid. Irgendwann sehen wir uns wieder, und dann singen wir zusammen laut und falsch *Last Christmas*, das verspreche ich dir.« Sie legte das Kätzchen mitten in den Schnee vor das Grab. »Frohe Weihnachten, Maxi.«

Lena wischte sich die Tränen weg und stand auf. Ein letzter Blick, dann drehte sie sich um und ging. Sie steckte ihre eiskalte Hand in die wärmende Manteltasche und suchte nach ihrem Handschuh. Wo war der hin? Ah, sie hatte ihn am Grab liegen gelassen. Lena drehte sich um – und blieb wie angewurzelt stehen. Das Kätzchen war weg. Stattdessen stand jetzt in fein säuberlicher Handschrift im Schnee:

»Frohe Weihnachten, Leni!«